聚焦美丽中国

环境新闻 2012—2024

中国环境新闻工作者协会◎编

U0649561

中国环境出版集团·北京

图书在版编目（CIP）数据

聚焦美丽中国：环境新闻：2012—2024 / 中国环境
新闻工作者协会编 . -- 北京：中国环境出版集团，
2025.6. -- ISBN 978-7-5111-6212-0

Ⅰ. I253.9

中国国家版本馆 CIP 数据核字第20252SJ839号

责任编辑　田　怡
封面设计　庄　琦

出版发行　中国环境出版集团
　　　　　（100062　北京市东城区广渠门内大街 16 号）
　　　　　网　　　址：http://www.cesp.com.cn.
　　　　　电子邮箱：bjgl@cesp.com.cn.
　　　　　联系电话：010-67112765（编辑管理部）
　　　　　　　　　　010-67175507（第六分社）
　　　　　发行热线：010-67125803，010-67113405（传真）
印　　刷　北京鑫益晖印刷有限公司
经　　销　各地新华书店
版　　次　2025 年 6 月第 1 版
印　　次　2025 年 6 月第 1 次印刷
开　　本　787×960　1/16
印　　张　19.75
字　　数　200千字
定　　价　89.00 元

中国环境出版集团郑重承诺：
中国环境出版集团合作的印刷单位、材料单位均具有中国环境标志产品认证。

编委会

新时代生态环境新闻的发展与启示

中国环境新闻工作者协会主席 刘友宾

习近平总书记指出，"党的新闻舆论工作是党的工作的重要组成部分。在革命建设改革各个历史时期，新闻舆论战线与党和人民同呼吸、与时代共进步，积极宣传党的主张、深入反映群众呼声、主动开展决策调研，发挥了十分重要的作用"。党的十八大以来，我国生态环境保护和生态文明建设发生了历史性、转折性、全局性变化，万里河山更加多姿多彩。生态环境新闻报道大力传播习近平生态文明思想，牢牢掌握话语主导权，不断提升传播力、引导力、影响力、公信力，是生态文明建设的重要见证者、参与者、贡献者，是美丽中国建设不可或缺的重要力量。

——唱响生态文明建设主旋律。习近平生态文明思想是习近平新时代中国特色社会主义思想的重要组成部分，是马克思主义基本原理同中国生态文明建设实践相结合、同中华优秀传统生态文化相结合的重大成果，是我国生态文明建设的根本遵循和行动指南。新时代以来，新闻工作者大力宣传习近平生态文明思想，传递正能量，唱响主旋律，让"绿水青山就是金山银山"理念成为主流价值观。中央主要媒体在宣传习近平生态文明思想方面积极发挥舆论主阵地作用，推出一批有影响力的恢宏力作。人民日报《像保护眼睛一样保护生态环境——习近平生态文明思想引领共建人与自然生命共同体》（2022 年 6 月 4 日）全景展现在习近平生态文明思想指引下，中华民族走向生态文明新时代，开启人与自然和谐共生新篇章的壮阔画卷。2022 年 6 月 5 日，习近平总书记向六五环境日国家主场活动致贺信，"希望全社会行动起来，做生态文明理念的积极传播者和模范践行者"。6 月 6 日，人民日报在一版头条发表消息，这是六五环境日首次走上人民日报一版头条，向全社会发出建设人与自然和谐共生美丽中国的时代强音。中央生态环境保护督察是习近平总书记亲自谋划、亲自部署、亲自推动的党和国家重大制度创新，是建设生态文明的重要抓手。新华社《为了建设美丽中国——以习近平同志为核心的党中央关心推动中央生态环境保护督察纪实》（2022 年 7 月 6 日），光明日报《我们就是奔着问题和责任去的——首轮中央环保督察直接推动解决群众身边环境问题 8 万余个》（2018 年 1 月 18 日）全方位、多角度呈现中央生态环境保护督察在生态文明建设中发挥的历史性作用。中央广播电视总台新闻联播《厦门生态文明实践：筼筜湖的蝶变》（2024 年 2 月 20 日）报道，作为习近平生态文明思想的重要孕育地和实践地，福建省厦门市久久为功，一张蓝图绘到底，筼筜湖综合治理实现了从点到面、由水下到岸上、从单一治理到联合共治的转变，探索出一条协同推进高质量发展和高水平保护的生态文明实践路径，成为我国生态文明建设辉煌成就的典型范例。这些报道高屋建瓴，视野开阔，现实性强，唱响生态文明建设主旋律，有力传播了党和国家加强生态文明建设的坚定政治意志和取得的辉煌成就。

——为污染防治攻坚战呐喊助威。生态环境是关系党的宗旨使命的重大政治问题，也是关系民生的重大社会问题。坚决打好污染防治攻坚战，是全面建成小康社会的重要方面。新闻媒体紧密围绕党和国家生态环境保护的重大决策部署，为污染防治攻坚战贡献媒体力量。2013 年 1 月 12 日，中央电视台《新闻联播》头条罕见地用长达七分钟时间播报社会关注的雾霾问题，报道我国多地被雾霾笼罩，北京城区 PM$_{2.5}$ 指数全部超标，雾霾严重影响人民群众生产生活，引发全社会高度关注。媒体积极报道蓝天保卫战的决策部署，回应社会关切。人民日报《雾霾七问》（2017 年 1 月 7 日），第一财经日报《春节北方重污染天气"打脸"环保专家？正面回应来了》，中国青年报《"气荒"之问》（2017 年 12 月 16 日）等报道回应雾霾成因、空气质量波动、煤改气等热点问题，向公众解疑释惑，普及大气环境科学知识。在污染防治攻坚战进入关键时期，环境执法面临一些违法企业发难质疑的时候，媒体坚定维护环境法律的尊严，维护群众的环境权益。2017 年 9 月 18 日，某跨国公司发"求助函"称，因环保执法导致公司"会造成 3000 亿元的产值损失"。一时间，"环保影响民生、影响经济"的舆论甚嚣尘上，环保执法面临巨大舆论压力。新京报第一时间发表评论《"关停一家污染企业造成3000亿损失"：别夸大环保冲击实体经济》（2017年9月19日），旗帜鲜明为严格环境执法点赞，理直气壮批驳不实之词。澎湃新闻迅速采访地方环保部门，发表《浦东回应滚针工厂关停致300万辆汽车减产：9个月前已通知》，用事实激浊扬清，明辨是非。中国青年报《驱散灰霾成本届政府最重要民生目标》，每日经济新闻《揭秘环保部督查组运作：和地方"红脸出汗"也要揪出造霾企业》（2017年1月10日），封面新闻《铁腕治霾：重工业城市安阳的"背水一战"》（2017年12月17日），华夏时报《雾霾少了，光照足了，天津沙窝萝卜又变甜了》（2017年12月13日），北京日报《"58微克"是怎么实现的》（2018年2月24日），澎湃新闻《大气治理十年之变：从雾霾重重到蓝天常驻》（2022年9月15日），21世纪经济报道《碳达峰碳中和"1+N"政策体系构建完成，兼顾发展与减排》（2022年10月13日），科技日报《让蓝天更蓝，需减污降碳协同增效》（2022年11月1日），人民日报《"天空日记"为何动人心》（2023年6月6日）等报道，聚焦大气污染治理的艰辛奋斗历程、取得的进展和成效，以及环境治理从治污迈向以降碳为重点战略方向、实现生态环境质量改善由量变到质变关键时期的新形势，成为美丽中国建设的忠实记录者和有力促进者。

——坚决向环境违法行为说不。舆论监督是生态环境新闻的重要功能。广大新闻工作者坚守新闻理想，深入基层一线，以高度责任感，大胆曝光环境违法行为。澎湃新闻《云南昆明"环湖开发"与湖争地，大量房产项目侵占滇池保护区》（2021年5月6日），报道滇池保护长期无"规"可循，草海片区贴着保护区红线开发，长腰山变"水泥山"，房地产开发侵占滇池保护区，挤占滇池生态空间。法制日报《中央环保督察留给汕头13个整改项目无一按时完成》（2018年6月21日），报道广东汕头对中央环保督察敷衍塞责，练江治理严重滞后，黑臭水体遍地。中国新闻社《辽宁黑臭水体排查：污染事故不知情　部分河长制有名无实》（2019年5月26日），反映辽宁部分城市河长制落实有待加强，巡河频次不够，个别河道垃圾堆积和漂浮问题长期存在，事故河段污染严重。中国纪检监察报《过剩产能为何还是去不掉》（2022年4月15日）曝光河北邯郸钢铁行业去产能弄虚作假，产能化解置换存在猫腻，相关监管部门责任缺失。海报新闻《矿山问题屡被中央生态环境保护督察通报，该如何为大地"疗伤"》（2022年4月13日）报道一些地方"矿山在开采过程中给生态留下了道道疤痕"，矿山生态保护与修复成为加快生态文明建设"一道绕不过去的坎"。这些报道充分发挥舆论监督积极作用，有力推动解决了一大批人民群众反映强烈的突出生态环境问题。

　　——讲好美丽中国建设故事。党的十八大以来，社会各界积极响应党和国家号召，坚决向污染宣战，自觉践行绿色生产生活方式，涌现了大量可歌可泣的先进典型和感人故事。工业城市柳州面对环境污染的压力，在推动产业优化升级上下功夫，在转变发展方式上下功夫，在高质量发展之路上不断迈出坚实步伐。经济日报《柳州惊奇》（2021年4月19日）讲述柳州实现经济发展和环境保护双赢的生动实践，让读者感受这座老工业城市旧貌换新颜的魅力。二十余年，通信工具从有线电话变成触屏手机，移动网络从2G升级到5G，高峰期每天数百通电话的环保热线12369，到2020年，建成了更加便捷高效的微信和网络投诉平台，受理群众举报的方式变了，但坚持以人民为中心的环保宗旨初心不改。南方周末《再见，12369》（2024年7月25日）讲述12369的演变故事，从一个侧面见证了中国的环保进程。应对气候变化是国际社会共同关注的话题，冰川是全球气候变化最显著的提示器。海螺沟冰川是世界上同纬度海拔最低的冰川，由于气候变暖，海螺沟冰川持续后退，引起了十几个年轻人的关注与忧虑。中国青年报《抢救海螺沟冰川》（2024年7月15日）讲述了15名青年环保志愿者的故事，他们加入"冰川与气候变化青年科学探索活动"，要为保护冰川尽一份责任。污染防治攻坚战是一场大仗、硬仗，奋斗者的故事令人动容。2017年，河南省新乡市环保系统就"送走"了三位同志，环境保护局局长胡建森因为"污染问题解决不到位"问题受到"行政警告"，背着处分迈入新年。第一财经日报《"红警"下的新年：一个地方环保局长是怎么过的》（2017年1月2日）记录了这位基层环境保护局局长面对处分和压力，无怨无悔，依然和同事们夜以继日地为改善大气环境质量并肩战斗的感人故事。中央电视台《守好这片山和水》（2018年2月7日）

镜头跟随环保部华南督察局工作人员，走进污泥浊水、明沟暗渠，和环境违法企业斗智斗勇。"我们做环保的职责就是保护环境，这是我们的使命。所以只有通过我们的努力，把所有的污染给解决掉，还老百姓一个蓝天碧水，这个就是我们的幸福。"来自基层一线的生动细节、朴素无华的语言，展现了环保执法人员无私奉献的形象。

——增强我国在国际环境治理体系中的话语权和影响力。

2021—2022年，联合国《生物多样性公约》第十五次缔约方大会分两阶段在我国昆明和加拿大蒙特利尔召开，中国作为主席国，习近平主席两次发表视频讲话，这是联合国大会首次将生态文明确定为会议主题。中方记者积极参会，报道会议成果，大力向国际社会传播我国生态文明建设取得的成绩，对全球环境治理作出的积极贡献。第二阶段会议期间，在来自世界各国的1000多名参会报道的记者队伍中，27名中方记者活跃在会场内外，成为一道亮丽风景，是迄今我国参加报道记者人数最多的国际环境会议。2022年12月19日，当地时间凌晨时分，会议刚刚闭幕，新华社记者率先向国际社会发出"昆明—蒙特利尔全球生物多样性框架"成果通过的消息。人民日报《共建地球生命共同体》、新华社《中国生态保护红线为全球生物多样性保护提供创新解决方案》、中国日报发表大会主席黄润秋署名文章及视频专访、澎湃新闻《怎么实现"3030目标"？中国官员在COP15大会力荐一个中国方案》等报道积极向国际社会传播中国立场，讲述中国方案。其他主流媒体也开展了形式多样的报道，公约秘书处网站转载多篇中方媒体报道，有力发出了中国声音。

新时代我国生态环境保护事业风云激荡、波澜壮阔，为广大新闻工作者施展才华提供了广阔舞台。生态环境新闻不负时代，主动作为，精彩纷呈，给我们提供了诸多有益启示。

一是坚持思想引领。新时代以来，我国生态环境保护取得历史性成就，也经受了各种风浪考验，一方面是人民群众对改善环境质量的迫切要求；另一方面是一些环境违法行为依然时有发生，以高水平保护促进高质量发展的认识尚需进一步提高。广大生态环境新闻工作者始终坚持正确舆论导向，自觉做习近平生态文明思想的坚定信仰者和忠实践行者，高举旗帜，引领导向，牢固树立"绿水青山就是金山银山"的理念，用习近平生态文明思想的立场、观点、方法分析错综复杂的环境问题，透过现象看本质，彰显生态文明建设在党和国家事业中的重要地位，表明我们党加强生态文明建设的坚定意志和坚强决心，引领壮大主流舆论，激发奋发进取的精神力量，倡导全社会尊重自然、顺应自然、保护自然，像保护眼睛一样保护生态环境，像对待生命一样对待生态环境。

二是主动服务大局。生态环境新闻舆论工作认真贯彻党中央关于生态文明建设决策部署，紧紧围绕打赢打好污染防治攻坚战这一重点任务，坚持围绕中心、服务大局，主动走进环境保护主干线、主战场，在大局下思考，在大局下行动，把握好新闻舆论工作的导向和基调，注重时度效，坚持正面宣传为主，弘扬主旋律，传播正能量，极大激发全社会攻坚克难、改善环境质量的决心和信心。特别是面临大气污染严峻的环境形势，及时宣传党和国家打好蓝天保卫战的各项政策措施，讲清楚大气污染治理的长期性、艰巨性和复杂性，及时回应关切，解疑释惑，引导心理预期，凝心聚力，团结人民，鼓舞士气，引导公众客观准确认识大气污染防治的形势，为污染防治攻坚战营造了良好舆论氛围。

三是勇于舆论监督。面对生态环境违法行为，新闻舆论要旗帜鲜明，敢于直面问题，敢于触及矛盾，敢于交锋亮剑。新时代以来，生态环境新闻澄清谬误，明辨是非，大胆曝光甘肃祁连山、云南长腰山、广东练江等环境污染问题，促进解决了一大批群众反映强烈的生态环境问题，成为中央生态环境保护督察的坚强舆论保障。实践证明，坚持建设性舆论监督，客观报道生态环境问题，包括对责任人的追究，起到的都是正面的作用，彰显了党和国家加强生态环境保护的坚定态度、坚定决心和坚定信心，大大增强了政府的公信力，使得全社会增强了治理污染信心，也增进了对党和国家的信任，主动客观曝光生态环境问题也是正面宣传。

四是积极融入世界。只有一个地球。生态文明建设关乎人类未来，建设绿色家园是各国人民的共同梦想。保护生态环境、应对气候变化需要各国同舟共济、共同努力，任何一国都无法置身事外、独善其身。我国已成为全球生态文明建设的重要参与者、贡献者、引领者。面向国际社会讲好中国生态环保故事，有利于引导国际社会全面客观认识当代中国，增强文化自信，展现良好的国家形象。新时代以来，广大生态环境新闻工作者以开放的姿态，积极参加生物多样性、气候变化等国际环境会议，主动向国际社会传播中国生态环境保护的做法、取得的成效、积累的有益经验，生动讲述中国生态文明建设的精彩故事，为全球环境治理提供中国方案、中国智慧，增强我国在全球环境治理体系中的话语权和影响力，为共谋全球生态文明建设、共建清洁美丽世界贡献力量。

发表于《中华环境》2025年一二期合刊本

目录

像保护眼睛一样保护生态环境
——习近平生态文明思想引领共建人与自然生命共同体

人民日报　　2022 年 6 月 4 日

记者：刘毅　喻思南　李红梅　寇江泽　丁怡婷　潘少军　赵秀芹

生态文明建设，关系中华民族永续发展的千年大计。

2012 年 11 月，党的十八大召开。生态文明建设纳入中国特色社会主义事业"五位一体"总体布局，美丽中国成为党的执政理念。

中华民族，走向生态文明新时代。

人与自然，开启和谐共生新篇章。

新时代，"我们要牢固树立社会主义生态文明观，推动形成人与自然和谐发展现代化建设新格局"。

新时代，"要深化对人与自然生命共同体的规律性认识，全面加快生态文明建设。生态文明这个旗帜必须高扬"。

十年领航——

以习近平同志为核心的党中央举旗定向，以前所未有的力度抓生态文明建设，全党全国推动绿色发展的自觉性和主动性显著增强，美丽中国建设迈出重大步伐，我国生态环境保护发生历史性、转折性、全局性变化。

十年奋进——

新时代中国共产党人直面中国之问、世界之问、人民之问、时代之问，书写厚重的"绿色答卷"。生态文明建设成为新时代中国特色社会主义的一个重要特征，为人类文明永续进步贡献中国方案。

新时代孕育新思想，新思想指导新实践。

站在坚持和发展中国特色社会主义、实现中华民族伟大复兴中国梦的战略高度，习近平总书记深刻回答了一系列重大理论和实践问题，系统形成了习近平生态文明思想，有力指导生态文明建设和生态环境保护取得历史性成就、发生历史性变革。

（一）走向生态文明新时代，建设美丽中国，是实现中华民族伟大复兴的中国梦的重要内容

时近芒种，果熟麦收，万物竞秀。

从万里长江到九曲黄河，从东北平原到热带雨林，美丽中国，江山如画。

很多时候，回望走过的路，才能看清走了多远、抵达何处。

就在十余年前，秋冬季节，我国北方一些地区多次遭遇大

范围严重雾霾，"PM2.5"成为困扰我们的一项环境指标。"那时，镜头里的蓝天白云成了稀罕物。"家住河北石家庄市石府小区的资深摄影爱好者王汝春说。

人均自然资源占有量远不及世界平均水平的中国，在短短几十年里，走过了西方国家几百年才完成的工业化历程。发达国家一两百年间出现的生态环境问题，也在我们的快速发展中集中显现。

重要关头，党的十八大作出重大战略部署：

在习近平同志主持起草的报告中，生态文明建设成为治国理政的重要内容，被纳入中国特色社会主义事业"五位一体"总体布局。"中国共产党领导人民建设社会主义生态文明"被写入党章。

加强生态文明建设，是直面时代课题、破解发展和保护之间矛盾的关键抉择——

"发展经济不能对资源和生态环境竭泽而渔，生态环境保护也不是舍弃经济发展而缘木求鱼。"新时代中国共产党人以坚定意志和坚强决心加强生态文明建设，坚持在发展中保护、在保护中发展。

加强生态文明建设，是适应社会主要矛盾转化、满足人民美好生活需要的关键抉择——

从"谋生活"到"盼生态"，从"日子难不难"到"日子好不好"。进入新时代，我国社会主要矛盾发生转化，人民群众热切期盼清新空气、清洁水质、清丽山川。

　　2013 年 4 月，习近平总书记在十八届中共中央政治局常委会会议上，提出振聋发聩的"生态三问"——

　　"如果仍是粗放发展，即使实现了国内生产总值翻一番的目标，那污染又会是一种什么情况？"

　　"在现有基础上不转变经济发展方式实现经济总量增加一倍，产能继续过剩，那将是一种什么样的生态环境？"

　　"经济上去了，老百姓的幸福感大打折扣，甚至强烈的不满情绪上来了，那是什么形势？"

　　发展经济是为了民生，保护生态环境同样是为了民生。建设人与自然和谐共生的现代化，就是为了既创造更多的物质财富和精神财富，满足人民日益增长的美好生活需要，也提供更多优质生态产品，满足人民日益增长的优美生态环境需要。

　　加强生态文明建设，是顺应人类文明发展规律、确保中华民族永续发展的关键抉择——

　　"生态兴则文明兴，生态衰则文明衰。"

　　纵观人类文明发展史，生态环境是人类生存和发展的根基，其变化直接影响文明兴衰演替。

　　放眼历史长河，习近平总书记强调："走向生态文明新时代，建设美丽中国，是实现中华民族伟大复兴的中国梦的重要内容。"

　　全新的历史方位，全新的历史重任，生态文明建设成为新的赶考之路上的必答题。

　　这是一道凝重的考题，也是一次深远的破局。新时代的领路人从容落子：

在"五位一体"总体布局中，生态文明建设是一个重要组成部分；

在新时代坚持和发展中国特色社会主义基本方略中，坚持人与自然和谐共生是一条基本方略；

在新发展理念中，绿色发展是一大理念；

在三大攻坚战中，污染防治是一大攻坚战；

在到 21 世纪中叶建成富强民主文明和谐美丽的社会主义现代化强国目标中，美丽是一个重要目标。

这"五个一"，体现了我们党对生态文明建设规律的把握，体现了生态文明建设在新时代党和国家事业发展中的地位，体现了党对建设生态文明的部署和要求。

以习近平同志为核心的党中央，从思想、法律、体制、组织、作风上全面发力，全方位、全地域、全过程加强生态环境保护，推动划定生态保护红线、环境质量底线、资源利用上线，开展一系列根本性、开创性、长远性工作。

（二）坚定不移走生态优先、绿色发展之路，努力建设人与自然和谐共生的现代化

朗朗晴空、徐徐清风，民生之要、百姓之盼。

"全国 10 个污染最严重城市河北占了 7 个。再不下决心调整结构，就无法向历史和人民交代。"2013 年 9 月，在参加河北省委常委班子专题民主生活会时，习近平总书记严肃指出。

"应对雾霾污染、改善空气质量的首要任务是控制

PM$_{2.5}$。"2014 年 2 月，在北京考察工作时，总书记明确要求。

压减燃煤、调整产业、联防联控、依法治理……大气污染防治行动计划实施，打赢蓝天保卫战三年行动接续推进，中国成为全球第一个大规模开展 PM$_{2.5}$ 治理的发展中国家，攻坚克难，力度空前。

也正是自 2014 年起，王汝春坚持每天早上拍摄同一片天空，8 年间从未中断，"从 69 岁拍到 77 岁，蓝天照一年比一年多"。

"'环境就是民生，青山就是美丽，蓝天也是幸福。'总书记和咱老百姓心连着心！"翻阅已有 3000 多张照片的"天空日记"，王汝春感慨不已。去年，石家庄空气质量优良天数比2013 年增加 197 天。

站高望远，不畏浮云遮望眼；硬招实招，一锤接着一锤敲。

今日中国，国内生产总值（GDP）不再是衡量经济发展的唯一标尺，"绿水青山就是金山银山"成为全党、全社会的共识共举，生态文明建设迈上新台阶。

这十年，生态文明地位之重，前所未有。

夏日的云南省大理市湾桥镇古生村，碧波如镜，游人如织。

2015 年新年伊始，习近平总书记来到古生村，了解洱海湿地生态保护情况，和当地干部一起"立此存照"，"希望水更干净清澈"。

洱海保护治理攻坚战全面打响，最近两年水质评价均达"优"，"苍山不墨千秋画，洱海无弦万古琴"的美景重现。

眺望祁连山，提醒"要继续爬坡过坎，实现高质量发展"；

驻足汾河岸，叮嘱"让一泓清水入黄河"；到塞罕坝林场，强调"抓生态文明建设，既要靠物质，也要靠精神"；赴海南考察，要求"坚持生态立省不动摇"……

跋山涉水，步履不停；山高水长，映照初心。

"长远大计""千年大计""根本大计"……谆谆嘱托、殷殷冀望，见证着心系人民福祉、牵挂民族未来的深厚情怀，刻印着新时代生态文明建设的重要地位。

这十年，环境保护制度之严，前所未有。

"敢于动真格，不怕得罪人，咬住问题不放松。"

中央生态环境保护督察全面展开，勇敢亮剑。截至目前，两轮全国督察共受理转办群众举报 28 万余件，绝大多数已办结或阶段办结，推动解决一批突出环境问题。

"只有实行最严格的制度、最严密的法治，才能为生态文明建设提供可靠保障。"

新修订的环保法"长出牙齿"，成为中国环境立法史上的重要里程碑。

河（湖）长制、林长制全面落实，把河道当街道管理、把库区当景区保护，山有人管、林有人造、树有人护、责有人担，实现山水"长治"。

《中共中央 国务院关于加快推进生态文明建设的意见》《生态文明体制改革总体方案》相继出台，数十项改革方案接连实施，构建起生态文明体系的"四梁八柱"。

这十年，生态治理力度之大，前所未有。

"要自觉讲政治，对'国之大者'要心中有数。"

为保护秦岭生态环境，习近平总书记先后6次作出重要指示批示。中央派出专项整治工作组入驻陕西，1194栋违建别墅被彻底整治并复绿。

"我们要像保护眼睛一样保护生态环境，像对待生命一样对待生态环境。"

以壮士断腕的决心、攻城拔寨的拼劲，向污染发起总攻。

全力打好蓝天、碧水、净土保卫战，开展农村人居环境整治，全面禁止进口"洋垃圾"。去年，全国地级及以上城市PM$_{2.5}$平均浓度为30微克／米^3，比2015年下降34.8%，空气质量优良天数比例增至87.5%；全国地表水水质优良断面比例增至84.9%。

以系统治理的理念、科学保护的举措，推进一体化整治。

2013年，总书记指出，山水林田湖是一个生命共同体；4年后，将"草"纳入这个体系。去年全国两会参加内蒙古代表团审议，总书记强调一字之增："统筹山水林田湖草沙系统治理，这里要加一个'沙'字。"系统治理理念逐步形成，山水林田湖草沙生命共同体生机勃勃。

这十年，公众参与范围之广，前所未有。

挥锹铲土、提水浇灌……今年3月，习近平总书记来到位于北京市大兴区黄村镇的植树点，同首都群众一起参加义务植树。

党的十八大以来，总书记连续10年同大家一起参加首都义务植树，"这既是想为建设美丽中国出一份力，也是要推动在全社会特别是在青少年心中播撒生态文明的种子，号召大家都做生态文明建设的实践者、推动者"。

植绿护绿、垃圾分类、节水节电、"光盘"行动……生态文明建设，主体在人，改变在人。"绿色"成为生产方式、管理方式，也成为生活方式、行为方式。

"我国建设社会主义现代化具有许多重要特征，其中之一就是我国现代化是人与自然和谐共生的现代化，注重同步推进物质文明建设和生态文明建设。"

物质文明与生态文明相伴携行。一幅新时代的《千里江山图》铺展开来，中国式现代化厚植绿色底色。

——大江大河大保护，卸下生态重负的母亲河奔腾不息。

"共抓大保护，不搞大开发"。重庆、武汉、南京，三次主持召开座谈会，为长江经济带发展把脉定向。

"让黄河成为造福人民的幸福河"。郑州、济南，两次主持召开座谈会，推动黄河流域生态保护和高质量发展。

习近平总书记站在历史和全局高度，亲自谋划、亲自部署、亲自推动国家"江河战略"。如今，长江干流全线保持 II 类水体；黄河干流全线达到 III 类水质标准，到今年 8 月将实现连续 23 年不断流。

——森林草原绿意浓，得到休养生息的广袤大地焕发生机。

"森林和草原对国家生态安全具有基础性、战略性作用，林草兴则生态兴。"

伐木工从"砍树人"变成"看树人","水库""钱库""粮库""碳库"储量日丰。十年来，全国森林覆盖率提高 2.68%，达 23.04%。

牧民们退牧还草呵护"地球皮肤"，"风吹草低见牛羊"景象渐增。"十三五"时期末，全国草原综合植被盖度增至 56.1%。

——绿色转型动力足，趋向清洁低碳的产业结构加快形成。

"调整经济结构和能源结构，既提升经济发展水平，又降低污染排放负荷。"

节能环保等绿色产业发展壮大，逐步成为支柱产业。去年，全国煤炭消费比重降到 56.00%，清洁能源消费比重升至 25.50%。十年来，单位 GDP 二氧化碳排放量累计下降约 34.00%。2011—2020 年，能耗强度累计下降 28.70%。

"中国的经济社会发展指标与环境指标逐步走向双赢。"中国工程院院士、清华大学生态文明研究中心主任贺克斌说，以前国外专家来中国做报告，常会拿出一张发达国家喇叭口形图表，显示 GDP、各类工业产量增长的同时，污染物浓度在下降。"2013 年以前我们拿不出这张图，现在我们拿出来了。"

曾任联合国副秘书长、联合国环境规划署执行主任的埃里克·索尔海姆评价，中国经验可帮助其他国家更好地解决环境问题，而"最重要的经验，就是中国高层领导对环境治理的坚定决心和整体规划"。

（三）积极参与和引领全球气候与环境治理，中国智慧、中国方案、中国力量深刻影响世界

当冬奥盛会和生态文明建设相遇相融，会向世界展现怎样的精彩？

一段赛道改变施工计划，只为保护一株无法移植的古树；一簇"微火"点燃火炬，碳排放量仅为传统方式的 1/5000；一条特高压穿山越岭，"张北的风点亮北京的灯"，赛时全部场馆常规能源实现 100% 使用绿电。

习近平总书记一再强调的"四个办奥"理念中，"绿色"居首。2017 年 2 月，在北京考察工作时，他嘱托"为冬奥会打下美丽中国底色"；今年 1 月，置身世界上第一座采用二氧化碳跨临界直冷系统制冰的大道速滑馆，他要求"发挥好这一项目的技术集成示范效应"。

北京冬奥会成为首个"碳中和"冬奥会，为奥林匹克运动树立新标杆。

"一起向未来"的主题口号，穿越山海，引发共鸣。这是今日中国向世界发出的时代强音，也是构建人类命运共同体理念在奥林匹克运动领域的生动诠释。

"人类只有一个地球，人类也只有一个共同的未来。"

警钟长鸣：2011—2020 年是有气象记录以来最暖的 10 年；全球约 100 万种动植物物种受到灭绝威胁……国际组织发布的《与自然和平相处》等报告警示，地球家园面临危机。

全球化时代的人类社会，70 多亿人犹如生活在同一艘大船

上的 200 多个船舱里，必须同舟共济。

习近平主席给出中国方案：构建人类命运共同体。"共同建设持久和平、普遍安全、共同繁荣、开放包容、清洁美丽的世界。"

中国主张，激荡全球回响。

聚焦全球气候与环境治理，系统阐释共同构建人与自然生命共同体理念的丰富内涵与核心要义；针对全球生物多样性保护，强调秉持生态文明理念，开启人类高质量发展新征程……

"面对生态环境挑战，人类是一荣俱荣、一损俱损的命运共同体，没有哪个国家能独善其身。"秉持人类命运共同体理念，中国主张加快构筑尊崇自然、绿色发展的生态体系，共建清洁美丽的世界。

有中国主张，也有中国担当。

"大国要有大国的样子，要展现更多责任担当。"大国之大，不在于体量大、块头大、拳头大，而在于胸襟大、格局大、担当大。中国以实实在在的绿色行动，为加强全球气候与环境治理注入强大动力，发挥引领作用。

为地球降排放，开启碳达峰、碳中和系统性变革——

"地球是个大家庭，人类是个共同体，保护生态环境、应对气候变化是全人类面临的共同挑战。"以习近平同志为核心的党中央经过深思熟虑，作出推进碳达峰、碳中和的重大战略决策。

实现这个目标，需要付出极其艰巨的努力。作为世界上最大的发展中国家，面对能源结构以煤为主的基本国情，中国将完成全球最高碳排放强度降幅，用全球历史上最短时间实现从碳达峰到碳中和。

实施积极应对气候变化国家战略，持续推动产业结构和能源结构调整，启动全国碳市场交易，加快构建"双碳"政策体系……一场广泛而深刻的经济社会系统性变革，全面展开，蹄疾步稳。

"在气候变化上，我们采取的行动就是本着愚公移山的精神。我相信这是一条正确的路。"习近平主席说。

为万物谋和谐，推动生物多样性治理迈上新台阶——

"同心协力，共建万物和谐的美丽世界！"生物多样性使地球充满生机，也是人类生存和发展的基础。中国为国际社会应对挑战、共建地球生命共同体注入信心和动力。

成立昆明生物多样性基金，支持发展中国家生态保护事业；向津巴布韦、肯尼亚、赞比亚等国提供野生动物保护物资；建立以国家公园为主体的各类自然保护地近万个，约占陆域国土面积的18%，落实联合国《生物多样性公约》"爱知目标"总体情况好于全球平均水平。

"中国是全球生物多样性保护的强有力支持者和贡献者，中国提出的生态文明理念对各国达成全球生物多样性目标至关重要。"《生物多样性公约》秘书处执行秘书伊丽莎白·穆雷玛说。

为世界添福祉，推进绿色"一带一路"建设——

洁白的婚纱，幸福的笑脸。一条与山川同美的铁路，成了许多老挝新人拍婚纱照的外景地，"刷屏"当地社交媒体。

"发车！"去年12月，在两党两国最高领导人共同见证下，高质量共建"一带一路"的标志性工程——中老铁路正式开通运营。设计人员曾出台60多个方案，研究线路总长约1.4万公里，绕避自然保护区和环境敏感点，环保低碳成为沿线43个车站的共同特色。

中国已与31个合作伙伴发起"一带一路"绿色发展伙伴关系倡议。绿色基建、绿色能源、绿色交通、绿色金融，持续造福参与共建"一带一路"的各国人民。

呵护全人类共同的地球家园，中国贡献着一个又一个世界之最。

清洁能源系统，全球最大：建成世界最大清洁发电体系，全口径非化石能源发电装机容量突破11亿千瓦，相当于近50个三峡电站。

新增绿化面积，世界最多：2000年以来，为全球贡献了约1/4的新增绿化面积，居世界首位。其中，40%以上来自人工造林。

当云南亚洲象北移南返的画面温暖世界，当塞罕坝、库布其的荒漠化治理经验广泛传扬，当世界最大发展中国家把降碳作为生态文明建设重点战略方向，绿色，成为新时代中国的鲜明底色、亮丽名片。

最早提出"绿色GDP"概念的学者之一、美国国家人文科学院院士小约翰·柯布认为，"中国给全球生态文明建设带来了希望之光"。联合国环境规划署亚太办事处主任德钦策林说，在建设生态文明方面，中国树立了一个很好的榜样，可以作为指引全球战略方向的典范。

2016年，联合国环境规划署发布《绿水青山就是金山银山：中国生态文明战略与行动》报告，出席大会的官员和专家高度评价"中国生态文明理念走向世界"。

（四）习近平生态文明思想贯穿着马克思主义的世界观和方法论，承载着中华文明独特基因和鲜明民族特色

思想之光指引伟大实践，总有穿越时空的力量。

"生态环境是关系党的使命宗旨的重大政治问题，也是关系民生的重大社会问题。"2018年5月，习近平总书记在全国生态环境保护大会上发表重要讲话，提出新时代推进生态文明建设的原则，强调要加快构建生态文明体系。

这次大会总结并阐述了习近平生态文明思想。习近平生态文明思想正式确立，成为建设美丽中国的根本遵循和行动指南。

总书记特意提到之前召开的纪念马克思诞辰200周年大会："我在会上特别强调，学习马克思，就要学习和实践马克思主义关于人与自然关系的思想。"

马克思主义闪耀真理光芒，"人与自然"是重要篇章。

马克思认为，"人靠自然界生活"，人类在同自然的互动中生产、生活、发展，人类善待自然，自然也会馈赠人类，但"如

果说人靠科学和创造性天才征服了自然力，那么自然力也对人进行报复"。

"我们不要过分陶醉于我们人类对自然界的胜利。对于每一次这样的胜利，自然界都对我们进行报复"。这是恩格斯的名言。

马克思主义就是我们党和人民事业不断发展的参天大树之根本，就是我们党和人民不断奋进的万里长河之源泉。马克思主义的基本立场、观点和方法与中华优秀传统文化，有诸多契合之处。

中华文明传承五千多年，积淀了丰富的生态智慧。

"'天人合一''道法自然'的哲理思想，'劝君莫打三春鸟，子在巢中望母归'的经典诗句，'一粥一饭，当思来处不易；半丝半缕，恒念物力维艰'的治家格言，这些质朴睿智的自然观，至今仍给人以深刻警示和启迪。"2013年5月，习近平总书记在主持十八届中共中央政治局第六次集体学习时娓娓道来。

武夷山下、九曲溪畔，去年春季在朱熹园驻足凝思，习近平总书记一席话意味深长：

"如果没有中华五千年文明，哪里有什么中国特色？如果不是中国特色，哪有我们今天这么成功的中国特色社会主义道路？"

习近平总书记强调，我们要特别重视挖掘中华五千年文明中的精华，把弘扬优秀传统文化同马克思主义立场观点方法结合起来，坚定不移走中国特色社会主义道路。

一个民族要走在时代前列，就一刻不能没有理论思维，一刻不能没有正确思想指引。

当代中国正在经历人类历史上最为宏大而独特的实践创新。

在生态文明建设中，如何用马克思主义之"矢"去射新时代中国之"的"，续写马克思主义中国化、时代化新篇章？

以习近平同志为核心的党中央，坚持把马克思主义基本原理同中国具体实际相结合、同中华优秀传统文化相结合，总结古今中外生态环境发展变迁的经验教训，立足新时代生态文明建设实践，深刻回答了一系列重大理论和实践问题。

深刻阐明人与自然的关系，提出坚持人与自然和谐共生的基本方略；

深刻阐明发展与保护的关系，提出"绿水青山就是金山银山"的科学理念；

深刻阐明环境与民生的关系，提出良好生态环境是最普惠的民生福祉的重大论断；

深刻阐明自然生态各要素之间的关系，提出山水林田湖草沙是生命共同体的系统思想……

一系列原创性的新理念、新思想、新战略陆续提出、落地生根，系统形成习近平生态文明思想。

作为习近平新时代中国特色社会主义思想的重要组成部分，习近平生态文明思想既贯穿着马克思主义的世界观和方法论，又承载着中华文明独特基因和鲜明民族特色，是党领导人民推进生态文明建设取得的标志性、创新性、战略性重大理论成果。

"习近平生态文明思想继承和发展马克思主义关于人与自然关系的思想，实现了对社会主义生态文明建设规律认识的新跃升，指明了人与自然和谐共生的现代化道路的新图景，科学指引新时代美丽中国建设开创新局面。"中共中央党校（国家行政学院）社会和生态文明教研部生态文明建设教研室主任李宏伟表示。

习近平生态文明思想研究中心主任钱勇说："习近平生态文明思想凝结着对发展人类文明、建设清洁美丽世界的深刻思考，在全球大国治国理政实践中独树一帜，彰显了中国特色、战略眼光和世界价值。"

源浚者流长，根深者叶茂。

从小村庄到中南海，从农村大队党支部书记到党的总书记，习近平同志一直在思考人与自然的关系，孜孜探寻可持续发展之路。

"我对生态环境工作历来看得很重。在正定、厦门、宁德、福建、浙江、上海等地工作期间，都把这项工作作为一项重大工作来抓。"

在黄土高原，造淤地坝、发展沼气，组织带领群众改善生产生活条件。青年习近平在延安梁家河村劳动生活多年，当时那个地区的生态环境曾因过度开发而受到严重破坏，老百姓生活也陷于贫困，"我从那时起就认识到，人与自然是生命共同体，对自然的伤害最终会伤及人类自己"。

在福建工作，五下长汀，走山村、访农户，摸实情、谋对策，推进水土流失治理。去年3月习近平总书记在福建考察，得知长汀昔日童山已成绿色家园，总书记动情回忆往事："我给大家讲，给生态投了钱，看似不像开发建设一样养鸡生蛋，但这件事必须抓。抓到最后却是养了金鸡、生了金蛋。"

在浙江主政，着力创建生态省，打造"绿色浙江"。"千万工程"惠及万千群众，获得联合国最高环境荣誉——"地球卫士奖"。在安吉余村，首提"绿水青山就是金山银山"。2020年3月，15年后再访余村，总书记感慨系之："时间如梭，当年的情景历历在目，这次来看完全不一样了，美丽乡村建设在余村变成了现实。"

无论躬耕基层，还是领航中国，始终扎根中华大地，始终心怀"国之大者"，始终坚持人民至上。习近平生态文明思想，一步步在实践中形成、丰富和发展。

（五）党领导人民成功走出中国式现代化道路，创造了人类文明新形态，生态文明建设既是重要组成部分，也是鲜明标识标杆

"中国现代化是绝无仅有、史无前例、空前伟大的。"

十年前这次考察，至今让人铭记。

2012年12月，习近平总书记在党的十八大后首次出京考察，来到改革开放先行地广东。总书记深刻阐述现代化进程中的生态文明建设：

"我们建设现代化国家，走美欧老路是走不通的，再有几个地球也不够中国人消耗。""走老路，去消耗资源，去污染环境，难以为继！"

有人算过这样一笔账：如果在全球维持一个像美国这样的物质社会，将需要 5 个地球的资源。中国，需要走出一条自己的路。

中国现代化不是西方现代化的"翻版"，这既是历史选择，也是时代必然。强调"以人民为中心"，追求人与自然和谐共生，中国式现代化，就是要防止和克服西方传统现代化伴生的物质主义膨胀、生态恶化等弊病。

我们没有走西方"先污染、后治理"的老路。人与自然和谐共生的现代化道路，锚定的是"绿水青山"和"金山银山"双赢。

"文明如果是自发地发展，而不是自觉地发展，则留给自己的是荒漠。"面对突飞猛进的工业文明，马克思曾发出警告。

蒸汽机的发明，打开了工业文明时代的大门。人类在创造巨大物质财富的同时，也加速了对自然资源的攫取，造成人与自然关系的紧张。洛杉矶光化学烟雾事件，伦敦烟雾事件，日本水俣病事件……20 世纪，西方国家发生了"世界八大公害事件"，"损失巨大，震惊世界，引发了人们对资本主义发展模式的深刻反思"。

按下绿色发展快进键，进入生态文明建设快车道，新时代中国走出一条新路。以绿色为底色的中国式现代化，摒弃传统工业文明"大量生产、大量消耗、大量排放"的模式，踏上了经济发展和生态环境保护共赢之路。

走向生态文明新时代的中国，对传统工业文明进行扬弃，以宏大格局、鲜明主张、扎实行动，共建清洁美丽的世界。

不同的道路选择，来自中华文化和西方文化的价值差异。

在中华文化中，与自然相处，追求的是"天人合一""道法自然"；与世界相处，追求的是"天下大同""美美与共"。中华文明虽是工业文明的迟到者，但始终保有着生态智慧。中国式现代化，谋求的是共建美好世界的最大公约数。

不同的道路选择，源于中国共产党人矢志不渝的天下情怀。

大道之行，天下为公。从"中国应当对于人类有较大的贡献"，到"国家总的力量就大了，可以为人类做更多的事情"，再到"中国人民不仅要自己过上好日子，还追求天下大同"，中国共产党人的天下情怀始终如一，日益坚实。

坚持胸怀天下，中国为人类可持续发展做出积极贡献。

一部人类文明的发展史，就是一部人与自然的关系史。

习近平总书记指出："生态文明是人类社会进步的重大成果。人类经历了原始文明、农业文明、工业文明，生态文明是工业文明发展到一定阶段的产物，是实现人与自然和谐发展的新要求。"

今天，中华民族迎来了从站起来、富起来到强起来的伟大飞跃，社会主义中国以更加雄伟的身姿屹立于世界东方。生产发展、生活富裕、生态良好的文明发展道路，越走越宽广。

生态环境大提质。十年呵护，绿水青山越来越美——

蓝天白云重新展现，绿色版图不断扩展，绿色经济加快发展，城乡环境更加宜居，地球家园增添更多"中国绿"。社会主义中国，成为全球生态文明建设的重要参与者、贡献者、引领者。

生产发展大提高。十年浇灌，金山银山越做越大——

经济总量从2012年的51万亿多元增长到2021年的逾114万亿元，中国经济对世界经济增长的贡献率总体上保持在30%左右，是世界经济增长的最大引擎。

生活水平大提升。十年增进，民生福祉越发殷实——

"民亦劳止，汔可小康"的千年梦想变为现实。9899万农村贫困人口全部脱贫，如期全面建成小康社会，创造了彪炳史册的人间奇迹。

2021年7月1日，天安门城楼上，习近平总书记的话语掷地有声：

"我们坚持和发展中国特色社会主义，推动物质文明、政治文明、精神文明、社会文明、生态文明协调发展，创造了中国式现代化新道路，创造了人类文明新形态。"

"新时代的实践充分证明，中国的生态文明建设，特别是习近平生态文明思想，为这一人类文明新形态做出了历史性贡献，是其重要组成部分和鲜明标识，对中华民族永续发展和构建人类命运共同体的重要意义日益凸显。"中国社会科学院生态文明研究智库理论部主任黄承梁说。

"人不负青山，青山定不负人。生态文明是人类文明发展的历史趋势。"

若干年后，从历史的山巅回望，人们会更清晰地看到：新时代中国坚定不移地建设生态文明，坚定不移地建设人与自然和谐共生的现代化，树立起新的文明标杆。

而在一个有 14 亿多人口的最大发展中国家推进生态文明建设，建成富强民主文明和谐美丽的社会主义现代化强国，其影响必将是世界性的。

时间，是最忠实的书写者、最清醒的见证者。

美丽中国，十年耕耘，百年初心，千秋功业。

"生态文明建设做好了，对中国特色社会主义是加分项""有所为是发展，有所不为也是发展""我们必须咬紧牙关，爬过这个坡，迈过这道坎"。

历史的挑战如同棋局。唯有放眼全局，才能勇开新局。

深刻把握社会主义建设规律，深彻洞悉人类文明进步趋势，深切回应人民群众诉求期盼，深长思考和平发展时代主题。以习近平生态文明思想为根本遵循，中华民族昂首迈向人与自然和谐共生的现代化，持续书写举世瞩目的文明史诗，也为人类社会发展贡献东方智慧。

雾霾七问

人民日报　2017年1月7日

记者：刘毅　寇江泽　孙秀艳　赵贝佳

编者按：近期频繁袭来的大范围严重雾霾，不时启动的空气重污染预警，让京津冀及周边地区的人们心中焦虑。

"到底是哪些原因导致这么严重的雾霾？""这几年治霾究竟有多大成效？""什么时候能一直呼吸洁净的空气？"……当空气重污染过程频发时，不少人发出疑问。

生活在同一片天空之下，和"心肺之患"相关的这些问题，也是本报记者心中的问号。连日来，记者专访了多位相关领域的专家学者。

一起来看看专家学者们的详细分析。

贺克斌：中国工程院院士、清华大学环境学院院长

张小曳：国家大气污染专项项目"我国大气重污染累积与天气气候过程的双向反馈机制研究"首席科学家、中国气象学会大气成分委员会主任委员

欧阳志云：中国科学院生态环境研究中心研究员

周兵：中国气象局国家气候中心研究员、中国气象局气象服务首席专家

常纪文：国务院发展研究中心资源与环境政策研究所副所长

马学款：国家气象中心首席预报员

张恒德：中国气象局环境气象中心副主任

一 问

京津冀及周边地区近期雾霾比较重、比较多，主要原因是什么？

"主因还是污染排放大，不利气象条件也是重要的配合因素。"

贺克斌：1990 年以前，北京也有类似扩散条件不利的天气，但并没有发生重污染。经过这些年的快速发展，京津冀及周边地区燃煤、机动车等排放的污染物翻了四五番。随着污染物排放量上升，成霾的气象门槛逐年降低。气象条件稍微差一点儿，北京就发生雾霾，再差一点儿，就发生重雾霾污染。

目前，全国二氧化硫、氮氧化物等主要大气污染物排放量均在近 2000 万吨，而且污染物主要集中排放在东部、京津冀及周边地区。

张小曳：主因还是污染排放大，不利气象条件也是重要的配合因素。气候变化和霾之间的联系机制，科学界还在研究。中国工程院对"大气十条"实施情况的中期评估显示，京津冀

区域的污染气象条件，2014年较2013年转差17%，2015年较2013年转差12%。总体来讲气象条件是比较不利的。当然，主要是目前污染物排放还没有降到位。如果能降到位，即使在不利气象条件下，雾霾持续时间和出现次数都会减少。

欧阳志云：发生重污染天气，我觉得人为的污染物排放是主因。天气条件是形成雾霾的外部环境，如果没有那么多污染物排放，即使天气不好，污染物浓度也不会那么高。

二 问

从天气气候条件来看，随着全球变暖，发生了哪些变化？

"冬季气温偏高，雾霾有推波助澜的作用。"

周兵：天气气候条件在雾霾的发生、发展、消散等多个环节中都有重要作用。随着全球变暖，大气边界层稳定度、冬季小风日数、大气环境容量等方面发生变化，对雾霾的形成有一定影响。

2014年以来，全球温度不断打破纪录。2014年曾经是全球最暖年，但2015年打破了2014年的纪录，2016年又将会再次打破2015年的纪录，而且破纪录的幅度可能进一步增大。气象监测数据显示，近十年来，京津冀地区气温升高，降水减少，风速减小。京津冀地区的大气环境容量，也就是大气容纳污染物的能力总体在变小，这一点是明显的。

刚刚过去的2016年12月，是我国1951年以来最暖的12月，全国平均气温比多年平均情况偏高2.6℃，北京偏高1.6℃左右。

这是极其极端的状况。这么暖的温度为大雾霾过程提供了重要背景，冬季气温偏高，对雾霾有推波助澜的作用。

张小曳：温度、气压、风力、湿度等气象条件都与雾霾或多或少有关，同时，雾霾还受到气候变化的影响。以全球变暖为主要特征的气候变化会使大气层结更加稳定，这是国际上已形成的共识。也就是说，在全球变暖的气候变化背景下，导致污染的天气条件总的来讲是不利的，容易导致雾霾不断加重。前不久，欧洲一些地方也遭遇了空气污染现象。

三 问

气象探测仪器观测到，前几天北京上空出现了高度差不多1000 米的"逆温层"。逆温层是怎么回事？

"逆温形成污染，污染加剧逆温，恶性循环，越来越重。"

马学款：逆温现象是自然界一直都有的。一般情况下，大气温度随着高度增加而下降，可是在某些天气条件下，地面上空的大气中会出现气温随高度增加而升高的现象，气象学上称它为"逆温"，发生逆温现象的大气层称为"逆温层"。

逆温的种类很多，大家常说的逆温往往指辐射逆温，它是由夜间地面长波辐射导致近地面温度快速下降而形成的。逆温是一种典型的大气层结稳定现象，这种现象在冬季尤其常见。

大气污染物除了水平扩散，还能向天空垂直扩散。如果大气层结稳定，气温呈现下低上高的状态，即出现"逆温层"的时候，它就像大被子一样覆盖在近地面，阻碍空气的垂直对流运动，使"混合层"（近地面空气可以在其中上下混合交换）高度，由较高时的上千米，大幅降低至几百米甚至几十米，导致污染物的扩散受到抑制。

张小曳：人类活动对逆温现象也有影响。污染物集中在低层大气中、出现霾时，气溶胶的总效应是"冷却效应"，使得低层降温幅度高于上层降温，会使得逆温加重，大气层结更加稳定。逆温形成污染，污染加剧逆温，恶性循环，越来越严重，必须要有一个天气过程带来的冷空气，才能破坏这种循环。

四 问

有时大家感觉风并不大，但雾霾短时间内就消散了，这是为什么？

"逆温层结的破坏、大气垂直扩散能力加强等因素，均有可能对雾霾起到清除作用。"

张恒德：风速的增大、风向的转变、湿度的减小、有效的降水、逆温层结的破坏、大气垂直扩散能力加强等因素，均有可能对霾起到清除作用。

一种可能性是受建筑物遮挡等因素影响，有时体感风速较小，但近地层的风速已经达到一定的量级，对污染物有明显的清除作用；另一种可能性是在持续弱偏北风的作用下，近地层相对湿度显著降低，污染物逐步稀释扩散；另外，大气的逆温层结被破坏、污染物垂直扩散能力加强等原因，也可以使得雾霾减弱消散。

五 问

雾霾是多种污染物共同造成的，需要协同减排。目前雾霾减排的重点应该是什么？

"把氮氧化物排放降得更低一点儿，可能效果更明显。"

贺克斌："大气十条"针对的是以下几种污染物：一次颗粒物、二氧化硫、氮氧化物、挥发性有机物。这一顺序也是按照实际减排力度大小排列的，一次颗粒物、二氧化硫减得多些，氮氧化物次之，挥发性有机物减得少些。

氮氧化物的主要来源包括燃煤（燃煤电厂、工业锅炉、散煤）、机动车等。氮氧化物既是硝酸盐的前体物，也是形成硫酸盐的氧化剂。在冬季应对 $PM_{2.5}$ 重污染时，在多种污染物协同减排的基础上，把氮氧化物排放降得更低一点儿，可能效果更明显。目前，电厂已经做到超低排放，进一步的减排空间已经很小了。下一步要加大力度治理工业锅炉、散煤、机动车等。

"十一五"时期，有专家建议将二氧化硫、氮氧化物同时列入总量控制，但最终只有二氧化硫被列入。"十一五"期间，全国二氧化硫排放量减少 14%，氮氧化物排放量上升超过 30%。从"十二五"时期开始，氮氧化物被列入总量控制。相对于二氧化硫，氮氧化物控制技术的时间积累比较短，这也是其减排面对的挑战。

目前，挥发性有机物还没有纳入总量控制，氨的治理还没有实质性动作，这会对整个大气环境治理效果产生较大影响。

氨是大气细颗粒物的重要前体物，其排放量的增加有可能抵消其他措施的减排效果。

六 问

在京津冀及周边地区，什么时候才能蓝天白云常在，冬季也能一直呼吸到清新空气？

"雾霾是几十年的发展积累形成的，必须要有中长期的防治战略和科学措施。"

贺克斌：如果京津冀一体化顺利推进，能够在能源结构、产业结构方面有所突破的话，减排会加速。但是，北京等地 $PM_{2.5}$ 浓度要降到 35 微克／米^3（国家二级标准），需要 10～15 年，要到 2025 年以后。

治雾霾，没有一招制胜的办法，需要较长期和多方面的努力。

欧阳志云：随着人们对雾霾危害的认识，对控制雾霾污染的重视，通过调整产业结构，提高技术水平、管理水平等，雾霾会逐渐得到控制。

常纪文：经过治理，目前京津冀地区 $PM_{2.5}$ 年均浓度有所下降，但 $PM_{2.5}$ 前体物的浓度仍然是发达国家的 10 倍左右。总体来看，今后 10 年，中国的主要污染物排放总体上处于跨越峰值并进入下降通道的转折期，到"十三五"末期和"十四五"初中期，主要污染物排放总量的拐点可能全面到来。

补齐生态环境这个经济社会发展的突出短板，既要有解决环境问题的历史紧迫感，在战略部署上也要有必要的耐心，以与经济社会发展相协调的方式、污染防治与生态建设相结合的方式，在发展中科学、稳妥、分阶段地解决环境问题。雾霾是几十年的发展积累形成的，不是一年两年可以根治的，必须要有中长期的防治战略和科学措施。

七 问

从近期发生的空气重污染过程来看，下一步还需要采取哪些更有力的治污措施？

"减排必须在能源结构、产业结构调整上下更大功夫。"

贺克斌：头几年的减排取得了一些成绩。不过，目前各地更多是在末端治理上使劲，包括超低排放、提标改造等，要找新的减排量，必须在能源结构、产业结构调整上下更大功夫。现在排放量有所减少，但留在空气中的污染物还足够多，因此效果还不明显，必须进一步大幅度削减污染物。

目前，有 30 多个城市正在进行大气污染物排放源清单的编制试点工作，对各种排放源的二氧化硫、氮氧化物、挥发性有机物、PM_{10}、$PM_{2.5}$ 等 9 种污染物进行调查，做到大气污染物全覆盖。这对搞清楚并控制住污染源非常重要。

环境保护部每次开展空气重污染督察时，都能发现不守规矩的企业。有减排技术、设备，如何保证技术、设备得到充分使用，还需加大监管力度。完全靠人的"自觉"是靠不住的，抽查也不容易。监管需要好的技术手段，国家应该多投入一些资金研究监管技术。排污总会留下痕迹，通过技术手段可以追踪，把漏洞、歪路堵住。否则，可能纸上统计减了很多污染物，实际上大打折扣。

常纪文：京津冀和周边地区应通过科学管理等手段，缓解雾霾问题。比如，优化城市空间开发利用结构，遵循地理、气象、生态等基本条件，开展"多规合一"，打非治违，形成科学的、可持续的生产、生活和生态空间；以最坚决的态度执行城市开发利用边界制度，防止各城市主城区、各区县城区等的范围继续膨胀，超过区域生态环境容量。

中央环保督察组来了

人民日报　2016 年 11 月 26 日

记者：孙秀艳 刘毅 寇江泽 赵贝佳

编者按：11 月 12 日至 23 日，第一批接受中央环保督察的 8 个省份陆续接到反馈意见，督察组对各地的督察毫不手软，意见犀利，直击问题要害。

自中央环保督察组今年 7 月赴各地开展工作以来，全社会高度关注。督察组怎样开展工作，督察取得了哪些实效，督察之后各地如何持续推进环境保护，环保压力如何通过"督党委""督政府"层层传导？带着这些问题，本报记者近日赴内蒙古、江苏等地深入调研。

11 月 12 日上午，中央第一环保督察组督察内蒙古自治区情况反馈会正在举行。通报意见中，"半数盟市党委常委会很少专题研究环境保护，有的甚至一年间没有研究环境保护问题""89 个国家和自治区级自然保护区中有 41 个存在违法违规情况"等语句，让内蒙古自治区环境保护厅副厅长郝庆文的心中五味杂陈。

"内蒙古环境保护工作的压力很大，担子很重，一些同志对绿色发展的认识还需要进一步提高。"郝庆文语调沉重地对记者说，保护生态环境事关全局，内蒙古要以铁的决心、铁的措施，做好环保问题整改。

内蒙古、黑龙江、江苏、江西、河南、广西、云南、宁夏，在第一批接受中央环保督察的8个省（自治区）中，很多干部都和郝庆文一样，感受到了沉甸甸的压力。督察期间及督察前后高强度的工作和所见所闻，让他们思想上受到"前所未有的触动"，重压之下有人甚至"瘦了一圈儿"。

记者在内蒙古、江苏等地采访时看到，通过"督党委""督政府"，环保压力层层传导，一批百姓反映强烈或久拖不决的环境问题得到解决，地方党政领导对环保工作的重视达到前所未有的程度。

一、传导压力，让环境保护成为无可推脱的责任

"环保达标才能过关，不达标，天王老子也不敢帮他担这个责任。"

中央环保督察组首次亮相是在今年年初，对河北督察后措辞严厉的反馈意见，出乎很多人的意料。"无论第一批到不到我们这里，也得先把工作中存在的问题梳理一遍。"在第一批接受督察的8个省（自治区）名单公布之前，不少地方已经紧锣密鼓地展开自查自纠工作，有的还远赴河北省"取经"。

"自治区在督察组来之前做了很多工作，包括梳理全区环

境问题、已经采取了哪些措施、整改到了什么程度，做到心中有数。"郝庆文告诉记者。

中央环保督察组督察的是地方党委、政府环保责任的落实情况。接受督察的省份无一例外地成立了高规格的中央环保督察协调领导小组，有的省（自治区）委书记亲自"挂帅"。

环保责任层层传导、压实。"压力来自问责，讲半天道理还不如问责一个人。现在大家都知道'宝剑高悬'，不敢怠慢。"江苏省环境监察局局长张明华说。督察过程中的每次谈话、调取资料、现场查案，都使相关干部和工作人员受到了震撼，"环保责任"由此变得更加真实、具体。

回忆起督察组下沉泰州后自己被请去谈话的情景，江苏省泰州市经信委副主任林杨依旧心绪难平。准备好身份证、填好部门和分工、被告知所拥有的权利、询问是否要求回避……被约谈时的"序幕"，就惊出他一身冷汗。

督察组约谈林杨的内容涉及过剩产能淘汰等，长达 6 个小时。谈话后，他还要检查笔录，签下名字，按下手印。他受到极大的触动，"经信委和发改委在工作上有交叉，原来责任不明的地方总想'往外推'。经过这次督察，我深深感到，执行国家产业政策以及日常行业管理，真要把环保挺到最前面。以前是环保部门'得罪人'，现在其他部门也要'得罪人'，不然，头顶上的雷肯定会炸响"。

督察组白天看材料，找线索，晚上开会研究，散会后与地方协调领导小组沟通，要求补充材料、布置第二天现场督察任务、提出案件目录，往往忙到很晚。内蒙古自治区发展和改革委员会资源节约和环境保护处副处长王雪峰告诉记者，督察组有时候晚上10点通知要材料，要求第二天早上9点前必须送到，"送材料时恨不得插上翅膀飞过去。虽然那段时间很忙，但环保督察让大家真正意识到本部门工作与环保的直接关联，这非常重要。"

"以往，一些领导特别是非环保口的领导，对环保的认识更多的是宏观概念，真正融会贯通到各项工作中还是有差距的。"江苏省无锡市副市长朱爱勋认为，中央环保督察最大的意义就是进一步强化各级党委政府、各级领导干部对生态文明和环境保护重要性的认识，以前所未有的力度投入生态建设和环境保护。

让领导干部把"党政同责、一岗双责"时时刻刻记在脑子里，落实在行动上，这是中央的要求，也是督察的初衷之一。内蒙古自治区包头市副市长感到，变化正在发生，"以前，很多企业来找我，找环境保护局长，希望在环保上'高抬贵手'。现在没有这种情况了，环保达标才能过关，不达标，天王老子也不敢帮他担这个责任。"

二、立行立改，使群众有实实在在的获得感

共交办群众来电来信举报13316件，带动地方投入查处整改工作人员近4万人。

督察组每到一地，就会立即公布举报电话和来信地址。一时间，一些地方的举报电话铃声此起彼伏，有的地方甚至特意延长了举报受理时间。

百姓对"环保钦差"满怀信任和期待。据国家环境保护督察办公室统计，8个督察组共计交办群众来电来信举报13316件，地方已基本办结。8个督察组及相关工作人员共计190人，带动地方投入查处整改工作人员近4万人，切实推动了一大批具体环境问题的解决，人民群众有实实在在的获得感。

内蒙古自治区呼和浩特市战备路上，烧烤摊点的烧烤炉已全部移入室内。呼和浩特市城市管理行政执法监察支队队长包良告诉记者，夏天，这条路上烧烤用的炉具一字排开，没有任何除烟设备，街道上总是烟雾缭绕。在督察期间，呼和浩特市共收到中央环保督察组交办的群众举报餐饮油烟噪声案件307件，约占全部举报问题的1/3。

"立行立改，督察期间我们就把烧烤摊点的环境综合整治作为工作重点。"包良介绍，他们向有关商户下达了限期整改通知书，并挨家挨户做工作。现在商户们都已换上新的电烤炉，装上了油烟净化处理设施。

江苏省江阴市祝塘镇富顺村，路一侧是安谧的江南乡村，在另一侧废弃的高大房舍里，曾暗藏了10家无任何手续的废塑料造粒、废泡沫粉碎作坊。7月25日接到督察组交办的这一案件后，江阴市立即行动，第二天就责令停产，28日对这片区域断电，防止死灰复燃。镇长夏建辉说，7月30日，镇里启动自查行动，发现类似问题作坊68家，截至11月初，47家的设备已拆除。江阴市副市长赵强告诉记者，江阴被督察的案件数占到无锡的2/5，各级政府都很重视，做到了执法严、速度快，让百姓满意。

内蒙古自治区鄂尔多斯市坚持问题导向，将督察涉及的每一项任务、每一个环节、每一个问题都列出清单，建立台账，并按照"一个问题、一名领导负责，一套整改办法、一套整改档案、一支整改队伍"的工作思路，对问题逐项倒排工期、倒逼进度、照单管理，确保按时限和要求完成问题整改。

在对举报案件进行处置的同时，无锡、苏州等地还把案件做了详细分类分析，水、气、土、噪声、邻避问题的比例、举报地域分布等一目了然。苏州市副市长徐美健说，群众举报的问题反映了工作的薄弱环节，要以此为抓手，进一步地做好工作。

举报案件中有一些是油烟、噪声污染之类的"小事"。中央环保督察组督办这些事，是不是有点儿"大材小用"了？对此，江苏省昆山市副市长金健宏表示，虽然中央环保督察组反馈的有些似乎是"鸡毛蒜皮"的事，但解决起来不简单，考验干部的观念和作风。同时，这些举报案件也让大家进一步反思GDP与COD（化学需氧量）、PM（颗粒物）的关系，反思经济发展与百姓幸福指数的关系。

三、力度空前，促地方啃下"硬骨头"

"与其等人拿板子敲着你做，不如自己早早做好。原来进度慢的工作，现在快起来了。"

10月的呼和浩特，已有些许寒意，大黑河的堤坝上机器轰鸣，综合治理工程正如火如荼地进行。

"近年来，大量未经处理的污水直排大黑河，部分河段成为典型的城市黑臭河段，群众反映突出。"呼和浩特市水务局局长马文文说，由于治理工程投资很大，政府一直在犹豫。去年环保部华北环保督察中心在内蒙古自治区进行综合督察时，就关注了大黑河治理问题，这次中央环保督察，让呼和浩特市下决心彻底整治大黑河。

"整治总投资达42亿元，未来不仅会消除黑臭，还将创造出良好的水景观，实现水资源的循环利用。"马文文笑着对记者说，"下次来，你们见到的就是'大清河'了！"

实际上，不少地方都面临与大黑河整治类似的环境问题——百姓反映强烈，各级政府都很关注，问题就摆在那儿，可是解决起来要么投资大，要么有阻力、困难多，往往久拖不治。督察组在各地进驻时间虽然只有一个多月，但督察、督办、问责的力度前所未有，促使很多难啃的"硬骨头"终于被啃下来了。

记者赶到位于江苏靖江的众达炭材有限公司时，天已擦黑儿，空旷的厂区里静悄悄的，一片萧瑟。投资10亿元、2011年建成投产的这家企业厂区，存在未经环保验收长期违法生产、批建不符以及污染物超标排放等多项违法行为。当地环保部门曾先后3次对其做出责令停产等处罚，并于今年3月申请法院强制执行。可即便如此，这个公司就一直没真正停产过。

"环保部门能用的手段基本都用了，可问题一直解决不了，真是很头疼。"泰州市环境保护局副局长何如松告诉记者，中央环保督察组下沉泰州市期间，这家公司的问题被列为重点督办案件。7月底，在公司负责人被公安部门拘留及法院约谈的巨大压力下，众达炭材逐步停炉停产，困扰环保部门多年的难题终于得到破解。

内蒙古呼伦贝尔市北方药业自建厂以来投诉不断，异味扰民问题突出，长期得不到解决，仅中央环保督察期间就收到群众举报80余次。中央环保督察组专门赴现场调查，结果显示群众反映的问题基本属实，同时发现企业存在违规填埋废菌渣问题。在中央环保督察组的督办下，呼伦贝尔市委专门召开常委扩大会议，要求责令该企业立即全面停产整顿，对相关人员启动问责程序。企业7名相关责任人被采取刑事强制措施，其中2人取保候审、5人被监视居住。市政府要求，企业整改不到位坚决不允许恢复生产。

"过去，在环保问题的解决方面，能拖一拖、放一放的事情，可能就放过去了。现在看，早晚得做，不做后遗症更大，老百姓要告你、干部要被问责。"呼和浩特市常务副市长孙建华表示，"长痛不如短痛，与其等人拿板子敲着你做，不如自己早早做好。原来进度慢的工作，现在快起来了。"

四、形成机制，以督察促日常管理水平提升

压实责任、整合协同，态度坚决、一着不让，保持对环境违法的高压威慑。

中央环保督察组来了，地方铁腕、高效处理环境违法案件，解决突出问题。督察组走了，这样的工作热情、工作状态靠什

么得以延续?

环保督察是手段,就是要推动地方建立保护环境、爱护生态的长效机制。"省委、省政府同样希望以督察为契机,建立生态环境保护的长效机制,更好地抓落实。"江苏省环境保护厅副厅长蒋巍对记者说,江苏省研究制订了行动方案,主要针对中央环保督察组指出的突出问题,抓住主要矛盾,精准发力施策。对督察组交办的信访问题,组织地方开展办理情况"回头看",同时,持续加大执法力度和案件查处力度,始终保持惩治违法排污的高压威慑态势。

明晰并压实责任,是建立长效机制的基础。不久前,江苏省印发《江苏省生态环境保护工作责任规定(试行)》,明确了各级、各部门在工作中的生态环境保护责任,尽责有奖,失职必查。内蒙古按照自治区党委、政府印发的《内蒙古自治区环境保护督察实施方案(试行)》的要求,对各盟(市)开展了环境保护督察工作,以进一步巩固中央环保督察成果,落实各级党委、政府的环保责任。

针对中央环保督察反馈意见内容,江苏省委书记李强要求,全省上下要变"触动"为"行动",举一反三,深挖环境问题背后的深层次原因,通过制度建设推动标本兼治,真正把环保督察成果用足用好。"以这次中央环保督察为新的起点,态度坚决、一着不让、善始善终地抓好整改,务求环境改善取得新成效、绿色发展打开新局面,向党中央、国务院和全省人民交上一份满意的环保答卷。"

内蒙古自治区党委书记李纪恒强调，要坚持当前和长远、治标与治本相结合，总结经验、把握规律，查找不足、解决问题，推动经济建设与生态文明高度统一、协调共进，真正把新发展理念落到实处。要聚焦生态脆弱这个"短板"，继续大力实施重大生态修复工程；加大重点行业重点领域突出环境问题整治力度，促进全自治区环境质量持续改善。

"中央环保督察组在的日子，环境保护局连公安局也能调动。"无锡市政府副秘书长席永清指着无锡市环境保护局副局长任栋对记者说，"中央环保督察组在的时候，他代表督察协调小组向各部门'派活儿'，各部门联动的效率很高，平时可做不到。这也让我们反思，环保联动机制作用发挥得不够。大家都关注长效机制，我看这条我们就要好好总结下。"

在苏州，工业企业资源节约利用综合评价平台，已经上线试用，这一平台集纳了各种环境资源领域数据。"未来，化解产能过剩要分行业、分等级、分类，都要以这个平台的大数据说话，决定淘汰谁，做到精准管理。"苏州市政府副秘书长张曙说，建立环保长效机制，不仅要牢固树立绿色发展理念，也要靠整合协同，用好现有资源，创新方法手段。

五、督察反馈意见，直击突出问题

内蒙古：89个国家和自治区级自然保护区中有41个存在违法违规情况。

江苏：长江江苏段分布有30个集中式饮用水水源地，现场抽查 12 个，8 个存在环境违法问题。

河南：空气污染严重，全省 PM_{10} 和 $PM_{2.5}$ 浓度均位列全国第二；郑州未完成环保目标考核，经济社会考核居然为"优秀"。

黑龙江：哈尔滨市环境治理工作推进得不够有力，扎龙万亩湿地被毁。

宁夏：全自治区大气环境和局部水体环境质量下降，对重污染地区大气污染物排放自行减压。

广西：一些领导同志对生态环境保护存在盲目乐观情绪，环保为发展建设让步的情况时有发生。

江西：部分环境保护工作不严不实，7 个地市 PM_{10} 或 $PM_{2.5}$ 浓度不降反升，环保不作为、乱作为问题突出。

云南：全省 70 个省级以上工业园区中，有 57 个未建成集中式污染治理设施；重金属污染治理推进不力，要求 2015 年底前建成 19 个历史遗留重金属污染综合治理工程，目前仍有 12 个尚未建成。

"天空日记"为何动人心

人民日报　2023 年 6 月 6 日

记者：刘毅　寇江泽

6 月 5 日，山东济南。六五环境日国家主场活动"建设人与自然和谐共生的现代化"主题展览现场，在"晒晒我的'家乡蓝'"摄影作品征集活动优秀作品展区，众多参观者驻足观看一幅幅精彩纷呈的照片。

河北石家庄，70 多岁的王汝春老人每天对着天空拍摄，记录下生态巨变；河南安阳，安钢职工殷海民自豪地晒出厂区美图，钢铁厂从"职工不敢穿白衬衣"的地方转变为国家 3A 级旅游景区；山西临汾，摄影家闫锐鹏用镜头记录下生态环境不断改善，天越来越蓝的景象……展区里，一幅幅打动人心的作品，展现出各地蓝天保卫战的不懈努力、空气质量的巨大变化，让参观者们产生广泛而深刻的共情与共鸣。

人民日报于 2022 年六五环境日制作推出短视频《天空日记：3000 多张照片记录 8 年蓝天之增》，讲述王汝春的故事。

王汝春是河北省石家庄市退休工人，也是一位摄影爱好者，他从2014年元旦起，每天早上拍摄同一片天空，几乎没有中断，多年如一日地记录着身边环境改善。"从69岁拍到77岁，蓝天照一年比一年多。"网友纷纷留言点赞，接力晒出家乡蓝天。

为回应网友及读者诉求，人民日报社经济社会部、生态环境部宣教司、人民网随即联合开展"晒晒我的'家乡蓝'"摄影作品征集活动，短短1个月，收到来自各省（区、市）的7000余件作品。通过报纸版面和新媒体平台，大家争相展示家乡蓝天"靓照"、分享背后生动故事，大江南北涌现出许许多多的"王汝春"，"天空日记"有续篇，再次引发海内外读者强烈反响。

打动亿万网友的，是这十年来，"绿水青山就是金山银山"的理念成为社会各界的共识共举，蓝蓝天从生活"稀缺品"到刷屏朋友圈，人们对蓝天白云、灿烂星空的增多感同身受。

"我家乡的蓝天也很美！"福建、四川、广东、河南……在评论区，全国各地的网友们为王汝春老人点赞喝彩，踊跃晒出家乡的蓝天、朝霞、夕阳、彩虹。

"生态环境是关系党的使命宗旨的重大政治问题，也是关系民生的重大社会问题。"党的十八大以来，以习近平同志为核心的党中央把生态文明建设摆在全局工作的突出位置，开展了一系列根本性、开创性、长远性工作，着力打赢污染防治攻坚战。作为这场攻坚战的重中之重，蓝天保卫战决心之大、力度之大、成效之大前所未有。

从"盼蓝天"到"拍蓝天""晒蓝天"——十年攻坚克难，我国空气质量发生了历史性的变化：蓝天白云重新展现，空气质量持续改善，照片底色日益鲜亮。

从一个人的故事到万千网友共情共鸣——"天空日记"现象，以一种特殊的方式生动映照初心使命：新时代，人民对美好生活的向往就是我们的奋斗目标。

从"天空日记"到蓝天相册，全国各地摄影师和网友踊跃晒蓝天、赛"气质"

共情共鸣、同频共振，源于共同奋斗、共同经历。

就在十多年前，每到秋冬季节，我国北方一些地区时常遭遇大范围严重雾霾袭扰，空气浑浊、蓝天难觅。

"环境就是民生，青山就是美丽，蓝天也是幸福。""要像保护眼睛一样保护生态环境，像对待生命一样对待生态环境。"直面严峻形势，以习近平同志为核心的党中央，以前所未有的决心和力度坚决向污染宣战。自 2013 年起，大气污染防治行动计划、打赢蓝天保卫战三年行动计划接续推进，取得举世瞩目的历史性成就。

"天空日记"刷屏上热搜、网友纷纷晒出"家乡蓝"，"晒晒我的'家乡蓝'"摄影作品征集活动给广大网友提供了一个展示蓝天之美、讲述生态故事的平台。

晒蓝天，赛"气质"，比"颜值"，全国各地摄影师和众多网友积极参与。原来，在许多地方，都有用镜头忠实记录生态环境改善的"王汝春"！"王汝春"们的一系列蓝天靓照和百姓故事陆续刊发推出，受到广泛关注和好评。

在一幅幅照片里，人们看到，以往污染严重的企业面貌焕然一新，蓝天白云描绘出城乡美丽底色。

风电场在碧空下矗立山巅，夜空中银河璀璨浩瀚，马鞭草在蓝天下汇成紫色海洋……福建省安砂水电厂技术人员吴朝虹拍摄了许多美图。

自从几年前接触摄影，吴朝虹便"一发不可收拾地爱上了拍照"。在"咔咔"的快门声中，她拍下八闽大地上电力行业日益清洁的时代变迁。"天越来越蓝，山越来越绿，给我拍的照片描绘了最美底色！"吴朝虹笑容灿烂。

怎样讲好这些蓝天保卫战的中国故事？报、网、端、微一起发力，内宣外宣协同共进。

人民日报"绿色"版刊发整版图文报道《晒晒我的"家乡蓝"》，"视觉"版推出精选蓝天照片专版《我们的"天空相册"》，人民日报中央厨房—蓝蓝天工作室推出系列专题报道，图文并茂地展现美丽中国建设的显著成效。人民网编译《天空日记》，在海外进行了短视频及图文的矩阵化推送，人民网海外社交媒体平台开设 #Hello from China（来自中国的问候）# 话题，人民网法人微博持续运营 7 点早安博 # 打卡蓝蓝天 # 话题和 # 晒晒我的"家乡蓝" # 话题，展示优秀作品，网友踊跃互动。

融合传播产生良好效果。据统计，"晒晒我的'家乡蓝'"

摄影作品和故事，在人民日报报、网、端、微、屏各载体的总阅读量超过 2 亿。一幅幅蓝天照片、一个个动人故事，深深打动了海内外读者。

有的网友评论："有付出就会有回报，蓝天白云不会撒谎。"有的网友评论："好山好水看不尽，激起几多爱国心！"有的网友评论："以前钢铁厂是灰尘漫天的地方。现在随着环保政策的落实，人民幸福指数不断提高。"……

国外网友也纷纷留言："中国简直太美了！""中国好样的，人类会受益于你们为保护环境做出的努力。"……

"晒晒我的'家乡蓝'摄影作品征集活动'上连党心，下接民心'，真实记录了各地蓝天保卫战的巨大成就，真实记录了人民群众从'盼蓝天'到'拍蓝天''晒蓝天'的显著变化，生动反映了习近平生态文明思想的真理力量和实践伟力。"中国社科院生态文明研究智库理论部主任黄承梁表示。

从"追踪雾霾"到"追踪蓝天"，蓝天保卫战带来"气质"提升、繁星闪烁

如洗碧空下高楼鳞次栉比，水面倒映着天光云影……北京市生态环境监测中心大气室主任李云婷用心挑选自己拍的"北京蓝"照片，参加了摄影作品征集活动。

"一微克一微克地'抠'回蓝天，北京的天儿越来越好了，如今在市区也能拍出夜空'星轨'，大家的蓝天幸福感明显提升。"打小就生活在北京的李云婷说。

清朗天空、清新空气，民生之要、百姓之盼。

2014 年 2 月，北京遭遇雾霾，空气污染指数连日"爆表"。当年 2 月 25 日，习近平总书记在北京考察调研，严肃指出"大气污染防治是北京发展面临的一个最突出的问题"。总书记明确要求，像北京这样的特大城市，环境治理是一个系统工程，必须作为重大民生实事紧紧抓在手上。

"要加大大气污染治理力度，应对雾霾污染、改善空气质量的首要任务是控制 $PM_{2.5}$"。习近平总书记为北京大气治理指明了方向。

以超常规措施和力度，全力以赴治理大气污染。京津冀及周边地区多个城市，在工业、燃煤、机动车、扬尘等领域啃下一个又一个"硬骨头"。

2022 年，北京 $PM_{2.5}$ 年均浓度下降到 30 微克／米^3，连续两年达到国家二级标准。与 2013 年相比，$PM_{2.5}$ 年均浓度累计下降近 60 微克／米^3，PM_{10}、氮氧化物、二氧化硫年均浓度下降一半以上。

"最近几年变化非常大，蓝天明显增多了。"北京市民邹毅说。

自 2013 年起，邹毅坚持每天在朝阳区国贸桥附近固定点位拍摄天空，记录空气质量变化，拍下的照片已经超过 3000 张。他说："城市正变得越来越漂亮，心情也越来越舒畅。"

生态环境没有替代品，用之不觉，失之难存。打赢蓝天保卫战，是满足人民群众美好生活需要的"国之大者"。习近平总书记目光深远，统筹擘画，抓铁有痕。

"有关地区和部门要立军令状，立行立改，不能把雾霾当成茶余饭后的一个谈资，一笑了之、一谈了之了！"2013年12月，习近平总书记在中央经济工作会议上指出。

"要把解决突出生态环境问题作为民生优先领域。坚决打赢蓝天保卫战是重中之重，要以空气质量明显改善为刚性要求，强化联防联控，基本消除重污染天气，还老百姓蓝天白云、繁星闪烁。"2018年5月，习近平总书记在全国生态环境保护大会上强调。

"要强化多污染物协同控制和区域协同治理，加强细颗粒物和臭氧协同控制，基本消除重污染天气。"2021年4月，习近平总书记在主持十九届中共中央政治局第二十九次集体学习时强调。

一系列重大论断，一项项决策部署，一次次告诫提醒，昭示着以习近平同志为核心的党中央加强生态文明建设、打赢蓝天保卫战的坚定意志和坚强决心。

聚焦问题抓要害，找准病根开药方。党的十八大以来，我国成为全球第一个全面治理$PM_{2.5}$的发展中国家，两度修订完善《中华人民共和国大气污染防治法》。大力调整产业结构、能源结构和运输结构，严控高耗能、高污染行业，强化节能环保硬指标约束，中央生态环境保护督察"咬住问题不放松"……各地区各部门以壮士断腕的决心、力度空前的举措，坚决打赢蓝天保卫战。

钢铁、煤炭、水泥产能巨大的河北，曾深受空气污染困扰。近年来，河北统筹推进压能、减煤、治企、抑尘、控车、增绿，空气质量显著提升。

"又是一个好天儿！"清晨，来到阳台，打开窗户，轻按快门，王汝春又拍下一张天空写真。

每到月底，王汝春就会把当月拍摄的照片存储在电脑文件夹里，并标注每张照片的拍摄时间和空气状况，"以前这个文件夹叫'追踪雾霾'，后来蓝天越来越多，我早就把文件夹改名为'追踪蓝天'喽。"

看到"晒晒我的'家乡蓝'"摄影作品征集活动启动的消息后，王汝春招呼了不少影友一起参与，"'环境就是民生，青山就是美丽，蓝天也是幸福。'这话说到咱老百姓的心坎上了，总书记和我们心贴着心！"

从"雾霾灰"到"天空蓝"，蓝天相册展现全球环境与气候治理的中国智慧、中国方案

湛蓝天空下的古城墙与汾河，在清新空气中健身的人们……"现在，可拍的生态美景越来越多。存照片的硬盘越来越不够用。"山西省临汾市摄影师闫锐鹏说。参与"晒晒我的'家乡蓝'"摄影作品征集活动时，他花了许多时间在大量照片中精挑细选。

临汾是一座典型的资源型城市，工业以煤炭、焦化、钢铁等为主。2016年，临汾空气质量在全国168个重点城市里排名垫底，二氧化硫浓度曾在10天内三度"破千"。

知耻后勇，奋起直追，临汾市出台有力举措保卫蓝天。2022年，全市二氧化硫年均浓度降至10微克／米^3，比2017年下降八成多。"拍蓝天碧水，一点儿不调色，也能出很多'大片'啦！"闫锐鹏笑道。

既有强力"组合拳"，又有精细"绣花针"。这十年，各地区各部门铁腕治霾、精准施策，为摄影师们镜头里的照片奠定了鲜亮底色。

能源结构清洁化低碳化水平提升——

这十年，我国能源消费增量2/3来自清洁能源。新能源和可再生能源开发利用规模稳居世界第一，可再生能源装机规模增至12亿千瓦以上，清洁能源消费占比上升到25%以上。建成世界最大的清洁煤电体系，实现超低排放的煤电机组超过10.5亿千瓦。

产业结构绿色转型升级成效显著——

这十年，我国淘汰落后和化解过剩产能，钢铁约3亿吨、水泥达3亿吨、平板玻璃达1.5亿重量箱。力推钢铁全流程超低排放改造，6.3亿吨粗钢产能正在或已经完成了超低排放改造。

交通运输体系进一步绿色化——

大力推进"公转铁"，去年全国铁路货运总发送量达49.84亿吨，比上年增加2.11亿吨。淘汰老旧及高排放机动车超过3000万辆，新能源车保有量超过1000万辆，位居世界第一。

科技支撑能力不断增强——

组建国家大气污染防治攻关联合中心，2000多名科研人员合力攻关，在成因机理、精准治理、预测预报等方面实现关键技术突破，完成"大气重污染成因与治理攻关项目"。

奋力攻坚，久久为功，照片里的"雾霾灰"变为"天空蓝"。参与摄影作品征集活动的各地摄影师及网友表示，这几年，天空的"颜值"一年比一年提升了，呼吸的空气一年比一年清新了，对蓝天白云、繁星闪烁的幸福感也一年比一年增强了。

2022年，全国339个地级及以上城市平均空气质量优良天数比例达到86.5%，重污染天数比例为0.9%，首次降至1%以内。全国地级及以上城市$PM_{2.5}$平均浓度降至29微克/米^3，自有监测数据以来，浓度首次降到30微克/米^{3}以下。

中国治霾的成功经验，为全球环境与气候治理贡献了中国智慧和中国方案。生态环境部部长黄润秋说："我们已经成为世界上空气质量改善最快的国家。根据美国彭博新闻社的报道，2013年到2020年这7年，中国空气质量改善的幅度，相当于美国《清洁空气法案》启动实施以来30多年的改善幅度。"

"虽然取得一定的成绩，但是要非常清醒地认识到，改善成效还不稳固，特别是今年我国面临着气象条件相对不利和污染物排放量显著增加的双重压力，空气质量改善形势较为严峻。"生态环境部大气环境司司长刘炳江表示，下一步，将以减污降碳协同增效为总抓手，以$PM_{2.5}$和臭氧协同控制为主线，强化多污染物协同控制和区域联防联控，坚决打好重污染天气消除、臭氧污染防治、柴油货车污染治理三大标志性战役，推动空气质量实现全面改善。

同呼吸，共奋斗。持之以恒贯彻落实习近平生态文明思想，深入打好蓝天保卫战，以生态环境高水平保护推动高质量发展、创造高品质生活，我们的"蓝天相册"将越发动人，人与自然和谐共生的家园将日益美丽。

为了建设美丽中国
——以习近平同志为核心的党中央
关心推动中央生态环境保护督察纪实

新华社　　2022 年 7 月 6 日

记者：高敬　黄垚

建设一个天蓝、地绿、水清的美丽家园，是亿万人民的共同心愿。

党的十八大以来，习近平总书记着眼于实现中华民族永续发展的根本大计，大力推进生态文明建设，推进生态文明体制改革。习近平总书记亲自谋划、亲自部署、亲自推动的中央生态环境保护督察，是党和国家重大制度创新，是建设生态文明的重要抓手。

习近平总书记高度重视、十分关心生态环境保护督察工作，多次作出重要指示批示，为督察工作掌舵定向。从 2015 年底试点至今，生态环境保护督察工作始终深入贯彻落实习近平生态文明思想，牢固树立制度刚性和权威，夯实了生态文明建设政治责任，解决了一大批突出生态环境问题，助力经济社会绿色转型发展，成为推动美丽中国建设的重要力量。

"保护生态环境必须依靠制度、依靠法治"

2022 年 6 月 2 日，经党中央、国务院批准，中央生态环境保护督察组向内蒙古自治区反馈督察情况，至此从 2019 年开始的第二轮中央生态环境保护督察完成了全覆盖。

近年来，习近平总书记亲自审阅每一批督察工作安排、每一份督察报告、每一份整改方案、每一份整改落实情况，为督察工作指明方向。

党的十八大以来，以习近平同志为核心的党中央以前所未有的力度抓生态文明建设——将生态文明建设纳入中国特色社会主义事业"五位一体"总体布局，坚持人与自然和谐共生成为新时代坚持和发展中国特色社会主义基本方略的组成部分，"绿色"成为新发展理念的重要方面，三大攻坚战中"污染防治"成为重要一战，"美丽"一词写入社会主义现代化强国目标……生态文明建设在新时代党和国家事业发展中的地位更加凸显。

习近平总书记围绕生态文明建设作出了一系列重要论述，深刻回答了为什么建设生态文明、建设什么样的生态文明、怎样建设生态文明的重大理论和实践问题，系统形成了习近平生态文明思想，指引各地区、各部门从思想、法律、体制、组织、作风上全面发力，开展一系列根本性、开创性、长远性工作，推动我国生态环境保护发生历史性、转折性、全局性变化。

习近平总书记指出："保护生态环境必须依靠制度、依靠法治。"

这十年来，《中共中央　国务院关于加快推进生态文明建设的意见》《生态文明体制改革总体方案》相继出台，数十项改革方案接连实施，构建起生态文明制度建设的"四梁八柱"。

建立生态环境保护督察制度，正是其中的关键一招。

习近平总书记多次强调，生态环境保护能否落到实处，关键在领导干部。

2015年7月1日，习近平总书记主持召开中央全面深化改革领导小组第十四次会议并发表重要讲话，会议审议通过了《环境保护督察方案（试行）》。

此次会议指出，建立环境保护督察工作机制是建设生态文明的重要抓手，对严格落实环境保护主体责任、完善领导干部目标责任考核制度、追究领导责任和监管责任，具有重要意义。同时，会议还强调，要强化环境保护"党政同责"和"一岗双责"的要求，对问题突出的地方追究有关单位和个人责任。

河北省，成为首个中央环境保护督察试点。2015年12月31日，中央环境保护督察组进驻河北省。

当时，河北省因多年来发展方式粗放、重化工企业集中、空气质量差、污染重，一直备受关注。

一个多月的时间里，中央环境保护督察组通过听取情况介绍、调阅资料、调研座谈、走访问询、个别谈话、受理举报、现场抽查、下沉督察等多种方法，为河北省生态环境问题"问诊开方"。

2016 年 5 月 3 日，中央环境保护督察组向河北省反馈督察情况。这份公开的通报，约 60% 的篇幅谈问题，一针见血、直指病灶。

得到反馈后几天，河北省就召开环境保护大会，宣布化解过剩产能的目标，并提出将加强治理大气、水、土壤等环境污染，推进生态修复，强化环境监管执法，让生态环境早日实现根本性好转。

动真碰硬传递出明确信号。多地领导干部表示，要深刻认识到环境就是民生，要把环保压力转成治污的动力。

习近平总书记对在河北开展的环保督察工作表示肯定，认为督察"发现了问题，敲响了警钟，提出了要求，明确了整改方向"。

习近平总书记明确要求，这项工作要抓下去，后续环保督察工作要接续展开。

不久，第一批 8 个中央环境保护督察组正式进驻 8 省区，拉开了第一批中央环境保护督察的大幕。

习近平总书记要求，对生态环境污染问题，各级党委和政府必须高度重视，要正视问题、着力解决问题，而不要去掩盖问题。

到 2017 年底，首轮中央环境保护督察实现了对全国 31 个省（区、市）和新疆生产建设兵团的全覆盖，曝光了祁连山生态破坏、长白山国际度假区违法违规建设高尔夫球场和别墅、海南一些地方违规围填海进行开发等一批生态环境问题。

2018 年全国两会期间，国务院机构改革方案公布。生态环境部随后正式挂牌。

2018 年 3 月 28 日，习近平总书记主持召开中央全面深化改革委员会第一次会议，审议《关于第一轮中央环境保护督察总结和下一步工作考虑的报告》正是此次会议的重要内容之一。

会议对第一轮中央环境保护督察予以肯定，称坚持问题导向，敢于动真碰硬，取得显著成效。会议提出，下一步，要以解决突出环境问题、改善环境质量、推动经济高质量发展为重点，夯实生态文明建设和环境保护政治责任，推动环境保护督察向纵深发展。

不久，"中央环境保护督察"改为"中央生态环境保护督察"，增加了"生态"二字，以贯通污染防治和生态保护，加强生态环境保护统一监管。

2019 年 6 月，《中央生态环境保护督察工作规定》印发实施，以党内法规的形式规范督察工作。

按照规定，中央生态环境保护督察工作领导小组正式成立，进一步强化了督察权威。

制度体系不断完善，生态环境保护督察工作接续推进。

2019 年 7 月，第二轮中央生态环境保护督察全面启动、更加深入——除地方外，增加国务院有关部门和有关中央企业作为督察对象；将贯彻落实习近平生态文明思想，贯彻落实党中央、国务院生态文明建设和生态环境保护决策部署情况，以及落实新发展理念、推动高质量发展情况等作为督察重点……

2022年，经习近平总书记批准，《中央生态环境保护督察整改工作办法》印发实施。

2022年6月，历时三年，第二轮中央生态环境保护督察任务全面完成。

"敢于动真格，不怕得罪人，咬住问题不放松"

精准把脉，才能对症开方。

在2016年河北省环境保护督察反馈后，习近平总书记就作出重要批示指出，坚持问题导向，就要在发现问题上下大气力，敢于动真格的，搞清问题是解决问题的前提。

2021年4月，习近平总书记作出重要指示，强调要坚持"严"的基调，该查处的查处，该曝光的曝光，该整改的整改，该问责的问责。

按照习近平总书记要求，督察坚持问题导向，一些地方多年快速发展积累的生态环境"顽疾"被一一摆上台面。回看历次督察曝光的典型案例，"生态破坏""环境基础设施短板""生活污水直排问题较为普遍""敷衍应对整改"等问题反复出现。

在2018年召开的全国生态环境保护大会上，习近平总书记在谈及治水时强调："根据中央环境保护督察提供的情况，甚至一些直辖市、沿海发达省份、经济特区都有大量污水直排。"

"水浮莲遮江蔽河，远望如同大草原！"被称为"广东污染最严重河流"的练江，曾让流域内400多万群众饱受水体黑臭之苦，老百姓一度认为这条河"没救了"。

2017年4月，练江首次被中央环境保护督察点名：汕头、揭阳两市长期以来存在"等靠要"思想，练江治理计划年年落空……

一年后，督察"回头看"继续盯住练江污染治理问题。水体又黑又臭，河道岸边随处可见垃圾。督察组指出练江治污光说不练。

广东省市县镇村五级联动发力，加大练江污染整治力度，重点开展"控源截污"，一一补上环境整治欠账……现如今，练江告别了"墨汁河"，正逐渐恢复"生命力"，周边群众深刻感受到了练江生态环境的变化。

我国幅员辽阔，各地发展阶段、资源禀赋、环境容量差距很大，需要坚持精准、科学、依法督察，抓住主要矛盾和矛盾的主要方面，为被督察对象画"标准像"。

在生态敏感的广西，环境保护督察将重点放在漓江生态环境保护上；

在资源富集的黑龙江，黑土地保护进入环境保护督察视野；

在"千湖之省"湖北，湖泊治理每次都是督察关注重点……

找准各地生态文明建设的症结所在，挖出环境问题的病根，对当地祛除"顽疾"紧盯到底。

习近平总书记在全国生态环境保护大会上表示："特别是中央环境保护督察制度建得好、用得好，敢于动真格，不怕得罪人，咬住问题不放松，成为推动地方党委和政府及其相关部门落实生态环境保护责任的硬招实招。"

盛夏时节，走进秦岭牛背梁国家级自然保护区，密林参天、飞瀑如帘。

曾经，秦岭北麓违建别墅犹如块块疮疤，蚕食着秦岭山脚的绿色。习近平总书记先后六次作出重要指示批示。中央派出专项整治工作组入驻陕西，千余栋违建别墅被彻底整治并复绿。

不只是秦岭，党的十八大以来，习近平总书记多次就一些严重损害生态环境的事件作出重要批示，要求严肃查处。

习近平总书记关注的突出生态环境问题，也为督察工作指明了方向，成为督察工作的重中之重。中央生态环境保护督察与其他专项监督检查等一起，形成守护生态环境的合力。

一段时期内，祁连山乱采乱挖、乱占乱建，冻土破碎，植被稀疏，生态受损。

习近平总书记曾多次作出重要指示，要求坚决整改。

2016年底，中央环境保护督察组进驻甘肃，直指祁连山矿产资源违规开发、水电资源无序过度开发、生态破坏整改不力等问题。

2017年2月12日至3月3日，由党中央、国务院有关部门组成中央督察组开展专项督查。7月，中办、国办专门就甘肃祁连山国家级自然保护区生态环境问题发出通报。

2019年7月，第二轮中央生态环境保护督察正式启动，甘肃进入第一批被督察的名单。祁连山生态破坏问题成为督察重点之一。督察组对照党中央要求，对当地整改进展逐一开展现场核实。

如今，144 宗矿业权全部分类退出，42 座水电站全部分类处置，25 个旅游设施项目全面完成整改……祁连山逐步恢复水草丰茂、骏马奔腾的风貌。

咬住问题不放松。督察坚持"严"的基调，接连啃下一块块"硬骨头"，严肃查处了新疆卡拉麦里山自然保护区违规"瘦身"、腾格里沙漠污染、重庆缙云山国家级自然保护区违建突出、吉林东辽河水质恶化、云南滇池违规违建等问题，相关整改工作正在扎实推进并取得阶段性成效……

在习近平总书记心中，发展经济是为了民生，保护生态环境同样也是为了民生。

有利于百姓的事再小也要做，危害百姓的事再小也要除。

督察不仅聚焦"大事情""硬骨头"，也将"镜头"对准困扰群众的"身边事""小问题"。

水体黑臭、垃圾乱堆、油烟异味、噪声扰民……近年来，两轮督察累计受理转办群众生态环境信访举报件 28.7 万件，已办结或阶段办结 28.5 万件。群众身边的生态环境有了看得见摸得着的改变。

"把生态保护好，把生态优势发挥出来，才能实现高质量发展"

碧水蜿蜒，绿带交织。长江之畔的安徽马鞍山薛家洼生态园，如今是当地群众亲江、亲水、亲绿的城市生态"客厅"。

马鞍山市因钢而兴，产业迅速发展，但一直以来生态欠账较多。就在前几年，薛家洼还是长江岸边的一块生态"疮疤"，沿江不见江、处处脏乱差。

对发展和保护的关系，习近平总书记有着深刻思考——

"我们既要绿水青山，也要金山银山。宁要绿水青山，不要金山银山，而且绿水青山就是金山银山。"

"保护生态环境就是保护生产力，改善生态环境就是发展生产力。"

"生态环境保护和经济发展不是矛盾对立的关系，而是辩证统一的关系。只有把绿色发展的底色铺好，才会有今后发展的高歌猛进。"

中央生态环境保护督察工作以推动高质量发展为重点，推动地方产业结构转型升级，逐步走上绿色低碳发展道路。尤其是第二轮督察把严控"两高"项目盲目上马作为重点，遏制了"两高"项目盲目上马的势头。

2016年1月，上游重庆；2018年4月，中游武汉；2019年5月，南昌；2020年11月，下游南京——习近平总书记先后4次主持召开座谈会，为长江经济带绿色高质量发展擘画了宏伟蓝图。

牢记习近平总书记"共抓大保护、不搞大开发"的殷殷嘱托，中央生态环境保护督察盯住不放，引导沿江11省（市）调整产业结构，加速岸线整治，严控环境风险，守护母亲河一江清水。

被督察组多次点名，统筹推进生态环境高水平保护和产业高质量发展，也成为马鞍山市必须要答好的"考卷"。

以"壮士断腕"的决心，对长江沿线开展治理，整治"散乱污"企业，拆除非法码头，城区35条黑臭水体全面完成整治……

加快打造以钢铁产业为主导的先进结构材料国家级产业集群，以智能装备制造、节能环保、绿色食品为标志的省级重大新兴产业集群，马鞍山市走出了一条绿色高质量发展之路。

2020年8月，习近平总书记来到薛家洼生态园，详细了解马鞍山市长江岸线综合整治和生态环境保护修复、长江十年禁渔等工作落实情况。

习近平总书记指出："把生态保护好，把生态优势发挥出来，才能实现高质量发展。"

发展理念决定着发展成效。中央生态环境保护督察工作强化督察问责，着力夯实地方党委政府政治责任，推动生态文明理念落实落地。

2021年4月25日，在漓江岸边，正在广西考察的习近平总书记听取了漓江流域综合治理情况，特别问及非法采石等情况。

习近平总书记强调："最糟糕的就是采石。毁掉一座山就永远少了这样一座山。全中国、全世界就这么个宝贝，千万不要破坏。"

当时，督察组正在广西等地开展督察，刚刚曝光了广西一些地方违规采矿、野蛮采石，导致生态破坏严重、地质地貌严重受损，存在保护为发展让路问题。

督察曝光问题后，当地一名干部表示，要切实转变发展观念，平衡发展与保护的关系，守护好山水美景，发挥特色资源优势，大力发展生态产业，真正找到"绿水青山就是金山银山"的高质量发展路子。

目前，当地生态修复工作扎实推进，秀美山水正在重现风姿。

习近平生态文明思想深入人心，"绿水青山就是金山银山"理念成为全党、全社会的共识和行动，"党政同责""一岗双责"的"大环保"工作格局逐步形成。

人民群众对生态环境质量的期望值越来越高。习近平总书记指示，要集中攻克老百姓身边的突出生态环境问题，让老百姓实实在在感受到生态环境质量改善。

近年来，督察在推动地方整改中，解决了一批多年想解决而没有解决的"老大难"问题，不断满足人民日益增长的美好生活需要。

截至 2022 年 4 月底，第一轮督察和"回头看"整改方案明确的 3294 项整改任务，总体完成率达 95%。第二轮前三批整改方案明确的 1227 项整改任务，半数已完成；第四、五、六批生态环境保护督察整改正在积极有序地推进。

汾河，黄河第二大支流，山西最大的河流。由于历史原因，汾河水一度受到严重污染。两轮督察进驻山西，汾河污染治理都是重点督察任务。

山西打响全省汾河治理攻坚战，控污、增湿、清淤、绿岸、调水"五策并举"；太原市实施"九河"综合治理工程，在汾河沿线建起绿色生态长廊。

如今，"汾河晚渡"如诗如画，滨河自行车道宛若彩带，汾河景区成为太原市民休闲娱乐的好去处。

2020年5月12日，习近平总书记来到汾河太原城区晋阳桥段。站在汾河岸边，听到汾河逐步实现了"水量丰起来、水质好起来、风光美起来"，习近平总书记点头称赞："真是沧桑巨变！"

在内蒙古，呼伦湖、乌梁素海、岱海"一湖两海"综合治理全面推进，重现勃勃生机；

在宁夏，贺兰山无序野蛮开采、严重破坏生态的行为得到有效遏制，历史"疮疤"逐渐愈合；

在四川，成都大气污染治理交出一份亮眼的"成绩单"，再现"窗含西岭千秋雪"……

锦绣华夏，更多"华丽转身"的故事正在上演。

踏上新时代新征程，在习近平生态文明思想指引下，中央生态环境保护督察将保持定力、善作善成，继续为美丽中国建设贡献力量。亿万中国人民携手同行，必将描绘出更加壮美的新画卷！

从"光说不练"到"真抓实干"，"污染典型"能否变"治污典范"——广东练江污染治理追踪

新华社　　2019 年 12 月 12 日

记者：高敬

"水体污染触目惊心""垃圾遍地令人震惊""整改任务严重滞后"……这是 2018 年 6 月中央生态环境保护督察组对广东省练江污染整改情况开展"回头看"后发出的通报。督察组称当地治污"光说不练"，提出让汕头市领导去黑臭河边"住一住"，直到河水"不黑不臭"。

一年多后，这条曾经被督察组点名批评的"污染典型"整改情况如何？记者近日赴当地调研发现，曾经"光说不练"的汕头市开始真抓实干，练江水质正呈现好转态势。

变化：多少年来终于出现"Ⅴ类水"

"7.4 毫克／升。"12 月 4 日上午，工作人员从谷饶溪里

取水样，现场检测水中溶解氧含量。

这个数据让现场人员都感到欣喜，要知道 2018 年 6 月，中央生态环境保护督察组曾在同一地点取样检测，当时溶解氧含量仅为 0.05 毫克／升。

谷饶溪是练江流域的一条小河，从人口密集的谷饶镇穿过，最终汇入练江。练江，粤东地区第三大河流，是汕头、揭阳两市的母亲河。近二十年来，练江流域纺织、印染、电子拆解等行业迅猛发展，加之环保基础设施建设滞后，污染问题不断加剧。

"以前我们都不敢开窗户。"溪美村党支部书记张楚镇说。他工作的村党群服务中心就在溪边，夏天溪水臭味难当，村民纷纷跟他抱怨，他也无计可施。

生态环境部华南环境科学研究所水环境研究中心主任曾凡棠说，以前练江水质别说是"劣Ⅴ类"，"劣Ⅹ类"都有了！河面上铺满水葫芦，看上去倒像是草原！

其实，练江污染问题很早就被督察组盯上了。早在 2016 年 11 月，第一轮中央环保督察就指出练江治理计划年年落空，一些早该建成的环保基础设施迟迟未能建成使用，每天数十万吨生活污水直排练江。

2018 年 6 月，中央生态环境保护督察"回头看"再次督察练江。督察组随机检查谷饶溪、北港河等，水体均严重黑臭。督察所到之处，水里、田里、岸边、路边、屋边随处可见垃圾。

"我们知耻后勇，迎难而上，全面加快推进环保基础设施建设，持续开展五大专项整治行动，中央环保督察各项整改要求加速落地，练江水质逐步好转。"汕头市市长说。

"数据显示，今年 10 月、11 月海门湾桥闸国考断面水质已达到Ⅴ类。"广东省生态环境保护督察办公室主任赖海滨说。

阵痛：以非常之举攻克工业污染

督察"回头看"时，督察组副组长翟青提出，建议汕头市领导带头住到练江边，"和沿河老百姓住在一起，直到水不黑不臭"。

市委书记马文田的驻点就在练江重要支流——峡山大溪旁几米远的一座小楼上。驻点工作情况登记表显示，今年 5 月 15 日，他刚上任几天后就带队来这里驻点，督导练江流域综合整治进展情况。

截至今年 11 月底，汕头市四套班子成员带头驻点居住 193 人次，现场办公，督促各项整治工作落实。

住在江边，是为更好发现问题、解决问题。当地认为，印染企业是练江污染的主要工业污染源。

今年 1 月 1 日起，汕头市对练江流域 183 家印染企业持有的排污许可证依法不予延续。这意味着，企业全都停产，等待进入工业园区后才能复产。

"这一年是很痛苦的，但我们对搬入园区非常积极。"丰城织染的负责人钟进丰告诉记者。企业以前用老工艺，染一吨布要产生 100 吨至 130 吨污水。若采用新设备，染一吨布只排放 30 吨污水。

他说，搬入园区也是一次机遇，企业已经引入价值 4000 多万元的新设备，将瞄准生产附加值更高的产品，相信三到五年就能收回成本开始盈利。

"治污不是要让企业死掉，而是要让企业活得更好，实现高质量发展。"汕头市市长说。

为留住印染产业，汕头市在技术改造升级补助、服务外包运输补助、金融支持、标准厂房建设和使用、职工就业帮扶方面给予政策支持，切实解决印染企业在入园过渡期间及转型升级中遇到的实际困难。

目前，汕头市 2 个印染园区正加紧推进，预计 2020 年底所有企业可以投产。

期待：练江如何实现"长治久清"

污染容易治理难。积累 20 多年的污染问题，不会一朝一夕就彻底解决。练江如何实现"长治久清"？

汕头市有关领导认为，攻下印染企业这座"山头"，是练江水质能在一年多时间内实现好转的原因之一。同时，汕头市还将环保基础设施建设作为断然之策，向垃圾焚烧厂、污水处理厂两个"山头"攻坚。

汕头市练江流域 10 座生活污水处理厂二、三期及配套管网项目于 2018 年 8 月 16 日全面动工建设，截至目前，10 座污水处理厂已通水试运行。练江流域生活污水处理能力已达 74 万吨/日，新建配套管网 840.13 公里，污水直排问题大幅缓解。

汕头市潮阳区、潮南区生活垃圾焚烧发电厂一期均已建成投入使用，实现了生活垃圾日产日清，垃圾不再"河边堆、水上漂、大风吹"。河道里难觅垃圾的踪迹，不时有工作人员驾着小船打捞河道里的垃圾，做日常维护。

过去较长一段时间里，从政府官员到当地百姓，很多人认为练江"没法治""没必要治"，甚至想放弃治理。如今人们对练江治理越来越有信心。信心从哪里来？

"当前无论是地方党委政府还是企业百姓，保护环境的意识都有了很大转变。"赖海滨认为，这是中央环保督察给练江整治带来的最大、最根本的变化。

当地党委政府从过去"等靠要""光说不练"到现在领导驻点包干治污；群众从过去"事不关己""抱怨埋怨"向现在主动参与、积极建设转变；企业投资建厂首先会考虑是否符合环保要求，许多乡贤还捐资治理练江。一个政府、企业、社会共治的局面正在形成。

今年10月底，汕头在全市1157个自然村铺开"源头截污、雨污分流"工程建设，2020年6月底完成。潮南区峡山街道桃陈社区已经实施了改造，村里每家每户分别接入雨水、污水管网，污水进入污水处理厂，雨水收集后排入河道。

"现在路过村口的桃陈小溪几乎闻不到臭味儿了，有时还能看到白鹭。"村民陈迎辉说，"希望小时候能游泳的河水能早日重现。"

多样生物守护地球家园

新华社　　2022 年 5 月 21 日

记者：高敬

"生物多样性使地球充满生机，也是人类生存和发展的基础。保护生物多样性有助于维护地球家园，促进人类可持续发展。"2021 年 10 月 12 日，在《生物多样性公约》第十五次缔约方大会（COP15）领导人峰会上，习近平主席这样强调。

早在两千多年前，中国的先哲们就曾提出"万物并育而不相害""天地与我并生，而万物与我为一"的思想，体现了人与自然和谐共生的理念。

通过构建科学合理的自然保护地体系，我国 90% 的陆地生态系统类型和 71% 的国家重点保护野生动植物物种得到有效保护，部分珍稀濒危物种野外种群逐步恢复。

大熊猫从 20 世纪七八十年代的 1114 只增加到目前的 1864 只；极度濒危的海南长臂猿从低谷时的 7 ～ 9 只增长到目前的 30 多只；朱鹮从发现时的 7 只恢复到目前的 5000 余只；藏羚

羊从几万只恢复到目前的 30 多万只。

近十年，我国平均每年发现植物新种约 200 种，占全球植物年增新种数的 1/10。

"绿水青山就是金山银山"的理念已被我国社会广泛接受，这提升了我国在生物多样性保护方面的引领者地位。

党的十八大以来，我国颁布和修订了森林法、草原法、渔业法、野生动物保护法、环境保护法、海洋环境保护法、种子法、湿地法、长江保护法和生物安全法等 20 多部生物多样性相关法律法规。

一体化治理山水林田湖草沙，我国开展了一系列根本性、开创性、长远性工作，生态文明建设从认识到实践都发生了历史性、转折性、全局性变化。

2019 年，我国成为《生物多样性公约》及其议定书核心预算的最大捐助国。

生物多样性保护的中国宣言、中国担当、中国主张，必将为全球生态环境治理注入更强信心和动力。

5 月 22 日是国际生物多样性日。

生物多样性关系人类福祉，是人类赖以生存和发展的重要基础。早在两千多年前，中国的先哲们就曾提出"万物并育而不相害""天地与我并生，而万物与我为一"的思想，体现了人与自然和谐共生的理念。

我国幅员辽阔，陆海兼备，地貌和气候复杂多样，孕育了丰富而独特的生态系统、物种和遗传多样性，是世界上生物多样性最丰富的国家之一，也是最早签署和批准联合国《生物多样性公约》的缔约方之一。

生态兴则文明兴，生态衰则文明衰。

"生物多样性使地球充满生机，也是人类生存和发展的基础。保护生物多样性有助于维护地球家园，促进人类可持续发展。"2021年10月12日，在《生物多样性公约》第十五次缔约方大会（COP15）领导人峰会上，习近平主席这样强调。

党的十八大以来，在习近平生态文明思想的引领下，我国坚持生态优先、绿色发展，生态环境保护法律体系日臻完善，监管机制不断加强，基础能力大幅提升，生物多样性治理新格局基本形成，生物多样性保护进入新的历史时期。

保护修复 中国答卷

"快看！又出来啦！一头、两头，至少六头……"4月22日下午，武汉市新洲区环保志愿者协会会长徐建利，在长江边又一次见到江豚戏水的画面。

长江江豚是生物多样性的旗舰物种，也是长江生态健康的指示物种。2021年1月1日零时，长江流域重点水域十年禁渔计划全面启动。渔民上了岸，江豚正在"回家"。

萌萌的江豚、憨态可掬的大熊猫、深谷中的一株兰花……生物多样性让这个蓝色星球热闹非凡。

据统计，全球超过30亿人的生计依赖于海洋和沿海的生物多样性，超过16亿人依靠森林和非木质林产品谋生。世界上

50% 以上的药物成分来源于天然动植物。

然而，全球物种灭绝速度不断加快，生物多样性丧失和生态系统退化对人类生存和发展构成重大威胁。有关报告显示，目前约有 100 万种动植物物种面临灭绝威胁，其中许多物种将有可能在未来几十年内灭绝。当前物种灭绝的速度比过去 1000 万年的平均值高出几十倍到几百倍，而且正在加速。

"我们要站在对人类文明负责的高度，尊重自然、顺应自然、保护自然，探索人与自然和谐共生之路，促进经济发展与生态保护协调统一，共建繁荣、清洁、美丽的世界。"2020 年 9 月 30 日，习近平主席在联合国生物多样性峰会上通过视频发表重要讲话指出。

党的十八大以来，在习近平生态文明思想的指引下，我国通过推进自然保护地体系建设、严厉打击非法贸易等多种举措，不断加强野生动植物及栖息地保护和修复，生物多样性保护取得显著成效。

不断优化就地保护体系。我国积极推动建立以国家公园为主体、自然保护区为基础、各类自然公园为补充的自然保护地体系，保护重要自然生态系统和生物资源，在维护重要物种栖息地方面发挥积极作用——

2021 年动物界第一大"网红"，非云南那群"一路逛吃逛吃"的野生亚洲象莫属。从北移到南返，象群迁回行进 1000 多公里，我国政府与群众的护象行动赢得世界肯定。通过多年保护，我国境内的亚洲象野外种群数量从 20 世纪 80 年代的 180 头增至目前的 300 头左右。

2021 年 8 月 12 日，亚洲象群进入云南墨江县，回到传统栖息地。云南大象的北上及返回之旅，体现了我国保护野生动物的成果。

2015 年以来，我国先后启动三江源等 10 处国家公园体制试点。2021 年，正式设立三江源、大熊猫、东北虎豹、海南热带雨林、武夷山等第一批国家公园。

截至 2022 年，我国各类自然保护地总数近万处，各类自然保护地面积超过 1.7 亿公顷，约占陆域国土面积的 18%，提前完成《生物多样性公约》提出的到 2020 年达到 17% 的目标。海洋自然保护地总面积达 12.4 万平方公里，约占我国管辖海域面积的 4.1%。

生态保护红线制度是我国在国土空间管控方面的制度创新，进一步加强了对生物多样性重点区域的保护。自 2014 年工作启动以来，我国初步划定的全国生态保护红线面积不少于陆域国土面积的 25%，将具有生物多样性维护等生态功能极重要区域和生态极脆弱区域划入生态保护红线，进行严格保护。

2019 年 9 月，联合国秘书长气候行动峰会"基于自然的解决方案（NbS）"活动中，中国生态保护红线案例成功入选全球 15 个精品案例。

从南方到北方，从内陆到海滨，越来越多珍禽异兽正在回归，尽显自然之美、生态之美。

持续加大迁地保护力度。我国建立了植物园、动物园（含海洋公园、海洋馆）、野生动物救护繁育基地以及种质资源库、基因库等较为完备的迁地保护体系——

2022年4月18日，国家植物园在北京正式揭牌，中国生物多样性保护事业迈出新步伐。国家植物园将重点收集三北地区乡土植物、北温带代表性植物、全球不同地理分区的代表性植物及珍稀濒危植物3万种以上，收藏五大洲代表性植物标本500万份，建成20个特色专类园、7个系统进化植物展示区和1个原生植物保育区。

近年来，我国更加重视种质资源保护，建立植物园（树木园）近200个，保存植物2.3万余种（约占中国植物总种数的60%），系统收集保存兰科植物、苏铁、木兰等濒危植物种质资源。普陀鹅耳枥、华盖木、峨眉含笑等一些极小种群野生植物初步摆脱灭绝风险。

一个物种就是一个基因库。在昆明北郊苍翠的密林中，中国西南野生生物种质资源库保存植物种子万余种，珙桐、喜马拉雅红豆杉、弥勒苣苔……包括许多珍稀濒危植物在内的上万种野生植物的种子，一同栖身于这座"诺亚方舟"内。这座种质资源库，与英国基尤千年种子库、挪威斯瓦尔巴全球种子库等一起成为全球生物多样性保护的重要设施。

截至2022年，全国共有动物园（动物展区）240多个，饲养国内外各类动物775种；建立250处野生动物救护繁育基地，60多种珍稀濒危野生动物成功实现人工繁殖并建立稳定人工种群。

国家生物安全管理能力持续提高。近年来，我国生物技术健康发展，生物遗传资源保护和监管力度不断增强，外来物种入侵防控机制逐渐完善——

大黑弓背蚁、爪哇短胸天牛、芡欧鼠尾草……这些外来物种，都是各地海关从旅客的行李、邮件等渠道截获的。2022年第一季度，全国海关共截获检疫性有害生物173种、1.39万次。

在加强口岸防控、严密防控外来物种入侵的同时，我国着力完善转基因生物安全管理，强化生物遗传资源监管。近年来，相关部门组织开展全国中药资源普查、全国农作物种质资源普查与收集行动、畜禽遗传资源普查、林草种质资源普查……查明生物遗传资源本底，查清重要生物遗传资源分布、保护及利用现状。

近十年来，我国平均每年发现植物新种约200种，占全球植物年增新种数的1/10。

系统施治　中国智慧

5月5日，三江源国家公园。首批137只待产雌性藏羚羊通过青藏铁路、青藏公路动物通道，向产崽地可可西里卓乃湖进发。一年一度的可可西里藏羚羊大规模迁徙由此拉开帷幕。

"藏羚羊种群生存状况持续改善，是人类参与物种保护的成功案例之一。"中国科学院西北高原生物研究所研究员连新明说。

"高原精灵"藏羚羊的故事，如同一个缩影，见证生物多样性保护的中国智慧。

党的十八大以来，我国生物多样性保护以建设美丽中国为目标，积极适应新形势、新要求，将生物多样性保护上升为国家战略，完善政策法规体系，推动生物多样性保护与改善民生有机结合，统筹推进山水林田湖草沙一体化保护和系统治理，不断提升生物多样性治理能力。

坚持人与自然和谐共生，以国家战略积极推进生物多样性保护的主流化进程——

党的十八大以来，习近平总书记亲自谋划安排部署生物多样性保护重大工程，将生物多样性作为生态文明建设的重要内容，上升为国家战略。

2015年9月11日，中共中央政治局召开会议审议通过《生态文明体制改革总体方案》，成为我国生态文明领域改革的顶层设计。

对于生物多样性保护主流化进程，生态环境部自然生态保护司司长崔书红的感受尤为深切。他介绍，近年来，我国将生物多样性保护纳入政府部门的重要议事日程，明确将"生物多样性丧失速度得到基本控制，全国生态系统稳定性明显增强"确立为生态文明建设的主要目标之一，逐步纳入各级各类规划计划中。

"十四五"规划和2035年远景目标纲要将实施生物多样性保护重大工程、构筑生物多样性保护网络作为提升生态系统质量和稳定性的重点工作进行系统部署。

加快建设生态文明制度体系，为保护万千草木构建制度"四梁八柱"——

党的十八大以来，我国颁布和修订了森林法、草原法、渔业法、野生动物保护法、环境保护法、海洋环境保护法、种子法、湿地法、长江保护法和生物安全法等20多部生物多样性相关法律法规，覆盖野生动植物和重要生态系统保护、生物安全、生物遗传资源获取与惠益分享等领域。2020年2月24日，第十三届全国人民代表大会常务委员会第十六次会议通过《关于全面禁止非法野生动物交易、革除滥食野生动物陋习、切实保障人民群众生命健康安全的决定》。一系列政策法规、中长期规划和行动计划，为生物多样性保护和管理提供坚实的制度保障。

坚持"绿水青山就是金山银山"，推动生物多样性保护与改善民生有机结合——

浙江安吉县天荒坪镇余村村民胡斌，是土生土长的当地人。村里早年间开山挖矿、炮声隆隆、粉尘漫天的景象，是他童年最深的记忆。

2005年，时任浙江省委书记的习近平来到余村考察，提出了"绿水青山就是金山银山"的科学论断。

坚定践行这一重要理念的余村，如今面貌焕然一新。随着关闭矿山修复生态，现在的余村四季皆有景。5年前，在外打拼多年的胡斌回家乡开起了客栈。

从"卖石头"转向"卖风景"，实现了"绿水青山"与"金山银山"的双向转化，折射出中国绿色发展理念的历史性变革。

探索生态系统生产总值核算、扩展流域横向生态补偿、大力发展绿色生态产业……各地探索"绿水青山"与"金山银山"双向转化，生态保护与经济发展走出双赢之路。

联合国环境规划署执行主任英厄·安诺生说，"绿水青山就是金山银山"的理念已被中国社会广泛接受，这提升了中国在生物多样性保护方面的引领者地位。

坚持系统观念，统筹推进山水林田湖草沙一体化保护和系统治理——

山水林田湖草沙是不可分割的生命共同体。

2013年11月，习近平总书记在关于《中共中央关于全面深化改革若干重大问题的决定》的说明中提出"山水林田湖是一个生命共同体"。之后，这一重要论述不断丰富和拓展，分别于2017年和2021年增加"草"和"沙"，着眼于坚持系统观念，从生态系统整体性出发，推进山水林田湖草沙一体化保护和修复，提升生态系统稳定性和可持续性。

三北防护林、天然林保护、退耕还林还草等一系列重大生态工程深入推进；以国家公园为主体的自然保护地体系加快建立；河长制、湖长制全面建立，一条条江河、一个个湖泊有了专属守护者……党的十八大以来，我国一体化治理山水林田湖草沙，开展了一系列根本性、开创性、长远性工作，生态文明建设从认识到实践都发生了历史性、转折性、全局性变化。

近年来，我国以生物多样性保护重大工程为基础，全面开展生物多样性调查和评估，目前已基本摸清我国生物多样性状况，完成了近 180 个县域生物多样性本底、超 3500 公里滨海湿地生态系统的调查与评估。我国初步形成了全国生物多样性观测网络，建立了 749 个观测样区，布设样线和样点 11887 条（个）的全国生物多样性观测网络，构建了全国 2376 个县级行政单元、观测样线长超过 3.4 万公里的物种分布数据库。

联合国《生物多样性公约》秘书处 2020 年 9 月发布了第五版《全球生物多样性展望》，其中 13 次展示了中国在生物多样性保护方面的成功经验。天人合一、道法自然的中国智慧、中国方案，赢得世界肯定。

地球家园　中国担当

海南热带雨林国家公园，山林蓊郁，沁人心脾的绿扑面而来。

4 月 11 日，习近平总书记赴海南考察期间，深入五指山片区，沿木栈道步行察看公园生态环境，不时停下脚步，询问树木生长、水源涵养、动植物资源保护等情况。

"海南热带雨林不是光属于海南，是属于全国人民的，是属于地球的，是国宝。"习近平总书记指出，海南要坚持生态立省不动摇，把生态文明建设作为重中之重，对热带雨林实行严格保护，实现生态保护、绿色发展、民生改善相统一，向世界展示中国国家公园建设和生物多样性保护的丰硕成果。

生物多样性保护，有中国宣言，有中国担当，更有中国主张。

凝聚共识，共建地球生命共同体，这是中国宣言——

当前，人类站在了保护生物多样性、实现全球可持续发展的十字路口。地球是人类的共同家园，面对生物多样性丧失等全球性挑战，各国是风雨同舟的命运共同体。

2021年10月12日，在《生物多样性公约》第十五次缔约方大会（COP15）领导人峰会上，习近平主席指出："国际社会要加强合作，心往一处想、劲往一处使，共建地球生命共同体。"

由中国提出、凝聚各方广泛共识的"昆明宣言"在高级别会议上正式通过。宣言承诺，确保制定、通过和实施一个有效的"2020年后全球生物多样性框架"，以扭转当前生物多样性丧失趋势并确保最迟在2030年使生物多样性走上恢复之路，进而全面实现人与自然和谐共生的2050年愿景。

坚定履约，参与全球生物多样性治理，这是中国担当——

作为全球生物多样性保护的重要参与者和贡献者，中国积极履行公约及其议定书，为全球提供可资借鉴的解决之策，充分展现大国担当。

2019年，中国成为《生物多样性公约》及其议定书核心预算的最大捐助国。持续加大对全球环境基金捐资力度，中国已成为全球环境基金最大的发展中国家捐资国。

2016年5月，联合国环境规划署发布《绿水青山就是金山银山：中国生态文明战略与行动》报告。中国的生态文明建设成为对可持续发展理念的有益探索和具体实践，为其他国家应对类似的经济、环境和社会挑战提供了经验借鉴。

这些中国实践凝聚中国智慧，向世界进一步释放出中国坚定不移走绿色发展之路的强烈信号。

广泛合作，共同维护地球家园，这是中国主张——

在中俄跨境自然保护区内，物种数量持续增长，野生东北虎开始在中俄保护地间自由迁移。

在中老跨境生物多样性联合保护区，这片面积达 20 万公顷的"乐土"，有效保护了亚洲象等珍稀濒危物种及其栖息地。

在《生物多样性公约》第十五次缔约方大会（COP15）领导人峰会上，习近平主席郑重宣布，中国将率先出资 15 亿元人民币，成立昆明生物多样性基金，支持发展中国家生物多样性保护事业。

生物多样性保护的中国宣言、中国担当、中国主张，必将为全球生态环境治理注入更强信心和动力。

行而不辍，未来可期。站在新起点上，国际社会携手同行，我们一定能同心共建一个美丽的地球家园。

我国多地雾霾笼罩

中央电视台新闻联播　2013 年 1 月 12 日

记者：孙烨辉 蒋晓平等

连续几天，我国中东部地区都出现了大范围的雾霾天气，受此影响，今天很多地方的空气质量都是六级的严重污染。在河北，大部分地区都笼罩在浓密的雾霾之下。其中，石家庄连续 8 天空气质量都是五级以上重度污染。今天白天，石家庄大气中的 $PM_{2.5}$ 一小时均值大多超过 800 多微克／米 ^{3}，空气质量为六级严重污染。

石家庄市民王女士：石家庄天好像就没怎么太蓝过，总是这种雾腾腾的、烟呼呼的。

而邯郸、唐山等地，今天的空气质量也是六级严重污染。

本台记者：这里是位于北京东三环附近的农展馆质量监测点，实时监测数据显示，在今天这样的空气中，PM2.5是最大的污染物。

那么在北京的东部和南部，截至今天下午4时，PM2.5的值已经突破700微克/米^3，形成了严重污染。

今天，记者在北京西三环公主坟附近，同一个地点，分别在3个时间点对天气的变化进行了拍摄。9时30分，我们可以看到远处两个红绿灯的变化情况；12时30分，大雾加重，只能看到最近的红绿灯；16时，夜晚临近，雾霾现象加剧。

北京市环境监测中心的数据显示，今天北京空气质量为六级严重污染，实时浓度最高地点出现在北京南二环永定门附近，达到800多微克/米^3。

湖北、安徽的雾霾天气已持续多天，当地环保部门多次发布重度环境污染预警。今天早上天津发布大雾黄色污染预警，河南省则连续发布了16个污染预警，其中，鹤壁、新乡、开封和郑州四地发布大雾红色预警；而郑州从1月6日开始，空气质量就出现重度污染，9个PM2.5监测站的监测值全部超出国家标准值4倍以上。

环境保护部公布的重点城市空气质量日报显示，不包括PM2.5和臭氧的API污染指数最高的前10位城市，第一位石家庄、第二位邯郸、第三位保定、第四位唐山、第五位天津、第六位郑州、第七位济南、第八位秦皇岛、第九位济宁，乌鲁木齐和武汉并列第十位。

由于雾霾天气，PM$_{2.5}$再次引起关注，那么什么是PM$_{2.5}$？它对人体有什么危害？我们一起来了解一下。

PM$_{2.5}$是指大气中直径小于或等于2.5微米的颗粒物，也称为"可入肺颗粒物"，主要来自扬尘、机动车尾气、燃煤，以及挥发性有机物等。它对空气质量和能见度有重要的影响，PM$_{2.5}$直径还不到头发丝的1/30，能携带大量有毒、有害物质，通过支气管进入人体的肺部，甚至融入血液，引发呼吸系统疾病、心血管疾病，造成肺癌死亡率的增加，成为危害身体健康的隐形杀手。

受雾霾天气影响，北京、天津、河北多条高速公路都采取了临时的交通管制，而医院的呼吸科和儿科患病人数也明显增多。雾霾天气使医院呼吸道疾病患者人数增多，很多医院的呼吸科和儿科门前排起了长队。近一周以来，北京儿童医院的日均门诊量都接近1万人次，其中，30%的患者是呼吸道疾病。

北京儿童医院呼吸科副主任徐保平：一方面是和呼吸道病毒的流行有关系，另一方面是这种气候影响肯定会加重呼吸道

感染的概率。注意保暖很重要，比如让孩子适当休息，合理饮食，在这种天气状况下尽量别出门。

受大雾影响，今天上午，天津到北京的高速公路全路关闭，河北省境内的 18 条高速公路、河南省的 7 条高速公路封闭。在京哈高速卢龙段，等候出行的车辆排起了长队，几个地方的机场也出现了不同程度的延误。

造成这两天我国中东部地区出现大范围雾霾天气的原因是什么？我们来听听专家的分析。

中央气象台专家介绍，雾天是我国每年秋末到初冬这段时间极易出现的天气现象，因为这两天影响我国的冷空气势力较弱，中东部大部分地区气温有所回升，这为大雾天气的形成创造了有利条件。

中央气象台首席预报员马学款：近地面相对湿度比较大，风力比较小，另外夜间天空是晴朗少云，夜间的辐射降温幅度也比较大，容易使得空气达到饱和凝结，形成一些雾。雾的出现使空气中的污染物很难扩散，加重了空气污染。

在中国科学院大气物理研究所的图上，记者清楚地看到了北京这两天污染物的变化情况，由汽车尾气和燃煤转化而来的硝酸盐和硫酸盐等污染物质，这两天已增加了 10 倍甚至 20 倍。专家建议，想减轻污染主要从减少污染源入手。

中国科学院大气物理研究所研究员王跃思：控制二氧化硫，燃煤还得燃，要脱硫，但是要一脱到底，脱得干净。不但要提升汽车、油品的质量，然后三元催化剂，还有路况，如果天天拥堵也没有用。

中央气象台首席预报员马学款：未来三天，我国没有明显的冷空气活动，所以对于华北的平原地区，黄淮、江淮，包括长江中下游的部分地区，以及四川盆地，这些地方的雾仍然会持续。

雾霾天气人人都是受害者，那反过来说减少雾霾的发生大家都可以出一把力。比如政府的环保政策要真正硬起来，落后产能必须淘汰出局；比如城市建设要换换思维，可不可以多些绿地，少些钢筋水泥；再如党政机关做出表率，少开公车，"有车族"都来响应，大家一起减少尾气排放。

雾霾笼罩之下，没有人可以独善其身，既然是同呼吸，那就共责任。喜欢蔚蓝天空和新鲜空气吗？那我们就从自身做起吧！

守好这片山和水

中央电视台新春走基层栏目　2018年2月7日

记者：刘洁等

习近平总书记多次强调，绝不能以牺牲生态环境为代价换取经济的一时发展，要推动形成绿色发展方式和生活方式。

今天的中国大地上，更多的环保人正在为天更蓝、水更清的梦想做着不懈的努力，下面我们来认识一位被称为"环保部华南督察局的一把尖刀"的环保斗士。

这是2018年喻旗的第一次环保督察，经过仔细巡查他发现在山区的一条路边沟渠中，河床底部长有一层灰白色薄膜，他当场判断，在这条河流的上游，一定有一个排放高浓度氨氮废水的排污口。

环保部华南督察局喻旗：不同的氨氮排放口都会有一个共同的特点，就是会长灰白色的生物膜。所以只要看到这个，第一个联想就是水中氨氮浓度非常高。

喻旗，拥有31年的环保督察经历，明察暗访上万家企业，被称为"环保部华南督察局的一把尖刀"。初步判断后，喻旗开始沿途寻找非法排污口。经过 3 公里的仔细摸排，最终一家氮肥厂进入了喻旗的视线。

当我们来到厂区内的一座矮桥时发现，在桥的上游灰白色微生物突然消失，并且上下游的水温相差十几（摄氏）度。

喻旗由此判断，非法排污口很有可能就隐藏在这个矮桥下。

为了证实自己的判断，喻旗跳到桥下，拨开隐藏的石块，一个三十多厘米大的偷排管终于被找到了。

这个偷排口长期隐藏在这里，逃避着当地环保部门的监管。

环保部华南督察局喻旗：我们查企业的违法行为，实际上就是与违法者在斗智斗勇，你坚持到最后一定可以胜利。

因为企业的违法行为已经触犯了刑法，喻旗在现场把这个违法线索移交给公安机关立案侦查。

喻旗说，环保、公安两部门之间的衔接，经常要花费很长时间协调，但每次他都会等公安机关勘察取证后，才放心离开。

我们观察到喻旗在督察取水样时，经常会使用的一个类似钓鱼竿的自制采样工具。

环保部华南督察局喻旗：你看我们要到河里采平均样的话，就得有个船，我们哪里有这个条件啊？自制了这个工具以后，减少了很多问题。你别看这个竿，跟我坐飞机坐得可多了。跑了 22 个省，感情可深了，基本上我到哪儿，它就跟我到哪儿。

为了能采到管下管、沟下沟里面的水样，喻旗还摸索制作了一套负压采样小工具，也随身携带着。31 年的督察工作，让喻旗养成了一些小习惯，如坐长途车从来不睡觉，随时观察着沿途的路边、桥下，时刻寻找着环境污染的线索。我们在跟随拍摄过程中，喻旗在车上就偶然发现了一家正在准备开工生产的小炼炉企业。

喻旗说，他在每次督察前都会看天气预报，往往是哪里下雨就往哪里走。

环保部华南督察局喻旗：有色冶炼行业，因为会产生很多重金属，只有在下雨的时候它才通过雨水把污染物从房顶、从地面汇集起来再排到江河里面去。我查有色冶炼企业，一定等到下雨的时候才能抓到线索。

无论刮风还是下雨，天气多么炎热，同事们感觉他的背影总是湿漉漉的。

上万家的企业督察，喻旗说，这些年得罪人的事情干了不少，甚至还面临过一些违法企业的威胁。

环保部华南督察局喻旗：把一起转移危险废物的案件办下来以后，那个（企业）老板就到我的办公室说，我知道你儿子在哪儿读书。那一阵子提心吊胆的。

企业的不理解曾经困扰着很多像喻旗这样的环保人，其实对于他来说，最幸福的事情就是通过环保督察，来帮助企业转型升级。早在十年前，他在广西河池督察期间，就发现当地大批的铅锑冶炼企业工艺落后，环境污染严重。

环保部华南督察局喻旗：那时候建议他们想办法改工艺，一直不改，一直跟他们作斗争。

十年的执着，他监督的广西河池这些工艺落后的企业，终于在 2017 年借助中央环保督察的契机，成功转型升级。

环保部华南督察局喻旗：党的十九大报告中一个重要的章节就是讲新发展理念的问题，现在的河池，具有中国自主知识产权的、世界一流的铅锑冶炼工艺。空气环境质量整治后二氧化硫比整治前降了 46%，这个数据非常可观，很有成就感。

31 年一如既往对工作的热情和执着，一路走来，喻旗觉得牺牲最多的是对家人的照顾，尤其是对 80 岁的老母亲，喻旗内心更是充满了愧疚。一个月前，母亲从千里之外赶到广州来看望儿子，但是又赶上喻旗出差，这一个月来，母子俩也没能见上几面。

还有 5 年就要退休了，喻旗觉得自己身上最大的任务就是"传帮带"，把 31 年的环保经验和理念传承给年轻人。

环保部华南督察局周乐昕：喻旗对于环保事业的坚持特别能影响我，会影响我的职业生涯。

同事们对喻旗印象最深的是他的执着，他曾经 4 年咬住一家企业，最终查出了这家企业的违法行为。而对于曾经没有找到违法行为的企业，喻旗一直记在心里。

环保部华南督察局喻旗：眼看着它有违法，你找不出来问题，那急人。晚上做梦在干吗？在找排放口。时时刻刻想着这个事儿，一直不会忘。到现在为止我脑子里面还有几个企业，我知道它有偷排口，当时的条件不允许，只要有机会我就回去查。

只要有机会，喻旗就不会放弃追寻真相，这就是"环保部华南督察局的一把尖刀",让违法企业无处躲藏。让我们生活的这座山、这片水真正实现青山绿水，这就是他最大的幸福。

环保部华南督察局喻旗：我们做环保的职责就是保护环境，这是我们的使命。通过我们的努力，把所有的污染给解决掉，还老百姓一个蓝天碧水，这个就是我们的幸福。

守好这片山和水

厦门生态文明实践：筼筜湖的蝶变

中央广播电视总台新闻联播　　2024 年 2 月 20 日

记者：王琰　忠卿等

　　厦门是习近平生态文明思想的重要孕育地和实践地。1988年，时任厦门市委常委、常务副市长的习近平同志主持启动"综合治理筼筜湖"，到 2024 年已历经 5 期整治。36 年来，厦门市久久为功，一张蓝图绘到底，筼筜湖综合治理实现了从点到面、从水下到岸上、从单一治理到联合共治的转变，探索出一条协同推进高质量发展和高水平保护的生态文明实践路径。

如今，信步厦门筼筜湖，两岸绿树成荫，秀丽逶迤的湖面上白鹭点点，人与白鹭和谐共处，厦门人都称这座湖是自家的"城市新客厅"。

但就在30多年前，筼筜湖并不是这样。当时，城市污水大量排入，水体发黑发臭、垃圾遍地、鱼虾白鹭绝迹……筼筜湖的污染问题是当时摆在厦门面前的一道发展课题——要不要以生态环境为代价换取经济增长？

在《闽山闽水物华新——习近平福建足迹》一书中，记录了当时习近平同志对这一问题的清醒认识："保护自然风景资源，影响深远，意义重大。""我来自北方，对厦门的一草一石都感到是很珍贵的。"面对不断恶化的筼筜湖生态，1988年3月，习近平同志主持召开"综合治理筼筜湖"专题会议，组建了筼筜湖治理领导小组，创造性地提出了"依法治湖、截污处理、清淤筑岸、搞活水体、美化环境"的"二十字方针"。

新闻联播　厦门生态文明实践：筼筜湖的蝶变

"二十字方针"为筼筜湖治理指明了方向，在相关职能部门和专家的参与下，一整套治理方案出炉。但难题也随之出现了，治理的经费从何而来？

　　在根治污染的决心之下，厦门此后不仅连续三年每年投入1000万元财政资金，还同时多渠道筹措排污费等资金，治理力度空前。与此同时，从1989年厦门市政府颁布的《筼筜湖管理办法》到其后10多部涉海法规，治理每向前推进一步，都有不断升级的法律制度作为保障。

　　此后，厦门历届市委、市政府先后开展了五期综合整治，一张蓝图绘到底，共投入资金约19.9亿元，循序渐进、久久为功。

　　为了治污，环湖周边数十家重点污染企业被关停，南北两岸排洪沟口、雨水口全面截污，还建设了16座污水提升泵站和1座海水泵站。

　　为了清淤，坚持每10年进行一次大的清淤，共清淤550万立方米。

CCTV 13 新闻　　　　CCTV.com

新闻联播 XINWENLIANBO　厦门生态文明实践：筼筜湖的蝶变

为了搞活水体，建了近 7000 米的海水输送管，还充分基于自然将潮水引入筼筜湖，大幅改善了湖区水动力条件。

同时，沿湖修建了大量公园绿地，种植 9 个品种约 2.6 万平方米红树植被，形成了"四湖六园"的格局。经过 30 多年的持续治理，筼筜湖实现了从点到面、从水下到岸上、从单一治理到联合共治。

如今，筼筜湖的水质越来越好，生物多样性在不断增加。湖区近年共发现 63 种游泳生物、123 种浮游植物，累计发现 15目 37 科 88 种鸟类。

如今，筼筜湖治理工作已被列入中国政府对外援助项目"海岸带综合管理"研修课程，面向全球 100 多个发展中国家开展培训和经验推广。2021 年，筼筜湖生态修复还作为中国生态

修复典型案例之一在联合国《生物多样性公约》缔约方大会第十五次会议相关论坛上发布。

如今，生态环境优美的筼筜湖已经成为厦门高颜值生态花园城市、人与自然和谐共生的典范。

"谁污染，谁修复"缘何变成
"企业污染，政府买单"

光明日报　2020年12月5日

记者：张蕾

　　"执法检查发现，一些地方和区域土壤环境存在风险隐患，地方政府及相关部门法律责任有待进一步落实。请问，国务院将采取哪些措施，落实土壤污染防治目标责任制和考核评价制度，压实各方责任，确保让人民群众'吃得放心、住得安心'？"2020年10月17日，全国人大常委会第二十二次会议举行联组会议。在审议全国人大常委会执法检查组关于《中华人民共和国土壤污染防治法》实施情况的报告并进行专题询问时，赵宪庚委员抛出了这个问题。

　　"'土十条'出台后，国务院已委托生态环境部与各省级政府签订了土壤污染防治目标责任书，并要求在省级负总责的同时，将目标逐级分解到市、县级，明确年度工作任务和责任部门。现在到年底只有不到3个月的时间，国务院及有关部门将进一步加强对重点地区工作情况、重点任务实施进展的指导督促，层层落实地方'党政同责'和'一岗双责'，对照目标任务抓紧进行排查梳理，确保今年实现'双90%'（到2020年，受污染耕地安全利用率达到90%左右，污染地块安全利用率达到90%以上的目标）。"国务委员王勇回答。

《中华人民共和国土壤污染防治法》的出台和实施，让土壤污染得到了有效控制，但是有关土壤污染修复的权责问题一直受到社会关注。

防治土壤污染，谁是第一责任人

2019年1月1日，《中华人民共和国土壤污染防治法》正式颁布，首次明确了企业防止土壤受到污染的主体责任，强化了污染者的治理责任，强调政府和相关部门的监管责任，建立农用地分类管理和建设用地准入管理制度，加大环境违法行为处罚力度，为扎实推进"净土保卫战"，确保老百姓吃得放心、住得安心提供了坚强有力的法治保障。

"《中华人民共和国土壤污染防治法》第五条规定，地方各级人民政府应当对本行政区域土壤污染防治和安全利用负责。国家实行土壤污染防治目标责任制和考核评价制度，将土壤污染防治目标完成情况作为考核评价地方各级人民政府及其负责人、县级以上人民政府负有土壤污染防治监督管理职责的部门及其负责人的内容。"生态环境部土壤生态环境司司长苏克敬指出。根据《中华人民共和国土壤污染防治法》，土壤污染责任的承担者是土壤污染责任人和土地使用权人，具体包括土壤污染重点监管单位，拆除设施、设备或建筑物、构筑物的企事业单位、重点监管单位，尾矿库运营、管理单位，地方人民政府等 13 类。

2020 年 6 月 12 日，国务院办公厅印发《生态环境领域中央与地方财政事权和支出责任划分改革方案》（以下简称《方案》）。《方案》第四部分确认包括土壤污染防治在内的相关防治活动为地方财政事权，由地方承担支出责任，中央财政通过转移支付给予支持。对此，生态环境部环境规划院生态环境工程咨询中心主任孙宁认为，相较于大气、水体环境而言，土壤不具有流动性，其污染范围相对固定，所以应划归地方事权和地方财权。"从法律角度出发，各级地方人民政府应有清晰认识，切实承担起土壤环境保护与风险管控的责任，将国家各项制度要求落到实处，更好地策划、组织、实施好土壤环境保护、风险管控与修复工程项目，在资金上充分给予保障。"

中国政法大学民商经济法学院环境资源法研究所教授胡静则给出了学理和法理上的解释："土壤修复责任的公益目的决定了其属于公法责任。行政机关具有代表公共利益的正当性，身处较为完善和成熟的监督体系之下，具有建立在掌握完整信息和具有庞大的技术支撑力量之上的专业技术性，因而应当充任修复责任的追究主体。"

土壤污染责任人认定困难，怎么办？

目前，虽然《中华人民共和国土壤污染防治法》已经施行，但作为配套规定的责任人认定办法尚未出台，责任认定依据不充分，实践中几乎没有行政机关根据法律、法规追究土壤修复责任的案例。

据胡静介绍，过去几年里，有关土壤修复责任的追究主要通过民事公益诉讼进行。"总体而言，环境民事公益诉讼判决支持的赔偿金放在法院的执行款或者当地设立的专项财政账户上，并未很好地管理和使用——赔偿金没有得到正常使用，意味着环境修复没有完成。因此，在法律实践层面，运用民事框架追究土壤修复责任的困境需要对土壤修复责任的性质进行研究和判断。"

《中华人民共和国土壤污染防治法》规定，土壤污染责任人不明确或者存在争议的，农用地由地方人民政府农业农村、林业草原主管部门会同生态环境、自然资源主管部门认定，建设用地由地方人民政府生态环境主管部门会同自然资源主管部门认定，认定办法由国务院生态环境主管部门会同有关部门制定。

"根据《中华人民共和国土壤污染防治法》，土壤污染责任人负有实施土壤污染风险管控和修复的义务。土壤污染责任人无法认定的，土地使用权人应当实施土壤污染风险管控和修复；土壤污染责任人变更的，由变更后承继其债权、债务的单位或者个人履行相关义务并承担费用。"国务院发展研究中心资源与环境政策研究所副所长常纪文指出。

土壤一旦受到污染，治理修复所需资金往往比采取预防措施所需资金高得多，因此，在产企业生产期间履行土壤污染预防职责格外重要。

在常纪文看来，对于生产经营中的土壤污染防治责任，监管单位应当严格控制有毒有害物质排放，及时向生态环境主管部门报告排放情况和监测数据；建立土壤污染隐患排查制度，持续有效地防止有毒有害物质渗漏、流失、扬散。

"目前，地方各级管理部门对在产企业土壤环境制度落实的监管力度和成效有待提高。建议加大对在产企业土壤环境管理的培训与宣传力度，督促在产企业负责人认识到预防与修复活动在经济上的明显差别，从可持续发展角度认识到土壤污染预防的责任。'十四五'各级土壤污染防治规划应将在产企业土壤环境管理要求放到重要位置进行全面设计。"苏克敬表示。

孙宁也呼吁加快研究、出台土壤污染防治责任人认定管理办法。"当存在多个土壤污染责任人时，应综合考虑责任人类型、污染贡献、是否主观故意、是否积极挽救、经济能力等因素，从而确定责任份额，合法、合理、合情地追究责任。"

打破"企业污染，政府买单"恶性循环

当无法确认责任方或责任方无力偿还时，治理和修复土壤污染的资金来源便成为难题。根据各地的实际情况来看，该项资金多来源于国家专项资金的支持，没有国家专项资金的，则主要依靠地方财政补贴。但由于地方财政能力有限，在项目开展过程中资金出现缺口的情况比较普遍。

"解决资金问题，可以借鉴美国'超级基金'的经验，依据《中华人民共和国土壤污染防治法》第七十一条对土壤污染防治资金加大投入力度的要求，设立中央和省级重金属污染土壤治理基金，扩大基金来源，使环境税收切实应用于农用地重金属土壤污染防治，或土壤污染责任人、土地使用权人无法认定的土壤污染风险防控和修复等。"常纪文认为，这样可以多方面筹集资金，保障土壤污染治理资金的稳定性，同时可以减轻政府压力，避免消极执法现象发生。

《中华人民共和国土壤污染防治法》虽然确定了"谁污染，谁修复"的权责关系，但是在现实中，土壤污染具有滞后性，当发现污染时，此前造成污染的企业已经搬走或关闭，难以再找到企业负责人追责，或者企业没有资金力量进行修复，这就形成了"企业污染，政府买单"的恶性循环。

"政府面对这样的情况，除了增加资金投入外，是否会考虑构建高环境风险企业的强制环境责任险体系，又或者鼓励社会力量参与协助土地修复？"在审议全国人大常委会执法检查组关于《中华人民共和国土壤污染防治法》实施情况的报告并进行专题询问时，谭耀宗委员提问。

"不能说我们发现土壤污染以后都是政府去修复、去买单。但是，土地污染以后，企业也并不是都有能力去治理污染。所以，怎样构建一个高土壤污染风险的行业企业保险制度，就显得非常重要。"生态环境部部长黄润秋回答。

据黄润秋介绍，2015年起，一些地方在部分高风险行业（涉重金属、石化、危险废物处置等领域）开展了企业环境污染责任保险的投保工作。2019年，投保环境污染责任保险的有1.6万家企业，赔偿范围达到531亿元，保费为4.25亿元。"在环境高风险的污染赔偿领域中，企业赔偿能力扩大了100多倍，可见这项制度作用还是非常大的。"

此外，通过市场机制鼓励社会力量参与协助土地修复，也是解决土壤污染资金不足的一个重要渠道。目前，湖南、吉林等地和相关部门已经进行了一些有益探索。

责任驱动将成为土壤修复的主要动力

目前，我国已经把土壤污染防治考核纳入污染防治攻坚战成效考核，并制定了考核措施和指标评分细则。据悉，终期考核将于明年进行，结果以适当方式向省级政府反馈、通报，作为对领导班子和领导干部综合考核评价、奖惩任免以及土壤污染防治专项资金分配的重要依据。"对土壤环境问题突出、区域土壤环境质量明显下降、防治工作不力、群众反映强烈的地区，按照有关办法约谈相关地市级政府主要负责人和省级政府有关负责同志；考核结果不合格的，对省级政府主要负责人进行约谈，并提出限期整改要求；需要问责追责的，依规依纪依法问责追责。"王勇表示。

在他看来，除了要以强化督察推动地方政府和部门落实监管责任、以强化监管推动企业落实主体责任外，提升全社会依法治土的责任意识同样重要。"做好法律法规宣传，将工作多向基层延伸、向企业渗透、向社会扩散，增强各类主体守法意识，形成全社会参与土壤污染防治工作的合力。"

北京建工修复公司总经理高艳丽在接受媒体采访时提出，国内土壤修复行业经历了从经济、法律再到责任驱动三个阶段："第一阶段，土壤修复的工作很多由地产开发企业主导，修复工作的开展大部分由经济因素驱动；第二阶段，土壤污染防治强化了政府、污染者的治理责任，促使土壤污染防治追责主体更加明确，'依法治污'是发展方向；而未来，随着社会公众土壤保护责任意识的日益增强和中央生态环境保护督察力度的加大，责任驱动将成为土壤修复工作的主要动力。"

对此，常纪文表示赞同："对于土壤污染防治，需要健全预防优先的原则和制度，将污染防控的义务落实到源头和过程防控上来，即通过压实生产经营主体的法律义务，预防和减少土壤重金属污染。而随着环境信用制度在个人信用评价和企业上市、信贷、保险、监管等领域的深入实施，责任驱动无疑会成为未来土壤修复工作的主要动力。"

COP15 President Lauds Progress, Looks Ahead

中国日报　2022 年 12 月 2 日

记者：Erik Nilsson

Huang Runqiu discusses China's biodiversity achievements, need for global cooperation

Editor's Note: The highly anticipated second phase of the 15th meeting of the Conference of the Parties to the UN Convention on Biological Diversity will soon start in Montreal, Canada. What should you expect? And what's China's role in the COP15 presidency? Erik Nilsson, a senior reporter at China Daily, spoke with Huang Runqiu, COP15 president and China's minister of ecology and environment, about the upcoming conference and more. Here are the excerpts:

This year marks the 30th anniversary of the UN Convention on Biological Diversity (CBD). In your view, why is biodiversity conservation important? And what challenges does the world face in this respect?

As a Chinese saying goes, "All beings flourish when they live in harmony and receive nourishment from nature." Biodiversity lays the foundation for human survival and development. Our clothing, food, shelter, means of travel — every aspect of our material and cultural lives — are closely related to biodiversity.

Data show that about half of global GDP is related to biodiversity. Over 3 billion livelihoods depend on marine and coastal biodiversity. Over 1.6 billion livelihoods depend on forests and non-lumber forest products. And about 70 percent of people living in poverty depend on activities such as agriculture, fishing and forestry. As for healthcare, 70 percent of cancer drugs are natural products or originate from chemical compounds found in natural products.

In addition, biodiversity plays an important role in maintaining the natural ecological balance—for instance, by purifying the environment, preventing or mediating natural disasters, safeguarding food security and protecting human health.

Over the years, the international community has become fully aware that biodiversity is of the utmost importance and has acted to protect it. However, the global biodiversity crisis is worsening.

Due to human activity, 75 percent of the terrestrial environment and 66 percent of the marine environment have been significantly altered. In addition, more than 85 percent of wetlands have been lost, and about one-fourth of species face the threat of extinction, according to a report published by the Intergovernmental Science-Policy Platform on Biodiversity and Ecosystem Services (IPBES) in May 2019. The

International Union for Conservation of Nature said in a 2020 report that 41 percent of amphibians, 26 percent of mammals and 14 percent of birds are threatened with extinction.

In the face of global biodiversity loss, we humans have a shared future, and no country, organization or individual can remain apart.

Last year, President Xi Jinping delivered a keynote speech at the leaders' summit of the first phase of the COP15. He said that the international community must enhance cooperation, build consensus and pool strength to build a community of all life on Earth.

Therefore, the international community should work together to advance biodiversity protection, champion harmonious coexistence between humans and nature, respect, adapt to and protect nature, promote global cooperation in biodiversity protection and uphold multilateralism and the principle of equal consultation. Only in this way can we pool strength to protect biodiversity, achieve win-win results and build a better home together.

Milu, a deer species endemic to China that became extinct in the wild now inhabits the Nanhaizi Milu Park in Beijing's Daxing district. [Photo By Geng Feifei/China Daliy]

Global biodiversity loss is accelerating, and this is a challenge for all humankind. What achievements has China made in recent years in this respect?

We have made clear progress in conserving biodiversity and have earned international acclaim.

For instance, the population of wild giant pandas has increased from 1114 to 1864. Their classification has been downgraded from "endangered" to "vulnerable".

Yangtze finless porpoises now frequently appear in different sections of the Yangtze River. Snow leopards have been frequently spotted in the Sanjiangyuan National Park. Marbled cats, which had not been seen for more than 30 years, have reappeared in the Gaoligong Mountains in Yunnan province.

The wild population of Hainan black-crested gibbons has increased from fewer than 10 in two groups 40 years ago, to 36 in five groups. The crested ibis population has increased from only seven in 1981 to over 5000, and the population of Tibetan antelopes has grown from 70000 during the 1980s-1990s to more than 300000.

In our view, this progress can be attributed to several factors.

First, we have increased efforts at the administrative level. We have elevated biodiversity protection to a national strategy in China. We have drafted or revised a series of relevant laws and regulations, included biodiversity conservation in development plans for governments at the central and local levels and have actively pushed for mainstream protection.

Over the past decade, China has drafted and revised 20 laws and regulations pertinent to biodiversity conservation, including laws on forestry, grasslands, fisheries, wild animals, the environment, seeds, wetlands, the Yangtze River and biosecurity.

We have also rolled out the Opinions on Further Strengthening the Protection of Biological Diversity and have implemented the China National Biodiversity Conservation Strategy and Action Plan (2011-30).

Second, we have established a system of protected areas with a focus on national parks. To date, China has established its first five national parks, nearly 200 botanical gardens and 250 wildlife rehabilitation and breeding centers. It has created nearly 10000 protected areas of all types and at all levels, accounting for about 18 percent of its surface area. In this respect, we have achieved the 17 percent mandated by the Aichi Target 11 ahead of time.

China has also set up a relatively complete ex situ conservation system, including botanical gardens, germ plasm-resource centers, gene banks and wildlife rehabilitation and breeding centers.

Third, we have strengthened the conservation and restoration of natural spaces. We have taken the initiative to draw ecological conservation red lines nationwide, which is an innovation, globally.

The red lines cover zones that are critical to environmental function or are ecologically sensitive, and stringent protection is enforced in those areas. They account for 31.7 percent of China's total land area and protect nearly 40 percent of the water-source conservation and flood-regulation resources, 32 percent of those used to fend off sandstorms, and 45 percent of those designated for carbon storage. Our forest coverage and forest reserves have both maintained growth over the last 30 years.

Fourth, we have raised public awareness and encouraged social participation. We have encouraged the involvement of various parties, facilitated ways for them to participate and improved incentive mechanisms.

On important occasions, such as the International Day for Biological Diversity and World Environment Day, events are held to promote public awareness of biodiversity. Public awareness and participation are continuing to grow, and an atmosphere in which everyone works to promote biodiversity conservation is gradually taking shape.

What is China doing to implement its plans?

China plans to make efforts in multiple fields. The first is to improve policies and regulations on biodiversity.

We will update the China National Biodiversity Conservation Strategy and Action Plan (2011-2030) and improve the policy and system guarantees.

We will actively study and plan for special legislation on biodiversity and make the legal system for biodiversity conservation more systematic and complete.

We will enact solution-based laws in areas such as nature reserves and improve corresponding supervisory systems.

We will also strictly implement the Biosecurity Law, strengthen the environmental safety management of biotechnologies and continue to improve the prevention and control of invasive species.

Second, we will continue to optimize the biodiversity conservation network and promote the systematic restoration of environments.

We will continue to implement major projects for biodiversity conservation, step up the construction of a system of protected areas with national parks as the mainstay, strengthen the protection and supervision of key areas and improve the ex situ conservation system for rare and endangered animals and plants.

We will also focus on building a complete biodiversity-protection monitoring system, continue to carry out biodiversity background surveys, observation and evaluations, improve the technical standard system related to biodiversity surveying and monitoring and explore ways to establish technical systems for biodiversity evaluation and for protection effectiveness assessment.

Third, we will strengthen the sustainable use of biodiversity.

Without good and sustainable use, it is difficult to achieve effective conservation. Therefore, we will build a whole-process, whole-chain and regular biodiversity protection and supervision mechanism and crack down on the illegal use of biological resources.

We will strengthen technical research on the development and sustainable use of biological resources, oversee and regulate biodiversity-friendly business activities, promote the development of green industries and franchising, and create a high-quality, diversified ecological product system.

Fourth, we will also deepen international cooperation and exchange.

We will incorporate the topic of biodiversity conservation into high-level international exchange, promote international cooperation on the issue at high levels, actively participate in global biodiversity governance, honor the CBD and other international conventions, strengthen communication, enhance partnership recognition and promote global multilateral environmental governance according to our stated national concept of building a shared future for all life on Earth.

Last but not least, we will encourage public involvement. We need to be innovative in terms of popularization and education and enhance public awareness of and attention to biodiversity through understanding the concept of biodiversity.

A photo shows black storks flying along the banks of the Yangtze River in Yidu, Hubei province. [Photo by Feng Jian/For chinadaily.com.cn]

The second phase of COP15, to be held in Montreal, will define and adopt the post-2020 Global Biodiversity Framework. Could you describe the consultation process, the results so far and the positive role that China has played during its presidency?

The main task of COP15's second phase is to draw upon past experience in the development and implementation of previous global targets on biodiversity to formulate the post-2020 GBF. The aim is to put global biodiversity on a path to recovery by 2030 — that is, to end the current situation of biodiversity loss.

It can be said that the framework is a guiding political document on global biodiversity governance. There are also high hopes for its adoption during the meeting.

Currently, the structure and core content of the post-2020 framework has been agreed upon, laying a solid foundation for finalizing a solution that is acceptable to all concerned parties.

There is much work to be done to ensure that the targets set by the framework are realistic yet ambitious, practical and balanced, and that they help promote the sustainable recovery of biodiversity.

In addition, the framework's realization ultimately depends on its implementation mechanism.

For developing countries, the biggest concern is the mobilization of funds. Funding is obviously very important. It's an important and difficult part of the negotiations.

Since assuming the COP15 presidency, China has exercised

leadership and coordination in its efforts to advance negotiations for the post-2020 GBF.

So far, China has convened 37 COP15 meetings of the presidium. It has also presided over four meetings of the open-ended working group on the post-2020 GBF in Geneva and Nairobi, among other locations, in collaboration with the CBD secretariat.

China has made significant efforts to advance framework negotiations. Frequent meetings, especially presidium meetings, are quite rare in the process of multilateral environmental negotiations.

Moreover, China has made use of gatherings such as the UN High-level Political Forum on Sustainable Development, the G20 Joint Environment and Climate Ministerial Meeting, the high-level week of the 77th session of the UN General Assembly, and COP27, to organize exchanges on key COP15 issues.

These efforts have both maintained the political momentum of COP15 and facilitated the bridging of differences among contracting parties to achieve greater consensus.

Although there are still many difficulties and demands, all parties have expressed their firm political support and confidence in the negotiation process and in China's role in the COP15 presidency.

I am confident the international community will respond positively to the spirit of community embodied in the theme of the upcoming conference "Ecological Civilization: Building a Shared Future for All Life on Earth" and demonstrate the wisdom and courage to overcome these difficulties and differences.

During the second phase of COP15, China will continue to perform its presidency well. With the support of the CBD secretariat, the presidium and the host country, China will work with fellow contracting parties, international organizations and stakeholders and spare no effort in advancing the negotiation process, building the broadest possible consensus in the international community, promoting the adoption of the framework and ensuring the second phase of COP15 in Montreal is successful.

Focus on Environment Brings Lucid Waters to Capital

中国日报　2022 年 11 月 8 日

记者：侯黎强

Standing on the shore of the Grand Canal amid a breeze that rippled the water body, Han Kefei marveled at the significant changes that have happened to the section of the river in her hometown of Tongzhou district in Beijing.

"People used to avoid approaching it because of its permanent stench for an extended period of time since the 1980s," the 61-year-old recalled, her eyes glancing at the lucid water in the river and the leaves that have turned yellow and red on its shore.

Back then, the water in it was black and there were no plants at all within a meter of the shore, she told a group of reporters participating in a media tour to Tongzhou on Friday, which was organized by the general office of the Standing Committee of the National People's Congress.

An annual event launched in 1993, the media tour this year is themed "Implementing Xi Jinping Thought on Ecological Civilization, using the force of the law to protect the ecology and environment".

Ecological civilization is a concept promoted by President Xi Jinping for balanced and sustainable development that features harmonious coexistence between humanity and nature.

As a deputy to the Beijing Municipal People's Congress for 25 years, Han has been closely following the treatment of the water body and is keenly aware of the reasons behind the great transformation in the river.

The legislature in Beijing has not only drafted a series of laws and regulations to enhance environmental protection, but also kept amending them to address emerging problems, she noted.

Investigation tours for legislators are organized to ensure these laws and regulations are properly implemented, she continued, adding she has personally participated in such tours to the canal "a particularly large number of times".

One of the major factors to blame for lingering environmental problems in the Tongzhou section of the canal was the overlapping responsibilities of different government bodies in pollution control, she said, but the problems have been addressed following persistent attention from the legislature.

Han said what made treatment of the section challenging was also that, located in one of the lowest-lying areas in Beijing, it used to receive a large amount of sewage brought by rainwater from across the capital's plain area after downpours.

"Once the canal's section in Tongzhou is good, it means that water pollution across the capital has been well treated," she said, indicating the remarkable environmental improvement across the capital.

Han was greatly endorsed by officials with Beijing's environmental and forest management authorities.

"The ecological and environmental protection efforts in Beijing have seen historic changes", said Chen Tian, head of Beijing Municipal Ecology and Environment Bureau.

In 2021, the water quality of 75.2 percent of river sections in the capital reached Grade III and better, up 25.4 percentage points from 2013, he said, adding lucid water with visible fish and green shores have been a common sight in the capital.

China has a five-tier quality system for surface water, with Grade I the best.

Chen highlighted air quality improvement as another example of the historic changes. Last year, the average density of $PM_{2.5}$ particulate matter in Beijing reached 33 micrograms per cubic meter, down 63 percent from 2013, the first year the capital started to monitor the air pollutant.

In the first three quarters this year, the average concentration of $PM_{2.5}$ in the capital declined to 28 mcg per cubic m, 15.2 percent lower compared with the same period in 2021, he added.

The capital has also been increasingly greener thanks to the government's afforestation, according to Wang Xiaoping, an official with the Beijing Municipal Forestry and Parks Bureau.

Since 2013, over 161300 hectares of forest have been planted in Beijing, with most of them in plain areas, he said. This has helped increase forest coverage in the capital from 38.6 percent to 44.6 percent by the end of last year.

The decadelong effort has made it a lot easier for residents to access forested areas. Currently, residents in 87.8 percent of the capital's urban areas can reach such green spaces within 500 meters of their homes, he said.

The increased forest coverage has greatly contributed to biodiversity conservation and climate change mitigation, Wang continued.

Forests in Beijing absorbed 8.4 million metric tons of carbon dioxide from the atmosphere last year, which is equivalent to annual emissions from 2.8 million cars, he noted.

With 596 species of wild animals, Beijing now only comes second to Brasilia among capitals of G20 members, he said, adding the metropolis also boasts 2088 wild plant species.

"In the next stage, we are going to build Beijing into a capital of biodiversity, and we have a very solid foundation for the goal thanks to the efforts in the past 10 years",he said.

让蓝天更蓝，需减污降碳协同增效

科技日报　2022年11月1日

记者：李禾

随着大气污染物浓度的持续下降，我国已成为世界上空气质量改善速度最快的国家。进一步改善空气质量，需要走碳中和与清洁空气协同发展的路径。

——贺克斌　中国工程院院士、清华大学环境学院教授

近日，北京等地出现了中重度空气污染过程。在生态环境部10月27日举行的新闻发布会上，生态环境部新闻发言人刘友宾表示，10月正处于秋冬季节转换期，气温、湿度昼夜变化大，京津冀及周边地区在低压、高湿、强逆温等不利气象条件影响下，容易出现污染过程。北京等地近期出现的大气污染过程，正是受到了不利气象条件的影响。

党的二十大报告指出，协同推进降碳、减污、扩绿、增长，深入推进环境污染防治，持续深入打好蓝天保卫战。加强污染

物协同控制，基本消除重污染天气等。

在完成了 2013—2017 年的《大气污染防治行动计划》（以下简称"大气十条"）、2018—2020 年的《打赢蓝天保卫战三年行动计划》（以下简称"蓝天三年"）之后，接下来，我国该如何进一步提升蓝天的纯度？该如何持续深入打好蓝天保卫战？

我国成为空气质量改善速度最快的国家

"我国近十年对治理大气污染最重要的两个计划是，2013 年开始实施的'大气十条'和 2018 年开始的'蓝天三年'。"中国工程院院士、清华大学环境学院教授贺克斌说，这两大计划带动了一大批重大污染减排工程，取得了显著效果。其中包括燃煤电厂的超低排放、燃煤锅炉综合整治、挥发性有机物（VOCs）综合治理、农村散煤清洁取暖治理、移动污染源管控，以及与秸秆焚烧相关的农业综合治理、建筑工地和工业矿山等扬尘治理等。

"这些重大工程减排了大量污染物，也在一定程度上推进了我国产业结构、能源结构和交通运输结构的转型。"贺克斌说。

我国把产业、能源等的结构调整作为大气污染治理的重要抓手。在过去十年，全国累计淘汰钢铁产能近 3 亿吨、水泥近 4 亿吨、平板玻璃 1.5 亿重量箱、煤炭超 10 亿吨。2021 年，我国煤炭占一次能源消费的比重由 67.4% 降至 56.0%，清洁能源占比上升到 25.5%，新能源和可再生能源开发利用量稳居世界第一。

中国环境科学研究院大气所副所长高健认为，"十四五"

"十五五"是非常关键的十年。"未来十年，要基本消除重污染天气，PM$_{2.5}$基本摆脱气象影响，遏制臭氧上升态势。"但高健也表示，未来十年，让臭氧污染浓度进入下降通道，仍面临压力。

高健说，尽管实施淘汰落后产能、化解过剩产能、能源清洁化、交通低碳化等措施后，污染物排放已有了很大改善，但目前主要污染物的排放仍在千万吨级别，而且下降难度逐渐加大。经过此前的污染物排放治理后，现在剩下的都是"难啃的骨头"，这也意味着减排空间在缩小。

根据生态环境部发布的数据，2022 年 1—9 月，全国 339 个地级及以上城市 PM$_{2.5}$ 平均浓度为 27 微克／米^3。随着大气污染物浓度的持续下降，我国已成为世界上空气质量改善速度最快的国家。"但这不是终点而是一个新的起点，那么，进一步改善空气质量的驱动力在哪里？在减污降碳协同增效上，需要走碳中和与清洁空气协同发展的路径。"贺克斌说。

要实现"双碳"目标需付出艰苦努力

相关研究显示，我国氮氧化物和二氧化硫排放量在 2030—2060 年将进一步下降 67% 和 83%。到 2060 年，全国绝大部分地区 PM$_{2.5}$ 年均浓度将能降到 10 微克／米^3 以下，空气污染问题将得到根本解决。

专家表示，要实现上述改变，我国很多地区还需要付出艰苦努力。

杭州湾地处长江经济带、长三角区域一体化发展等多个国家战略交汇区，拥有上海金山、宁波镇海等四大石化生产基地，港口吞吐量位居世界前列，污染排放量高，大气污染形势复杂。近年来，通过大气治理，杭州湾地区空气质量改善明显。其中，二氧化硫稳定在低浓度水平，$PM_{2.5}$浓度明显下降，达到国家二级标准；二氧化氮虽然呈下降趋势，但臭氧浓度却存在波动，需进一步探索减排办法。

杭州湾石化化工产业集聚，VOCs排放量占长三角区域石化化工行业排放总量的43%，而VOCs是臭氧的重要前体物。同时，港口和船舶也是杭州湾重要的大气污染物、温室气体排放来源。杭州湾地区具有大气污染物和温室气体同源排放的特点，需要减污降碳协同发展。上海市生态环境局科技处处长施敏说："在'双碳'目标下，探索杭州湾大气污染物和温室气体的协同减排路径，对于整个长三角地区，甚至是全国的减污降碳工作都有重要的示范和借鉴意义。"

杭州湾地区的情况并非个例。贺克斌说，研究表明，我国现行清洁空气政策可以在2030年之前保持污染排放下降，届时全国绝大部分地区$PM_{2.5}$年均浓度可达35微克／米^3，但是之后的减排潜力大幅收窄，因此必须采取进一步减排措施。

减污降碳携手才能打好蓝天保卫战

专家表示，进一步提升蓝天的纯度，持续深入打好蓝天保卫战，需要坚持减污降碳协同增效。

"国际能源署曾作出过分析，未来全世界新能源的资源量足够提供发展所需。这在一定程度上缓解了化石能源对于长期发展的资源约束。"贺克斌说。

新能源的更大好处是在利用能源的过程中，能更好地实现降碳减排。然而，专家表示，利用好新能源，达到降碳、减污、经济增长的目标，则需要技术作为支撑。

"未来世界，大家都有风、光资源，谁能够利用好风、光资源，完全取决于谁能更早地建成大规模稳定使用这些新能源的技术体系。"贺克斌强调，无论是经济发展还是降碳减排，都正在向技术依赖转型，这也是大势所趋。

国际能源署分析表明，虽然全球新能源资源量足够满足发展所需，但目前新能源相关技术却还不够强大充足。从全球来看，在新能源应用中，约有 50% 的减碳技术是成熟的，并已经实现了商业化，但还有一半并不成熟。欧洲专利局分析显示，目前传统的风能、太阳能、地热、水电等新能源专利申请量在下降，而交叉领域［如电池、氢气、智能电网、碳捕集利用与封存技术（CCUS）等］的专利申请量在增加。

"利用好新能源并实现减排，技术竞争成了重中之重，特别是要促进核心关键技术的创新。"贺克斌说。

高健表示，要实现减污降碳协同增效，对技术支撑的需求也越来越精细。比如，北上广深超大城市要实现持续减排，在工业集群等各方面的管理需求就要进一步细化。在碳和氮、碳和 VOCs、碳和新污染物的协同治理方面，需要更加精细化和科学化，确保在低风险基础上达到较好的减污降碳成效。

"目前，减污降碳已开始进入互相加强的阶段。"国家气候战略中心战略规划部主任柴麒敏说，接下来，减污降碳对经济高质量倒逼和引领作用将会显现出来。大量与减污降碳相关的新兴产业，如新能源汽车、光伏风电装备制造、绿色建材新材料、数字经济产业，已对经济增长起到了巨大的促进作用。"无论是'双碳'还是减污降碳，我们都需要真正转变观念，通过技术创新来解决发展和减排之间的深层次问题。"柴麒敏说。

让蓝天更蓝，需减污降碳协同增效

"环境日"里调研忙

人民政协报　2018年6月11日

记者：王菡娟

"周边的土壤有没有被污染？""地下水有没有监控？""填埋场采取了哪些防渗漏措施？"

6月5日，全国政协人口资源环境委员会（以下简称"人资环委"）"加强管控与修复，强化土壤污染防治"调研组一行来到广西河池市，不顾舟车劳顿，直奔现场，在位于大山深处的都安瑶族自治县丁峒砒霜厂遗址治理工程前，委员们不停地发问。

当天正是世界环境日，主题是"美丽中国，我是行动者"，调研组的委员们也用实际行动度过了一个独特的"环境日"。

"我们一直在监控，周边的土壤并没有污染，地下水也处于达标状态。"项目负责人李恒震一一回答委员的提问。

"大家有问题尽管问，我们此行就是要听真言、察实情。"调研组组长、全国政协人资环委副主任杨松不断地强调。

为筹备好全国政协以"污染防治中存在的问题及建议"为议题的专题议政性常委会会议，全国政协人资环委围绕"加强管控与修复，强化土壤污染防治"，聚焦有效保障农用地和建设用地土壤环境安全，5月27日—6月7日，在湖南、云南、广西三地进行实地调研。

离开了都安县，调研组直奔南丹县"十二五"第一批、第二批关闭企业污染场地风险防范及治理修复工程。

南丹县是全国重点重金属防控区域，由于过去的无序开采，造成大量矿业废弃地，给环境带来极大的威胁。据介绍，2010—2018年，南丹县共实施了57个重金属治理项目，全县辖区内涉重企业废水污染源整治工程基本完成。

刘振宇委员在现场表示，虽然土壤污染治理工程不少，但还是要认识到土壤污染治理是个长期的过程，要做好打"持久战"的准备。

为了能"察实情"，调研组还不断给自己"加压"，临时增加了两个点，南丹星鑫铅锌尾矿库重金属污染微生物原位成矿修复技术示范点便是其中一个。

"简单来说，我们利用生物菌类让重金属处于稳固状态，使其不再污染环境。微生物技术是源头重金属污染控制技术，修复成本最低，修复效果是稳定和可持续的。"项目负责人介绍说，修复两年多来，原本污水横流的地面也长出了郁郁葱葱的草本植物。

"目前来看效果还行，但仍要做好监控，尤其是对地下水的检测，防止出现二次污染。"凌振国委员叮嘱道。

结束一天的调研，已是晚上 6 点多，距离驻地还有一个多小时车程。在盘旋的山路上委员们讨论着一天的感受。

"目前来看，各省（区）对土壤污染防治问题认识基本到位，也都在积极行动中。"王明弹委员说。

"同时，各省（区）的土壤修复也都处于起步和探索阶段，技术方案还可以不断改进和整合。"张少明委员说。

在全国政协常委看来，除了要加大土壤污染治理力度外，控源也很重要，预防的重点应放在对各种污染源排放进行控制，严防新的重金属污染上。

"对于农用地的污染治理一定要以农产品安全为目标。"谷树忠委员也表达了自己的观点。

回到驻地后温香彩委员在微信朋友圈写道："环境日，我在现场。"

寻找 600 立方米高炉

中国纪检监察报　　2022 年 4 月 15 日

记者：黄秋霞 段相宇

"我们今天过来，主要是了解你公司在 2016 年化解产能时拆除的 600 立方米高炉情况，请介绍下高炉所在位置，并提供相应检查报告、影像图片等资料。"日前，第二轮第六批中央生态环境保护督察全面进入下沉阶段，中央第一生态环境保护督察组邯郸下沉组来到河北新金钢铁有限公司，深入厂区进行实地督察。

听到督察人员的询问，在场的公司负责人不禁挠起了头。"我记得原 600 立方米高炉建在厂区西区、新建 1260 立方米高炉南侧，2015 年还能看到。""不对吧，我印象中它的位置在厂区东区。"现场人员说法不一，讨论许久也没有确切答案。见状，督察人员打开卫星图片，请熟悉情况的两名公司代表上前指认，但回答还是模棱两可。

督察组为什么关注这座高炉？原来，下沉前一天晚上，督察人员碰头梳理线索时发现，按照有关方案的要求，新金钢铁实施去产能时本应拆除一座450立方米高炉，但却选择对其保留，反而拆除了产能更大的600立方米高炉作为替代。"是不是虚晃一枪、空转产能？"带着重重疑惑，督察组随后决定下沉时一探究竟。

眼见询问和调取资料进展缓慢，一位督察人员打开天窗说亮话："我们昨晚翻了2011年之后的卫星图片，愣是没找到高炉，这么大的建筑怎么可能'凭空消失'？"

现场无人应声。又过了一会儿，一份2016年钢铁企业化解过剩产能验收意见表和验收组人员名单递到了督察人员面前。资料显示，新金钢铁于2016年8月16日关停600立方米高炉，并于2016年10月8日拆除其主体设备，相关部门最终验收通过，确定"拆除到位"。但是，当公司一位负责人拿出七八张"拆除"的照片资料时，督察组当场提出了质疑："照片不能证明与这座高炉相关，时间上也不吻合。"督察人员指着一张图说道："这里有手机型号水印，根据这款手机上市时间可以推断是2019年后所拍，而2016年炉子就拆了。"

督察组随即兵分两路，一路在会议室查阅资料，另一路去现场取证。在公司老职工的带领下，督察人员来到厂区东区原600立方米高炉拆除位置，只见现场已经覆盖起厚厚的绿色盖土网。

通过卫星影像图比对、现场走访、当地协助调查，真相逐渐清晰：所谓的"600立方米高炉"事实上并不存在。新金钢铁的确曾于2014年违规开工建设过一座600立方米高炉，但实际未建成投运，不能用于化解钢铁产能。2016年，为保留已建成投产的450立方米高炉产能，新金钢铁便将这座违规开工且只有基座结构的"600立方米高炉"顶替化解过剩产能，不仅"超额"完成了化解任务，还获得了工业企业结构调整专项奖补资金6383万元。

事实摆在面前。"督察组奔着问题来，实事求是地查问题、找不足。"督察人员说。

"我们将从严调查相关问题线索，根据调查结果，依规依纪进行处理。"当地政府一位负责人现场表示，要切实强化企业监管、压实主体责任，引导企业依法依规经营发展。

抢救海螺沟冰川

中国青年报　2024年7月15日

记者：张艺

4月16—20日，由生态环境部宣传教育中心与天津市极致应对气候变化促进中心（极地未来）共同发起的"冰川与气候变化青年科学探索活动"在四川省举办，15名青年深入海螺沟冰川一线，了解冰川消融现状，思考解决方案，提升科考技能（中青报·中青网记者 张艺／摄）

4月18日，四川省甘孜藏族自治州海螺沟冰川，云南大学国际河流与生态安全研究院研究员田立德教授如何钻取浅层冰芯（图片来源：天津市极致应对气候变化促进中心）

　　踩过砾石、苔藓，往冰川深处去，十几个年轻人的身影隐入灰色冰川，像一个个缓缓跳动的彩色鼓点，敲击出问号和惊叹号。两侧边坡不时传来碎石滚落的声音，细微的破碎声被开阔的山谷放大——整座冰川正在消融退缩。冰舌处的指示牌告诉所有人，如今的冰川末端碎石滩，也曾傲然挺立过大山。这座约在30万年前形成的冰川，仅在2019—2021年，就后退了约133米，后退速率高达66.5米／年。

离开四川省甘孜藏族自治州的海螺沟冰川已有一段时间，云南大学国际河流与生态安全研究院学生段云鹏仍有"戒断反应"，身不在，心还留在那儿。他记得山间云雾散去，海螺沟巨大的冰瀑露出真容的震撼瞬间，那是目前我国乃至亚洲考察发现的最大一条冰川瀑布。

冰川是全球气候变化最显著的指示器。15名来自不同领域的青年加入"冰川与气候变化青年科学探索活动"，来到冰川消融的第一线。海螺沟展示冰瀑，贡嘎山露出主峰，自然主动向他们揭开了面纱，他们感叹："大山接纳了我们！"而这群年轻人，也想为冰川做点什么。

是否还记得几年前冰川的形状

每次踏足海螺沟，冰川融水的出口处——城门洞都呈现出不同的形状。冰川消融已是"肉眼可见"。

这是世界上同纬度海拔最低的冰川，它所在的贡嘎山地区，与千万人口城市成都直线距离不到200千米。作为我国海洋性冰川发育的代表性山区，贡嘎山早在20世纪80年代初就吸引了科学家们的目光。海洋性冰川因在降水充沛的季风海洋性气候下形成而得名，消融快、活动性强。

贡嘎山主峰周围的 74 条现代冰川中，海螺沟冰川是最长的一条。2003 年，中国科学院、水利部成都山地灾害与环境研究所研究员刘巧第一次踏上海螺沟冰川，就被眼前的一幕深深震撼。冰川形态饱满，冰瀑倾泻而下与冰舌相连，长达 5000 米的冰舌充填于海螺沟山谷，末端下伸到海拔 2850 米左右的森林之中，景象异常壮观。

而小冰期以来，由于全球气候变暖，冰川消融和物质亏损加剧，海螺沟冰川舌持续退缩。截至 2021 年，总退缩距离已超过 2.63 千米，近两年，退缩趋势加速。

"是否还记得几年前冰川的形状？"刘巧常常会在朋友圈发布冰川对比图。他的手机软件实时接收着自动监测站返回的数据和图像，在增增减减的灰、白、绿色块中，气候变化已不再是秘密。

曾在加拿大学习冰川水文的柴子杰，想要亲眼看一看、摸一摸我国的冰川。她看过温哥华附近的冰川，如人们想象中的白而平整。出乎她意料的是，海螺沟冰川看起来却"不像冰川"，它的表面覆盖着一层灰色的表碛，那是冰川运动的过程中，所挟带和搬运的砂石构成的堆积物。融水流过，洁白晶莹的冰体就会裸露出来。

成都理工大学岩土工程专业博士研究生李广喜欢听在冰上踩出的"咔哧咔哧"的声音。研究地质灾害的他发现，随着全球气候变暖，近年冰崩发生概率增大，对当地居民生命安全、工程设施和生态环境造成严重威胁。"大自然威力强大，又脆弱无比。"他在野外调研时目睹过多次小型冰崩,他说,关注冰川在当前气候环境下的变化规律至关重要,希望为冰川灾害的监测预警提供科学依据。

在一众来自冰川、冻土、泥沙等专业领域的青年之外,还有一名翻译郑旻。她曾给儿童翻译生态类图书,这一项目做了3年,最后郑旻发现,问孩子们了解哪些与生态有关的知识时,他们仍说不出来。郑旻报名这项活动,就是想亲身感受、交流,为生态环境科普教育探索出一条不一样的路。

因为难,克服它才有意义

团队中的许多年轻人此前没有实地攀登冰川的经验,野外实践第一天,他们从学习使用冰爪开始,一步一步在冰壁上刻下足迹。

第二天,云南大学国际河流与生态安全研究院研究员田立德教授如何钻取浅层冰芯。先是几个人爬上冰川,很快后面的人全都跟上来。年轻人主动向前冲的这股劲儿给田立德留下了深深的印象。他知道冰钻刀口锋利,生怕这些年轻人受伤。

意外还是发生了。讲解中,段云鹏想帮忙取冰芯,此时冰芯离开冰体已有几分钟,上午的晴空使冰芯不断融化,冰芯和冰钻的腔体间产生空隙,滑落的冰芯撞到了固定冰钻的卡扣,卡扣又打中了段云鹏的大拇指,鲜血瞬间喷出。段云鹏没有惊慌,他握住手指止血,被当地人领去泸定县人民医院缝了两针。

这段小插曲没有耽误段云鹏后续的活动。他所在的这个领域,有太多科研人员与死神交手的时刻都在谈笑中轻描淡写地过去了。

出发前，中国科学院冰冻圈科学国家重点实验室主任康世昌就与这群年轻人分享过他的生死时刻。2005年，中国科学院组织第四次珠穆朗玛峰地区综合科学考察，当时36岁的康世昌任队长，科考队队员首次登上了海拔7200米的高度。发烧、高反袭来，有的队员扛不住哭了。他仍然记得，采集环境样品时，风刮着雪粒，拍打在脸上如同刀割，采样不能戴厚手套，坚硬无比的雪，要非常使劲儿才挖得下去。在海拔6500米左右的东绒布冰川垭口，驮运科考设备的牦牛也无法继续前行，所有的设备只能靠科考队员手提肩扛。正在东绒布冰川垭口采样的康世昌突然掉入半米宽的冰裂隙中，冰裂隙被雪覆盖，很难看见。他只能在风雪中大声呼救，不知过了多长时间，终于有人来找，用绳子把他拉了上来。

一次掉进冰湖的经历，成为此次活动指导老师、青年探险家温旭的人生转折点。2017年，正在青藏高原科考的温旭掉进龙匣宰陇巴冰川的冰湖中，他凭借多年的高山活动经验成功自救。想到当时还未出生的孩子，他感到十分后怕，开始思考自己能为应对全球气候变化做些什么。从2017年开始，他发起"＜2℃计划"，组建"极地未来"公益机构，并希望通过登顶珠穆朗玛峰、穿越格陵兰岛和南极大陆的探险活动，呼吁更多人关注全球气候变化。

刚开始，田立德也怕，即便是小冰川，他也高反得厉害。他清晰地记得1995年8月，即使自己的胃吐空了，还是坚持爬上冰川工作。返程到青藏公路，还要走10千米。大雪往衣服里刮，他快要支撑不住，一度绝望到想干脆倒下"解脱自己"。但田立德的老师们不走，一直在前方20米处等他。他硬挺着往前挪，老师们也挪。从下午1点走到晚上10点，直至最后瘫倒在青藏公路上。

"我觉得我是死过的人，活下来的每一天都是赚的。"那次之后，田立德再也不怕了，不怕苦，也不怕遇到问题。一次次经验积累后，他逐渐适应了高原，不管走得多累，都能存下20%的力气，他称作"救命的力量"。

故事总是伴随着笑声，听故事的年轻人并没有因此畏惧或顾虑，而是从前辈的云淡风轻和乐此不疲中看懂了热爱。

柴子杰说："因为它难，所以克服它才是一件很有意义的事情啊。越难，你看到的景象越是常人所看不到的。"

在田立德看来，年轻人需要有迎难而上的品质，但他不希望年轻人总是在危险的环境中工作，"我们的工作不是为了吃苦，更不想把别人吓得不肯去做"。可以确定的是，新技术的发展正为科研人员保驾护航，科考工作已变得更加安全。

我们看到的是人类的未来

冰芯是一本厚厚的日记，写满了地球的气候秘密。研究冰芯数十年的田立德说，青藏高原冰芯中的氢氧同位素可以分析出整个青藏高原甚至整个太平洋的温度变化，也记录了大气环流过程的影响。

"可以在冰芯中了解过去，能不能通过冰芯预测未来？"

有青年代表提问。

田立德说，预测未来的基础就是了解过去的变化规律，过去驱动着未来。过去的气候变化是一面明镜，"我们虽然做的一直是过去，但我们看到的是人类的未来。我想这就是我们研究气候变化的意义"。

科学家在格陵兰岛冰盖中提取的冰芯表明，铅的浓度在20世纪短时间内倍增。彼时，欧洲和美国用的汽油中都含铅。后来，政策制定者推动了无铅汽油的使用。

有关降碳的最初认识也来自冰芯档案的读取。目前地球大气中二氧化碳的浓度已接近420ppm（浓度单位），这是冰芯记录的过去300万年档案中不曾有过的数字。尽管以更长的周期来看，地球一直处于气候波动中，但在很短的时间内，如此剧增的幅度是史无前例的。

冰川的变化塑造了人类的历史。阿尼玛卿山是黄河源区重要的水源补给地，当地的藏族人用自己的方式记录着冰川退缩的距离；玉龙雪山景区旅游带来的收入占当地总财政收入相当大的比例，冰川景观关乎生计。冰川与人，相依相惜。

2019年8月18日，冰岛失去了奥克冰川。当地人为它举办"葬礼"，纪念碑上刻着一封给未来的信：我们知道在发生什么，也知道该做什么，但只有你们知道我们是否做了。

面对气候变化，我们能做什么？面对不可阻挡的冰川退缩，冰川研究有何意义？这也是许多年轻人的疑问。

"起码我们可以去延缓这种趋势。"来自中国科学院青藏高原研究所的路子建说，现在已有给冰川"盖被子"等措施减缓冰川消逝，"我们尽量去做一些前置性研究，当它真的发生时，起码能够很好地应对"。

对于海螺沟冰川而言，2022 年"9·5"泸定地震的印记还未完全抚平。刘巧建议，在重建的时候，应当考虑提高适应气候变化的能力，减缓冰川灾害可能带来的影响，更加有针对性地设计冰川旅游的设施和路线。

让更多人知道冰川、保护冰川、自觉节能减排应对气候变化，不是到处套用的参考答案。中国科学院西北生态环境资源研究院的范星文以冰芯库的建设为例，带动公众参与，提出了实实在在的设想。例如，引入 VR 技术，让公众体验冰芯钻取和运输保存；将一些简单的室内实验交给公众，由专业人士带领完成；通过认领冰芯，赋予冰芯浪漫的寓意，支持冰芯库可持续地筹建。

田立德在做的，也是这样一件事。他常参与科普实践，冰芯的秘密在他的广泛讲述中已不再是秘密。田立德希望在年轻人心里点燃火苗，让他们去做一些有突破的、创新性的研究工作，解决那些目前解决不了的问题，不只在冰冻圈，还要投入广阔的深空、深海中去。

56 岁的田立德依然在一线爬冰川。在下雪的时候去爬长着草的冰川边坡尤其困难，"一踩一个跟头，一踩一个跟头，甚至摔得不想起来，因为起来又是一个跟头"。但攀登冰川的人相信一个答案——有人问登山家乔治·马洛里："为什么要关注珠峰？"他回答："因为山就在那里！"

"80后"曲格平发肺腑言：
不能再让绿水青山得而复失

中国青年报　2018年9月12日

记者：刘世昕

在我国改革开放40年历程中，今年88岁的曲格平有几个"第一"：他是我国设立专门的环保机构——国家环境保护局的第一任局长，也是全国人大环境与资源委员会（以下简称"全国人大环资委员会"）第一任主任委员。

曲格平说自己干环保纯属偶然。1969年，曲格平调到国务院计划起草小组工作，当时日本发生了一系列环境公害事件，周恩来总理对此高度重视，要求曲格平所在的机构研究我国是否也有环境风险，曲格平承担起这个任务，从此与环境结下不解之缘。

1972年，联合国在瑞典斯德哥尔摩召开全球首次人类环境会议，曲格平作为代表团成员参加。那是新中国加入联合国后，中国代表团首次参加的会议。1973 年，我国召开第一次全国代表大会，曲格平和会务人员印发了一期简版增刊，专门揭示我国的环境问题，令参会者震惊，由此揭开了我国环境治理的序幕。

近日，中国青年报·中青在线记者独家专访曲格平，以他的视角记录展现中国留住青山绿水的曲折历程。

在几年前的一次演讲中，曲格平把他所代表的第一代环保人比作希腊神话中的西西弗斯——年复一年，不知疲倦地把环保这块巨石推向山顶，眼见巨石快到山顶了，却又倏然滑落到山底。

作为国家环境保护局首任局长、全国人大环资委员会首任主任委员，曲格平见证了我国环境保护从无到有的全过程，但他一度颇感无奈地说，"自己干了大半辈子环保，蓝天碧水似乎总是得而复失"。

然而近年我国环保出现的一些积极变化，让这位耄耋老人的情绪明亮起来。最近的一个信息，更令他欣喜有加：2018 年 6 月 24 日，中共中央、国务院发布《关于全面加强生态环境保护坚决打好污染防治攻坚战的意见》，勾勒出 2020 年之前，我国打赢蓝天保卫战，打好碧水、净土保卫战的战略详图。

令曲格平感到振奋的是，"这份高规格文件展示了国家建设美丽中国的决心"。他清晰地记得，我国环保领域第一次出现高规格的文件是 1978 年 12 月 31 日。那天，中共中央批转了《国务院环境保护领导小组办公室环境保护工作汇报要点》。

鲜为人知的是，党的十一届三中全会闭幕后，中共中央转发的第一份文件就是这份有关环境保护的。

改革开放40年沧桑巨变，我国已经发展为世界第二大经济体。其间，有关"中国能不能打破先污染后治理魔咒"的争论反复出现。党的十八大以来，习近平总书记提出的"绿水青山就是金山银山"的论断深入人心，为环境保护与经济发展的关系一锤定音，成为中国新发展理念的关键词之一。

对比40年间这两份高规格文件，给曲格平留下的印象是，早先那份号召的话语多，最新的这份大多是实招，很多务实的举措是他当年"想都不敢想的"。

改革开放40年来，曲格平参与见证了从环境保护成为基本国策到环保法长了牙，从环境保护部门4次重组到升格为生态环境部，"美丽中国"成为建设社会主义现代化强国的题中应有之义。

从环保"基本国策"到"美丽中国"

2012年11月底，曲格平在家里接待了一位老朋友：加拿大人莫里斯·斯特朗。

同为"80后"的斯特朗和曲格平相识于1972年。当时，联合国正在筹备人类环境会议，那是各国政府第一次共同聚焦环境问题。作为大会秘书长的斯特朗专程飞抵北京，希望刚刚重返联合国的中国能参与那次大会。受周恩来总理的指派，曲格平等人组成中国代表团参加了这一盛会。

其后数十年间，斯特朗多次访问中国，退休后还曾长期居住在北京。2012 年他与曲格平会面时，这位中国通说，"你们刚刚结束的重要会议，或许会给中国的环境保护带来前所未有的改变"。

曲格平回忆说，斯特朗所指的"重要会议"是中国共产党的十八大，这位国际友人敏锐地注意到，这次会议的主旨报告把生态文明建设单独成章，这在全世界执政党的施政纲领中都是罕见的。

回望改革开放 40 年，曲格平感慨，我国环境保护的历程与经济发展的节奏密不可分，经济一路高歌猛进的时候，一些地区、一些行业并没有避免发达国家先污染后治理的老路。

与之并行的是，40 年来，环境保护在我国政策层面从未缺席。

曲格平说，20 世纪六七十年代，在人们的观念中，"社会主义是没有污染的"，但当时的事实是，官厅水库、白洋淀、桂林漓江都已出现严重污染。

党的十一届三中全会之后，中共中央批转的《国务院环境保护领导小组办公室环境保护工作汇报要点》中，出现了这样的表述："我国的工业基础还很薄弱，污染已经如此严重，实现发展国民经济生产规划纲要，工业和其他事业有了较大发展之后，那将成什么样子呢？"

20 世纪 80 年代初期，国家经济秩序逐渐恢复，进入城乡建设局保护部工作的曲格平觉得有必要把国家真实的环境问题反映给中央，于是在 1982 年做了一个大胆的调查。

他提交的数据被认为"耸人听闻"："环境污染和部分生

态破坏的经济损失每年达到950亿元以上，占同期工农业总产值的14%。环境问题已构成对国民经济发展的重大制约和威胁。"

曲格平说，这份调查报告被送到国务院常务委员会进行讨论，一些被邀请参会的专家认为，数据是站得住脚的。正是这份报告让时任国务院副总理的万里作出一个决定，要在1983年初召开一次全国范围的环保大会，动员全社会关注环保问题。

曲格平记得，万里副总理拍板说，环境保护也是一项基本国策，像计划生育一样，必须摆上重要议程，认真加以对待。

1984年1月，全国环境保护会议主旨报告中宣布，环境保护是现代化建设中的一项基本保证条件和战略任务，是一项重大国策。

在曲格平看来，这一决定在当时是件了不起的事。要知道，1972年中国代表团第一次参加人类环境会议时，才真正第一次接触到环境保护的概念，而在10多年后，环境保护就已经成为我国的基本国策。

几乎又一个10年之后，1992年，当中国代表团参加在巴西里约热内卢举行的联合国环境与发展大会时，已经有了不少被国际认可的环保成绩单。那次会议之后，中共中央、国务院颁布了《环境与发展十大对策》，首次明确我国要实施可持续发展战略。1995年，可持续发展战略正式被确立为国家战略。

从环境保护成为基本国策，到可持续发展成为国家战略，作为亲历者的曲格平认为，这在观念上是很大的进步，并与世界接轨。"但遗憾的是，一些地方在发展冲动中，环境保护喊得多，做得少，要环境还是要发展的争论从未停止。"

真正让曲格平感到深刻改变的，正如他的挚友所断言，中国共产党的十八大之后，我国的环境保护出现了前所未有的大变局。

这期间，令曲格平印象深刻的事件接二连三：甘肃祁连山生态破坏事件之后，有多名领导干部被问责，其中甚至有3名省部级干部，这在过去是极为罕见的。被喻为"环保钦差"的中央环境保护督察走遍了31个省（区、市），推动解决了很多百姓身边的污染顽疾，着力纠正了一些地方"牺牲环境换取经济发展"的错误政绩观。

曲格平说，最重要的一个变化是党的十九大报告中，有关环境保护的章节更加浓墨重彩，报告提出要"加快生态文明体制改革，建设美丽中国"，并列举了一系列改革举措，从绿色发展方式、污染防治攻坚战到环境监管体制改革，每一项都直指环境问题的要害。

从重拳治理淮河到打赢蓝天保卫战

中共中央1978年12月31日批转《国务院环境保护领导小组办公室环境保护工作汇报要点》，很快在社会上引起反响，并直接带来了桂林漓江的一场大保护行动。曲格平说，那或许是党的十一届三中全会之后，我国第一次真正意义上的环境治理行动。

桂林山水甲天下，也是很多外国游客到访中国的览胜之地，然而 20 世纪 70 年代后期，一些企业依江而建，肆意排污，漓江被严重污染的消息登上了国外的媒体。

曲格平回忆说，邓小平同志在得知漓江污染的问题后，专门作出指示，漓江要尽快治理，不治理就功不抵过。1979 年，国务院专门发文对桂林漓江的治理提出要求，最核心的内容是，沿江的 37 家工业污染企业全部关停。

这一严厉举措在当时引起震动。曲格平说，这大概是我国环境治理史上，为了保环境质量，第一次大规模地关停污染企业。这一次重拳出击，为桂林漓江的发展奠定了生态基础，使其彻底告别来自工业的污染。

20 世纪 80 年代以来，我国环境保护处于建章立制阶段，直至 1988 年，国家环境保护局正式成立。自此，环境保护的方针、规划有了专门的部门来制定、落实。

在曲格平看来，我国真正大规模治理污染开始于 20 世纪 90 年代中期。他说，这与当时经济高速发展的时代背景密不可分，尽管政策层面不希望重蹈发达国家先污染后治理的路径，但 20 世纪 90 年代，我国掀起新一轮大规模经济建设，各地上项目、铺摊子热情急剧高涨，再加上当时全国乡镇企业的无序发展，致使我国污染问题加剧，向自然过度索取的结果是有河皆干、有水皆污。

1994 年 7 月，淮河发生特大污染事故，我国大规模环境治理大幕由此拉开。那个夏天，久旱之后的几场暴雨，裹挟着淮河上游河道里积攒多时的高浓度污染团，一泻百里行至下游，造成安徽、江苏两省上百万人饮水困难，水产养殖户赔得倾家荡产。

曲格平说，国务院调查组在现场调查时，老百姓打出了"官清水清"的横幅。淮河严峻的污染现实，使国家下决心要治理淮河，并提出了1997年底淮河沿岸所有污染企业一律要实现达标排放的目标，不达标的一律关停的铁令。

为确保治污的严肃性，1995年8月，国务院签发了我国历史上第一部流域性法规——《淮河流域水污染防治暂行条例》，条例重申治淮的目标，由此开启我国全流域、大规模治理的先河。

尽管有法规威慑，但一开始淮河治污并不顺畅。曲格平记得，一些地方利税大户想不到会因为治污不达标而被关停，有的企业甚至叫嚣，国家不给钱就不治污。直到临近关停大限，一些企业才醒悟，原来达标排放真的是一个门槛，跨不过去就得死。

1998年1月1日零时，国家环境保护总局宣布，淮河流域1562家污染企业中，有215家停产治理，190家破产、转产，还有18家因治理无望彻底关停。

淮河治理大幕拉开后，国家继而选择污染较重的海河、辽河、太湖、巢湖、滇池、北京市和渤海等河湖、地区、海域等进行大规模治理。尽管从治理效果来看，这些河湖、城市、海域的环境状况与碧水蓝天尚有差距，但深深触动了地方官员及企业人员，使其意识到环境保护已是一道生死线。

1998年国务院机构改革，很多部委退出历史舞台，令人瞩目的是，国家环境保护局升级为国家环境保护总局。

21 世纪的前 12 年，在曲格平看来是我国环境保护压力最大时期。这一时期，支撑我国经济飞速发展的是一大批重化工项目，这些项目高耗能、高排放，致使能源资源全面紧张，污染物排放量居高不下。

作为长期关注环境问题的权威人士，曲格平曾在 2005 年痛心地指出，"十五"计划中，二氧化硫和 COD 减排是所有约束性指标中，没有完成任务的指标。

我国环境治理再次迎来大规模治理是 2012 年之后，这期间，国家环境保护总局在 2008 年重组为环境保护部，正式成为国务院组成部门。

2013 年 9 月，国务院发布《大气污染防治行动计划》，彰显了国家治理华北地区雾霾污染的决心，文件明确到 2017 年底，北京市的 $PM_{2.5}$ 年均浓度要控制在 60 微克／米^3 左右。在很多人看来，这几乎是不可能完成的任务。

不为人知的是，早在这份文件出台前两年，曲格平曾专门给中央写了一份文件，建议支持北京市解决大气污染问题，他强调，"京津冀治霾已经刻不容缓"。

这一次，《大气污染防治行动计划》不再是纸上谈兵，开始得到强有力执行。京津冀地区联防联控、冬季清洁能源替代、重污染天应急措施落地、淘汰大批散乱污企业等一个个硬骨头，5 年来都被啃下来了。2017 年底，京津冀地区交出一份难得的蓝天答卷。曲格平评价，大规模环境治理就应该打这样的组合拳。

很多环保人士注意到，党的十九大报告中出现了"打赢蓝天保卫战"的表述，曲格平说，这与过去提的"打好蓝天保卫战"虽只有一字之差，却彰显了决策层要给老百姓提供更好环境质量的决心与魄力。

2018年3月，环境保护部再次重组，更名为生态环境部，建设美丽中国成为重中之重。

环境保护法从"试行"到"长出牙齿"

曲格平既是1988年国家环境保护局成立时的首任局长，也是1993年全国人大新设立的专门委员会——全国人大环境与资源委员会的首任主任委员，担任国家环境保护局局长期间，他的职责多是执法，而在全国人大工作期间，他的工作多是参与环境资源的立法以及执法检查。而他对环境资源类法律的关注从1978年就开始了。

他回忆说，1978年3月第五届全国人民代表大会第一次会议通过新修订的《中华人民共和国宪法》。在新修订的《中华人民共和国宪法》中，首次列入环境保护条款，即"国家保护环境和自然资源，防治污染和其他公害"。

有了《中华人民共和国宪法》的依据和党的十一届三中全会的精神，作为当时的临时办事机构，国务院环境保护领导小组在1979年初成立了环保法起草小组。

曲格平是这个起草小组的成员，在众多环保法律专家的指导下，他们很快拿出了法律文本的送审稿，经国务院审定后，提交1979年9月五届人大常委会第十一次会议审议通过，以《中华人民共和国环境保护法（试行）》（以下简称《环境保护法》）颁布实施，成为我国历史上第一部环境法律。

曲格平强调说，这是党的十一届三中全会后，我国颁布最早的少数几部法律之一，直接推动了我国环保事业的发展。

曲格平做了一个比较，西方发达国家是何时制定"环境基本法"的呢？美国是1970年，日本是1967年，法国是1976年，英国是1974年，瑞典是1969年。他说，就时间而言，我国环境基本法建设与一些发达国家相比并不晚，但差别在于，我们有的法律条款不够硬，企业守法成本高，违法成本低；另外，还存在有法不依、执法不严的问题。

1993年，曲格平"转岗"到全国人大工作，让资源环境类法律成为有效力的硬法，使一些有效的治理模式能以法律的形式固定下来，成为他的法治理念与价值追求。

1993—2013年，曲格平历任两届全国人大环资委主任委员，在两届任期内他推动《中华人民共和国大气污染防治法》（以下简称《大气污染防治法》）两次修改，一部法律在如此短的时间内修改两次是不多见的。

曲格平回忆说，1993年10月，《大气污染防治法》的修改建议被批准后，他提出，要做大修改，改变现有法律缺乏约束力的局面。修改草案提出"不同的城市要限期达标，污染排放要实现总量控制，要发放排污许可"等很多有约束力的条款，但在征求意见时，一些经济管理部门和企业界代表认为，法律太严，做不到。

修改草案在审议过程中遇到很大阻力，虽经环资委据理力争，但一些重要法律制度和规定未能纳入1995年通过的修改决定中。

1998年九届全国人大环资委组成后，曲格平力主再次修改《大气污染防治法》，并纳入全国人大常委会立法规划。时隔3年再对一部法律进行全面修改，在新中国立法史上实属罕见。

1999年8月，环资委向全国人大常委会提出了修订草案。曲格平在会议上说，审议过程中，一些部门和企业依然对总量控制、排污许可和排污总量收费等规定强烈反对，但经过多次解释，全国人大常委会总体上接受了环资委的意见，有关超标违法、总量控制、排污许可、排污总量收费等核心的环保制度最终在法律上取得重大突破。

随后的《环境保护法》修改，更是充满波折。一直戴着"试行"帽子的《环境保护法》是在1989年"摘帽"的，但这部环境领域的基本法，却一直没有列入修改议程。

2013年，曲格平离开全国人大环资委岗位，但一直保持对《环境保护法》修改的关注。他多次呼吁，《环境保护法》实施20多年从未进行修改，其内容已难以对环境违法行为进行约束，特别是环境违法成本低等问题一直遭到诟病，修法亟须提上议事日程。

但现实中，由于各部门对环境保护与经济发展的关系如何平衡未能取得共识，《环境保护法》修改一波三折。2011年1月《环境保护法》的修改被列入全国人大常委会立法规划，依然激辩未止。

曲格平记得，2012年下半年，环境保护法修正案草案一审稿向社会公开征求意见时，这份遵循"小修小补"原则的草案遭到了社会各界的猛烈批评，一个月内就收到9000多名网友的上万条意见。

曲格平说，很多学者找到他，言辞恳切地说，这样的"小修小改"会白白浪费等待了20多年的修法机会，与其这样还不如不改。他向有关方面表达了自己的意见，希望能有一部立得住的环境基本法出台。

这一版环境保护法修正案草案被暂时搁置。曲格平说，转机出现在2012年11月，党的十八大提出生态文明建设和"五位一体"的执政思路，学界敏锐地意识到，《环境保护法》修改的社会环境发生了变化。

2013年，《环境保护法》修订，再次列入新一届全国人大常委会的议事日程。曲格平记得，那一年的全国两会上形成了共识，《环境保护法》的修改要大步前进，不能再小打小闹。这一年的6月，环境保护法修正案草案二审稿提交全国人大常委会审议。与一审稿相比，二审稿在加大违法处罚力度、强化监督等方面有了突破。二审稿草案再次向社会征求意见，有800多人提出2000多条意见。

一个重大变化是，提交审议的三审稿草案，从"修正案草案"变为"修订案草案"。2014年4月，四审稿提交全国人大常委会审议。相对于旧《环境保护法》，新《环境保护法》中只有两条一个字未改，其余45个条款全部做了修改，此外还新增了 23 条法律规定。修改幅度之大前所未有，很多被学界力推的铁腕治污手段被吸纳为法律。为改变旧《环境保护法》对环境违法行为处罚力度低的局面，新《环境保护法》引入按日计罚、环境保护部门可以对造成严重污染的设备查封扣押等严厉手段。

对《环境保护法》修改的整个过程，曲格平持续关注，他欣喜地看到，社会各界都在关注着这部法律的修改，学者和社会组织都积极建言，为制定一部"有牙齿"的环境保护基本法贡献智慧。正是这部有力量的法律，令一些排污者付出了较大的代价。

2012 年，曲格平撰文说，要充分认识环境治理的长期性、全局性、复杂性，做好全面调查与风险评估，还要做好生态环境保护长期治理的路线图和时间表。

2018 年 6 月，中共中央、国务院发布《关于全面加强生态环境保护　坚决打好污染防治攻坚战的意见》，在曲格平看来，这就是一份带有长远眼光的、目标清晰的时间表、路线图。

中央生态环境保护督察
揭开滇池污染冰山一角

法治日报　　2021年5月10日

记者：郄建荣

位于云南昆明的滇池是我国污染防治史上最早启动的治理工程之一，距今跨越了至少5个五年规划，但监测显示滇池水质仍属轻度污染。

滇池污染为何历经25年仍然治不好？今年4月，中央第八生态环境保护督察组（以下简称"督察组"）对昆明下沉督察时，揭开了冰山一角。

督察组调查了滇池周边多个房地产项目后发现，除了当地截污不力外，滇池正被房地产项目全面围堵，"与湖争土地，与湖争空间，与湖争生态"，甚至到了"寸土不让"的地步。滇池南岸的长腰山竟然变成"水泥山"。

因"贴线开发""打擦边球"问题突出，《云南省滇池保护条例》（以下简称《条例》）对滇池的保护作用被大打折扣。大量违法违规上马的房地产项目不仅严重破坏了滇池生态系统的完整性，还使得滇池的山水林田湖草一体化被人为割断。

督察组指出，昆明市迟迟不按《条例》要求编制出台滇池保护规划，导致滇池保护长期无"规"可循，滇池"环湖开发""贴线开发"现象愈演愈烈。

《法治日报》记者随督察组在昆明下沉督察时发现，滇池房地产项目无序开发暴露出的只是滇池污染治理"久治不愈"的冰山一角。雨污分流不彻底，城镇污水收集管网长期欠账，每年逾亿吨污水直排滇池，为保持滇池水质仍需每年数亿吨的"生态"补水……滇池污染25年治不好另有其因。

居住人数成倍增长，污染负荷大幅增加

督察组进驻云南一定会看滇池的水质改善情况。没有例外，督察组副组长翟青一行一到昆明，便将关注重点首先定位在滇池的水质改善上。

4月14日一早，督察组一行来到位于昆明市西山区的滇池草海5号地块（以下简称5号地块）。5号地块是一个大型房地产项目，地块内有7家房地产公司同时在开工建设。"5号地块项目是经过规划批准的，严格依照《条例》要求在开发。"在5号地块售楼处旁的一块展板前，西山区副区长向督察组一行介绍项目开发情况时一再强调5号地块是依法开发建设的。

边听边问，督察组一行通过隔网进入与项目几十米远的草

海一级保护区。站在草海一级保护区内，可以清晰地看到 5 号地块上多栋建筑正拔地而起。

"这块地是干什么用的，到底要盖个什么，是商场还是什么？"对于翟青提出的问题，昆明市西山区副区长的回答前后矛盾。事后督察组被告知，5 号地块总共建设面积 90 万平方米，其中 40 万平方米是解决 5 号地块 5000 多名原住民的居住问题。

5 号地块售楼处距离草海一级保护区 50 米。在售楼处内，西山区所称"40 万平方米留给原住民"的谎言被督察组当场拆穿。在督察组的层层追问下，昆明市西山区副区长不得不承认，规划的 90 万平方米全是商品楼，不包括留给原住民的 40 万平方米，90 万平方米建成后可容纳 5 万人居住。售楼处内摆放的 5 号地块宣传画册更是直言，5 号地块打造的是"昆明顶级富人区"。

"督察组盯住项目规模以及容纳人数，是要看项目给草海增加多少污染负荷。"在督察组看来，原本只容纳 5000 人的 5 号地块在人口成 10 倍增长后，这一区域的水污染负荷或许会成倍增长，势必对滇池水质改善带来严重影响。

滇池草海是滇池的重要组成部分，同时是到昆明越冬的红嘴鸥的重要栖息地之一。公开资料显示，目前，草海水质仍是劣 V 类。《法治日报》记者在草海一级保护区的湿地中看到，20 厘米左右的死鱼就"躺"在湖水边。

房产项目无序开发，生态功能基本丧失

从5号地块到滇池南岸，从"昆明顶级富人区"到长腰山"滇池国际养生养老度假区"，滇池周边房地产项目一个接着一个开发建设。

4月14日下午，督察组一行来到建在滇池南岸的由昆明诺仕达企业（集团）有限公司（以下简称"诺仕达集团"）开发的长腰山"滇池国际养生养老度假区"。呈现在督察组眼前的长腰山，或大量裸露的黄土被稀疏的绿网覆盖，或一幢幢住宅楼正在盘山而建。而长腰山下就是一池滇池水。

在现场，昆明市晋宁区区政府主要负责人及诺仕达集团相关负责人均告诉督察组，长腰山项目是符合规划要求的。而督察组调查发现，诺仕达集团开发建设的"滇池国际养生养老度假区"大量项目就建在滇池二级保护区内，这些项目约占长腰山总面积的92%，规划建设别墅813栋、多层和中高层楼房294栋，建筑面积225.2万平方米。其中，面向滇池区域规划建设别墅390栋、多层和中高层楼房25栋。

督察组在现场对比之前的遥感图像后发现，原本郁郁葱葱的长腰山如今已经变成了"水泥山"——"滇池的腰没了"。

2013年版的《云南省滇池保护条例》明确规定："滇池一级保护区禁止新建、改建、扩建建筑物和构筑物；二级保护区限制建设区只能开发建设生态旅游、文化等建设项目，禁止开发建设其他房地产项目。"

2016年7月，第一轮中央生态环境保护督察曾指出，诺仕

达集团建设的有关项目侵占滇池一级保护区。"但晋宁区及诺仕达集团不仅没有认真吸取教训，反而变本加厉，在滇池一级保护区毁坏生态林建设了一条沥青道路，并陆续在滇池二级保护区限制建设区违规开发建设房地产项目。"督察组指出，至2018年7月第一轮中央生态环境保护督察"回头看"时，诺仕达集团已在二级保护区内建成167栋别墅，占地293亩，建筑面积10.8万平方米。

据督察组介绍，2017—2020年，诺仕达集团陆续在长腰山三级保护区建设209栋别墅、294栋多层和中高层房地产项目，共计占地1891亩，建筑面积174.4万平方米。

督察组指出，整个长腰山被开发殆尽，生态功能基本丧失。

借坡下驴贴线开发，保护条例收效甚微

督察组在昆明下沉督察期间，所到项目，开发商及当地政府均表示，项目经过正规审批，没有违反《条例》。但督察组现场调查发现，有些项目虽然没有违反《条例》，但"贴线开发"这种做法实际上是在打法律的擦边球。

2018年11月，云南省第十三届人民代表大会常务委员会第七次会议修订通过《云南省滇池保护条例》，规定在滇池二级保护区限制建设区可以建设健康养老、健身休闲等生态旅游、文化项目。

督察组透露，该条例增加这一内容后，"诺仕达集团'借坡下驴'，更加肆无忌惮，打着健康养老产业的幌子，在滇池

二级保护区限制建设区内继续开工建设 437 栋别墅，共计占地 1242 亩，建筑面积 40 万平方米"。

"这些别墅的房屋不动产权证'权利性质'一栏为'市场化商品房'，单套网签备案价在 218 万～2992 万元，并非对外宣称的健康养老项目。"督察组调查查实，诺仕达集团实际上是以健康养老产业之名，行房地产开发之实。

在 5 号地块，项目开发商告诉《法治日报》记者，项目距离草海一级保护区最近处不过 50 米左右。在昆明市西山区副区长看来，虽然是"贴线开发"，但是没有违反《条例》规定。

对于 5 号地块披着合法外衣大搞"贴线开发"的做法，督察组给予严厉批评。督察组指出，滇池草海片区"贴线开发"问题突出，大量房地产项目与湖争地，"寸土必争""寸步不让"，环草海 25 公里湖滨带被房地产等项目侵占。2015 年至今，草海片区共开发建设地块 42 个，占地 2463 亩，建筑面积 475.9 万平方米。

"'贴线开发'实际上是在打法律的擦边球。《条例》规定 50 米不能开发，那么我就在 50.01 米处开发。"督察组成员告诉《法治日报》记者，抠法律条文，这种"寸土不让"的行为确实没有违反《条例》，但如果所有项目都搞"贴线开发"，势必会严重影响滇池生态系统的完整性。这位督察人员指出，更值得警惕的是，一些项目利用《条例》大作"合法"文章，《条例》有被开发商绑架的危险，长此下去，将无法发挥保护滇池的作用。

4 月 15 日，昆明市市长在昆明市与督察组共同召开的座谈会上表示，下一步，昆明市将推动《条例》修订，对滇池实行"顶格立法、顶格编制规划、顶格保护、顶格监管、顶格执法"。

修订《条例》能不能最终遏制"贴线开发"问题，值得关注。

人为割断生态系统，滇池污染久治不愈

早在"九五"时期，我国就启动了"三湖""三河""两区"的污染防治，这也是我国历史上首次对重点湖泊、河流以及地区进行污染治理。其中，"三湖"就包括滇池。如今25年过去了，滇池的水污染问题仍然没有完全解决。

生态环境部发布的2020年全国地表水环境质量状况显示，滇池仍属轻度污染、中度富营养，主要污染指标为化学需氧量和总磷。与"三湖"中的太湖和巢湖相比，滇池虽然同属轻度污染，但富营养程度在"三湖"中最高。

不得不提的是，为了缓解滇池的水污染程度，昆明市持续多年对滇池进行生态补水。据地方有关人员介绍，牛栏江—滇池补水工程自2013年开始运行，截至2020年底，通过牛栏江累计向滇池补水37.26亿立方米，其中2015—2019年每年补水量在5.3亿～6亿立方米。《法治日报》记者随督察组在昆明下沉督察期间，地方有关负责人透露，"前几年每年补水的钱都要花上10多亿元"。

更严峻的是，近年来，牛栏江可补的水越来越少，特别是干旱年份。不久，昆明市或将从更远的金沙江调水补充滇池。据了解，2020年，从牛栏江引水2.51亿立方米，因干旱原因

相较前几年减少约 60%，导致当年水质明显下降。显然，"滇池治污部分要靠调水补水"已是不争的事实。

一边要靠生态补水来缓解滇池的水污染，一边又在无序大量上马房地产项目。据督察组调查，目前，滇池外海 125 公里已开发 36 公里；草海区域如果剩余的两个项目也全部建成，25 公里的草海岸线房地产开发就将实现沿湖"全覆盖"。

督察人员指出，在滇池周边上马的这些房地产项目，将使滇池周边的居住人群成倍增加，"5000 人搬迁了，又新来了 5 万人"。"表面上看，排进滇池的这些生活污水是经过处理的水，但终究是被污染过的水，与原本的生态水完全不同。"这位督察人员说，大量房地产项目会加大滇池的污染负荷。

以长腰山项目为例，督察组透露，大量挡土墙严重破坏了长腰山地形地貌，原有沟渠、小溪全部被水泥硬化，林地、草地、耕地全部变成水泥地。长腰山 90% 以上的区域挤满了密密麻麻的楼房，整个山体被钢筋水泥包裹得严严实实，基本丧失了生态涵养功能。

前述督察人员告诉《法治日报》记者，在被开发房地产之前，长腰山拥有完整的生态系统，雨水经过林草茂密的生态系统进入滇池，与污水处理厂处理后的污水进入滇池完全不是一回事儿。

翟青指出，滇池污染治理是个系统工程，环湖大量开发房地产把滇池的自然生态系统人为割断，滇池的山水林田湖草沙系统也难以完整保留。

除了大量上马房地产项目外，督察组在昆明下沉督察期间还发现，昆明市的污水收集与处理"数据"和实际情况严重不符。昆明市住建局与昆明市滇池管理局的文件资料显示，2020 年，昆明市城市生活污水集中收集率为 92.78%，处理率为 97.37%。而督察组实际核实的数据表明，昆明市的污水收集与处理率远没有这么高，昆明市每年至少有 1 亿吨污水未经处理直接排入滇池。

房地产项目无序开发导致滇池生态完整性被破坏，滇池生态空间被挤占，昆明城区污水收集管网严重短缺，雨污混流大量存在，导致每年上亿吨污水直排滇池。这些问题无疑都是滇池污染治了 25 年还治不好的主要原因。

督察组指出，滇池所在当地党委、政府政治站位不高，在滇池保护治理上态度不坚决、行动打折扣，标准不高、要求不严，只算小账、不算大账，只算眼前账、不算长远账，没有正确处理好发展与保护的关系，没有像保护眼睛一样保护滇池。云南省相关职能部门也被督察组批"履职不到位，未及时指出并制止滇池长腰山等区域的违规开发建设问题"。

督察组透露，近日，云南省委、省政府主要负责同志对滇池保护治理工作进行现场督办，对长腰山过度开发提出整改措施。

大气治理十年之变：
从雾霾重重到蓝天常驻

澎湃新闻　2022年9月15日

记者：刁凡超

2022年，蓝天白云成为北京常态，驱车自东向西行驶在高架上，抬头就能看到远处的西山。在北京人的朋友圈里，晒蓝天不再像几年前那样激动，蓝天常驻的当下只有配上绚丽的朝霞或晚霞才值得抬手拍下那一瞬间。

北京市$PM_{2.5}$浓度从2013年的89.5微克／米^{3}下降至2021年的33微克／米^3，降幅为63.1%，首次达到国家二级标准。空气质量改善被联合国环境规划署誉为"北京奇迹"。

岂止是北京。随着《大气污染防治行动计划》（以下简称"大气十条"）、《打赢蓝天保卫战三年行动计划》先后实施，2013年以来，我国空气质量大幅改善。2021年，全国74个重点城市$PM_{2.5}$浓度平均为30微克／米^3，比2013年下降

55.9%，优良天数比例达到85.2%，比2013年上升19.5个百分点。

中国工程院院士、美国国家工程院外籍院士、清华大学教授郝吉明评价说："中国用不到十年时间，完成了美国近三十年的空气质量改善成效，成为我国生态文明建设的一大亮点。"

THE PAPER

璀璨十年

八月二十
壬寅年 虎
2022年09月15日

星期四

第十三期

扫码阅读全文

澎湃

奋进新征程　建功新时代

大气治理十年之变：从雾霾重重到蓝天常驻

过去十年，随着《大气污染防治行动计划》《打赢蓝天保卫战三年行动计划》先后实施，我国空气质量大幅改善。2021年，全国74个重点城市PM$_{2.5}$浓度平均为30微克/立方米，比2013年下降55.9%、优良天数比例达到85.2%，比2013年上升19.5个百分点。中国大气污染治理取得的显著成效成为推进生态文明建设浓墨重彩的一笔。

"退后十"攻坚战

2013 年 1 月,我国中东部发生了持续近一个月的大范围雾霾,面积超 140 万平方公里,影响人口约 8 亿。

2013 年,环境保护部开始对全国 74 个主要城市开展 $PM_{2.5}$ 例行监测,一年内北京出现了 5 次重度污染,京津冀 13 个城市 $PM_{2.5}$ 小时平均浓度达到 430 微克／米^3,全国多座城市空气质量指数"爆表"。

"当时面对这些监测数据,我的内心无比沉重和焦虑。"国家大气污染防治攻关联合中心副主任、中国环境科学研究院大气领域首席科学家柴发合在接受澎湃新闻采访时说,"记得有一年国庆假期,我开车从北京到河北,看到一路上空气质量都很差,我内心很焦急,感受到我国大气污染治理的紧迫性和区域空气质量改善的艰巨性。"

2013 年,环境保护部开始发布全国城市空气质量排名,河北官员最不愿意看到的新闻就是"空气质量最差城市排名出炉"。因为,每一次的"空气质量最差城市"中,河北省都会占据多个"名额"。生态环境部公开数据显示,2013 年、2014 年、2015 年全国空气质量最差的 10 个城市中,河北省占据了 7 席;2016 年、2017 年全国空气质量相对较差的 10 个城市中,河北省占据了 6 席。这给河北的大气治理带来巨大压力。

在排名中屡屡垫底的河北省邢台市,是国家老工业基地。钢铁、煤化工、玻璃等重化工业企业多依城而建,城市方圆 40 公里内有 130 多家涉煤企业，年消耗煤炭 1700 万吨，落后的产业结构和能源结构使得邢台市空气质量排名想要退出全国较差城市面临重重困难。

面对大气污染严峻形势，邢台市通过"压煤、压线、压排"等措施，倒逼企业转型。目前，邢台市 216 家重点涉气企业实现较 2019 年排污量同比下降 50%；被誉为"中国玻璃城"的沙河市（邢台市代管）在产玻璃企业 20 条生产线完成"烟羽消白"治理工程，实现"超超低"排放。从"认命论、输入论、投降论"到主动出击，邢台市在转型升级中加快新旧动能转换。

"背水一战，其战必胜；强化治理，付出与努力就一定不会白费。"柴发合说，"虽然'退后十'难度大，但只要各地各部门，以扎实的工作，高质量完成大气污染防治目标任务，就能收获蓝天。"

功夫不负有心人。2013—2019 年，邢台市 $PM_{2.5}$ 平均浓度实现了"六连降"，2019 年底邢台市提出 $PM_{2.5}$ 退出全国"倒十"目标。2020 年邢台市空气质量综合指数、$PM_{2.5}$ 平均浓度 2 项指标改善率分别达 16.9%、18.5%，均居全省第 1 位，在京津冀大气污染传输通道"2+26"城市中均居第 1 位。$PM_{2.5}$ 年均浓度 53 微克／米^3，位居全国 168 个重点监测城市倒数第 18 位，成功退出"倒十"。

河北样本

2022 年第一季度河北省各市首次退出全国重点城市空气质

量后 10 名。与此同时，张家口市、唐山市、秦皇岛市和承德市 4 个城市进入全国空气质量改善前 10 名，河北全省空气质量创有监测记录以来历史最好水平。

2013 年、2021 年河北省各城市 PM$_{2.5}$ 浓度

数据来源：中国环境科学研究院大气环境研究所

柴发合说："这是河北省空气质量的历史性突破，对我国大气污染治理也具有重要意义。"相较于其他省份，河北省产业结构偏重，污染物排放量大，大气污染治理难度也更大；但经过近年来科学、精准的治理，河北省空气质量显著改善。这些监测数字背后的动态变化，折射的是河北近年来大气污染防治取得的成绩。"坚决去、主动调、加快转"，一次又一次阵痛之后，河北省的空气越来越清新，蓝天越来越明媚。

河北省生态环境厅大气环境处处长李清龙说："河北的大气污染综合治理取得的成绩来之不易，下一步，河北省将继续巩固深化'退后十'成果，以空气质量持续改善为核心，坚持方向不变、力度不减，坚持减污降碳协同增效，为建设现代化经济强省、美丽河北做出新贡献。"

河北的空气质量改善历程是京津冀乃至全国大气治理的一个"缩影"。

从治理区域来看，2013年发布的"大气十条"将京津冀三省市划为重点区域，2017年发布的《京津冀及周边地区2017年大气污染防治工作方案》和2018年发布的《打赢蓝天保卫战三年行动计划》，则将京津冀大气污染传输通道的京津冀及周边地区（"2+26"城市）划为重点区域。随着大气污染治理进程的推进，重点区域的范围在不断优化调整，体现出我国大气污染治理的科学性和精准性在不断提升。

从治理措施来看，京津冀及周边地区不断推进产业结构、能源结构和运输结构调整，大气污染物排放量不断下降；持续开展区域联防联控，连续组织秋冬季大气污染攻坚行动，切实减轻重污染天气带来的不利影响；实施大气重污染成因与治理攻关专项行动，为未来精准治污提供了强有力的科技支撑。这些治理措施，为其他地区大气污染防治提供了借鉴经验，也为我国大气污染综合治理探索出了一条可借鉴的新路。

从治理成果来看，2013—2021年，在所有重点区域中，京津冀及周边地区 $PM_{2.5}$ 浓度的降幅最大；河北省 $PM_{2.5}$ 浓度降幅也在所有省份中位居前列，有力推动了我国空气质量的改善。

科技支撑

大气污染治理是一个复杂的系统性难题，不仅要发现问题，还要研究如何解决问题，提出相应对策并付诸行动，然后评估各项措施的有效性。因此，科技支撑对于大气污染防治尤为重要。

过去几年，柴发合和他的团队不仅开展了多项相关的科学研究，还参与了生态环境部组织的调研和监督帮扶，及时了解了地方的实际情况，同时为各地提供了大气污染治理科技支撑。在这一过程中，他们付出了很多努力，也承受了很大的压力。在应对重污染天气时，他们不仅要提高预测、预报的准确性，还要持续跟踪重污染天气的发展变化，并做出科学研判，为生态环境主管部门及时调整相应措施提供科学依据。

"2015年，由于社会各界对散煤污染治理的认识不统一，存在一些争论，为此我们开展了大量的研究和调研，证明了散煤治理的重要性，坚定了推进散煤治理的决心，目前的治理效果也证实，散煤治理对我国空气质量改善发挥了重要作用。"柴发合说。

经过多年的努力，我国在大气污染防治领域取得了一系列成果。例如，建成国内最大的空天地综合立体观测网和数据共享平台；建立了"监测预报—会商分析—预警应急—监管执法—跟踪评估"全过程的重污染天气应对技术体系。这些成果都有力支撑了"大气十条"和《打赢蓝天保卫战三年行动计划》的圆满收官，推动了区域空气质量显著改善。

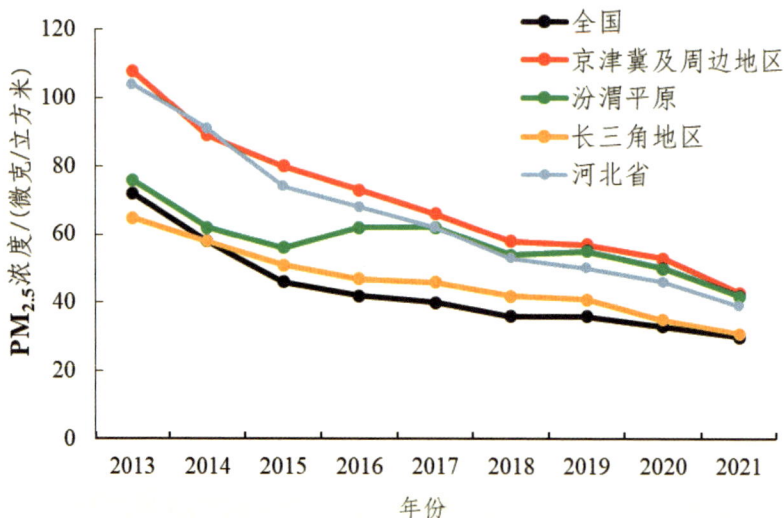

2013—2021 年全国及重点区域 PM$_{2.5}$ 浓度变化情况

资料来源：中国环境科学研究院大气环境研究所

数据显示，2013—2021 年，京津冀和长三角区域 PM$_{2.5}$ 浓度分别下降 62.7% 和 54.7%，优良天数比例分别上升 32.2 个和 19.7 个百分点。而 2013 年以来全国空气质量大幅改善，是在我国 GDP 持续快速增长的形势下完成的，实现了经济社会发展和生态环境保护的"双赢"。

不过，柴发合也指出，虽然京津冀及周边地区空气质量呈现持续快速改善态势，但在不利气象条件下，秋冬季重污染天气过程依然时有发生，臭氧浓度呈缓慢升高趋势，大气环境问题的长期性、复杂性、艰巨性仍然存在，大气污染防治工作任重道远。

从"十四五"时期开始，我国大气污染治理进入减污降碳协同增效的新阶段。柴发合建议，应坚持稳中求进，全面落实减污降碳协同增效总要求，深入打好污染防治攻坚战，以改善空气质量为核心，以基本消除重污染天气作为重要任务；扎实推进产业、能源、交通绿色低碳转型，加强源头防控，推广低碳环保技术，加快形成绿色低碳生产生活方式；同时，还要深化重污染天气应对，强化 $PM_{2.5}$ 和臭氧污染协同控制，进一步加强战略统筹、推进制度体系融合，强化区域协同监管和信息共享，进一步完善区域大气污染联防联控机制。

再见，12369

南方周末　2024 年 7 月 25 日

记者：林方舟

"12369"，耳熟能详的环保举报热线，现在已成为空号。

诞生于 2001 年，全国各地曾有数百个"12369"，拨打这五位数字，就可联系上当地的环保局／厅，其中，"010-12369"更是直通原环保部。

2024 年 4 月底，全国各地的"12369"全部停用，归并入"12345"政务服务便民热线。

二十余年，通信工具从有线电话变成触屏手机，移动网络从 2G 升级到 5G。高峰期每天数百通电话的"12369"，也见证了中国的环保进程。2009—2015 年，"010-12369"收到排在前三位的举报类型是大气、水、噪声；而如今，噪声已位列举报榜榜首，大气投诉降为次席。

"12369"停用不代表环保举报的终结，微信和网络投诉举报的案件数量，早已经超过了电话。2020 年，"12369 环保举报"

微信平台与生态环境部信访平台合并，变成"全国生态环境信访投诉举报管理平台"。

电话那头的环境信访工作人员，工作场景从电话转移到了电脑，受理、办理、反馈举报件等工作依然如常。

噪声举报跃至榜首

即便每天经过，大多数人都叫不出家门口工地的名字，但坐在办公室的王柳，却对重庆市许多工地了然于胸。

王柳在重庆市生态环境保护综合行政执法总队工作，2003—2020年底，一直负责接听重庆市"12369"。这份工作让她得了一个"职业病"——在街头看到正在施工的工地，总要凑上去看一眼公示牌，记住那一串拗口的名字。

公众打电话投诉施工噪声，往往只能说出自家小区的名字，不知道施工项目是什么，小区附近有多个施工项目，更是说不清。接的电话多了，仅凭描述王柳心里也能大致有数。

盖房、修路、铺地铁……重庆市民投诉举报最多的案件类型就是施工噪声。王柳说，2017年是重庆生态环境投诉举报数的峰值年，全年共5.5万余件，其中约六成都是噪声问题。

这也与全国的情况相似。生态环境部应急中心提供给南方周末记者的数据显示，2009年，部级环保热线"010-12369"刚刚开通，噪声污染举报排在各类污染举报的第三位，2016年上升到第二位，2024年已成为首位，约占举报总量的57%。

宁静的夜晚，噪声格外刺耳。重庆市"12369"24小时畅通，王柳值夜班时，接到的投诉大多数是夜间施工噪声，有时"一晚上电话就没断过"。

接到夜间施工噪声举报后，王柳会马上通知属地执法人员赶往现场，各区县生态环境局每晚都有值班人员待命，执法人员需要第一时间赶到施工现场处理。

噪声通常涉及多部门管理，住建、公安、交通、城管等部门都负有监督管理责任。在吉林省吉林市，夜间施工噪声污染由生态环境部门管辖，但夜间施工许可证由住建部门发放，环保执法人员经常不掌握夜间施工许可信息；道路维修施工由住建部门负责，但产生的噪声却归生态环境部门管理。

2022年，新修订的噪声污染防治法施行，要求地方政府明确有关部门的噪声污染防治监督管理职责，建立工作协调联动机制。吉林市生态环境局民生问题受办中心副主任杜景岩称，吉林省将出台《吉林省噪声污染防治条例》，进一步明确和细化噪声管理职责。

大气污染举报越来越少

环保公益组织"空气侠"发起者赵亮，通讯录里拨打最多的电话可能就是"12369"。自2014年成立以来，"空气侠"通过电话、网络投诉举报了全国3000多起大气污染案件。

生态环境部应急中心统计，2009—2012年，部级环保热线"010-12369"接到的大气污染举报量约占总量的一半；2013—2015年，雾霾最严重的几年，大气污染投诉量上升到总量的八成左右。

在聚集着大量化工企业的吉林省吉林市，杜景岩和同事们处理最多的案件就是对化工厂区的异味投诉。

随着城市化进程深入，住宅向郊区扩张，离化工企业越来越近。现场检查结果经常是：即便化工企业散发明显的异味，但各项监测数据均符合标准，这种情况不止一次地出现。公众常常不买账：味道这么大怎么可能没污染？数据有问题。

面对信任危机，自2010年起，吉林市生态环境局设立企业开放日，邀请举报人前往被举报企业厂区参观，了解污染处理设施怎样运行，亲眼看比听人说更有用。

赵亮观察到，比起工业企业的超标排放，异味扰民问题通常更难解决。因为前者只要企业施加措施就能控制住，而产生异味的企业通常位于工业园区内，执法人员难以快速锁定来源。

2017年中央环保督察组进驻以后，吉林市几家大型化工企业都投入大量资金升级改造环保设施，废气排放值已远远低于国家标准；PM$_{2.5}$的浓度下降后，臭氧和挥发性有机物的治理力度逐渐加大，《2020年挥发性有机物治理攻坚方案》下发，无组织排放受到控制，工业企业异味举报的投诉已大幅下降。

在江苏省南通市海门区，类似的轨迹也出现过。长江沿岸建设了众多化工企业，也曾长期接到异味扰民的投诉。2018年，海门刮起"环保风暴"，沿江化工企业全部关停退出，涉气投诉量也随之骤减。

根据生态环境部应急中心数据，2016年开始，大气污染投诉逐年下降，目前，投诉量约占总量的 40%。

无论是在吉林市还是在南通市海门区，当工业企业异味投诉不再是主要矛盾后，源自城区生活垃圾的异味，成为涉气污染举报的主要类型。

垃圾问题相对棘手。吉林市生态环境局生态环境保护综合行政执法支队原信访科科长盖春雷经常接到建筑垃圾随意堆放、生活垃圾臭气扰民的投诉，但依照职能划分，这两项工作在吉林市分别归属住建部门和环卫部门管辖，并不由生态环境部门负责。

"我们也多次解释，但老百姓就是不理解，觉得政府部门在'踢皮球'。"盖春雷说。有不理解的老百姓甚至集体跑到生态环境局办公楼里"找局长"。生态环境部门又不能放任不管，盖春雷和同事们于是出人、出车、出力，拉着老百姓去找属地的住建部门和环卫部门沟通。

举报目的，不一定都是环保

接听举报电话，像是参与一场大型社会观察，来电者目的并不一定都是环保举报。

每当看到一个熟悉的号码来电，杜景岩都很头疼。

这位举报者早年是吉林市一家化工企业的职工，因不服从管理被企业开除。随后多年，他反复多次举报企业排气或排水不合格。每次接到举报，执法人员都要赶到现场，取样检测，向举报人反馈，完成一套完整流程。但每次结果都是一样：举报不属实。

"时间长了，他的电话号码我们甚至都背下来了。只要举报就得受理，受理就得答复，反复循环。"杜景岩说，工作人员与举报人沟通，对方直接称："让我回去上班，否则我就一直告。"

处理这类举报只能一事一议。比如，联系街道社区、派出所共同劝解，找到举报人的父母、子女做思想工作，遇到生活困难的举报人，还要联系民政部门争取一些补助等。除了极少数"一根筋"的举报人，大多数案件都能化解。

有一个举报案件甚至困扰了南通市海门区生态环境局信访调处科科长林洪十年之久。化工企业搬走后，一位举报人依旧坚持投诉原址有异味扰民。林洪和同事们始终不敢怠慢，但凡执法人员迟了一会儿去现场，对方就情绪激动，甚至开口谩骂，并打电话到市级和省级的"12345"热线、纪委部门等，举报海门区生态环境局，并点名道姓工作人员，称他们"不作为"或者"和企业串通勾结"。

后来林洪了解到，这位举报人的真实目的是想搬迁。他居住在一栋回迁房，孩子的工作单位离家较远，不常回家，他只能自己常年照顾因病生活不能自理的妻子。2023年，经多方协调，举报人把房产异地置换至孩子附近，才终于化解了这个投诉。

因为利益纠纷而环保举报，也是接线员经常遇到的情况。

由于200元的经济纠纷，一位养猪户向海门"12369"举报邻居养猪场的环境问题，尽管经检测，猪场废水、臭气等环境指标未超标，但举报人就是不认可，用塑料瓶装着猪的排泄物，带着铺盖行李，一大早就到了生态环境局的大厅内"安家"，一直待到晚上，持续多天。

是接线员也是情绪疏导员

开开心心地上班，但突然被一个电话弄郁闷，这是接线员的常态。

林洪在办公室养了吊兰、绿萝等绿植，看到绿色心情能好一些。但无论心情好不好，总要微笑地拿起电话。二十多年来的职业习惯不自觉带入了生活。她的丈夫经常抱怨：妻子对自己也是"职业性的微笑、职业性的回答"。

福建省生态环境厅信访中心办事员李瑾华在电话旁放了一本"诗佛"王维的诗集。当接到让人闹心的电话时，拿起诗集翻翻总能获得慰藉。"行到水穷处，坐看云起时"是他最喜欢的一句诗。

除了自己排解，有的接线员也被安排了专业的心理辅导，纾解负面情绪。很多时候，接电话更像是给举报人做一场心理按摩，提供情绪价值。

打到部级环保热线"010-12369"的，大多都是地方环保部门较难解决的"疑难杂症"，有的举报人在电话中情绪非常激动。

生态环境部应急中心的一位工作人员总结，一个合格的接电，有三点信息必须传达给举报人：已收到并记录反映的问题，对此非常重视；将尽快按照流程调查解决；办理后会给举报人反馈结果。

遇到情绪激动的来电者，自己先要情绪稳定，一般几分钟后，来电者的情绪就会安定下来。温暖的、被尊重的氛围，更有利于沟通。

棘手的环保问题解决了，"当初举报时他有多激动，问题解决后他就有多感谢你。"上述生态环境部应急中心工作人员说。不少地方接线员都收到过锦旗和真挚的道谢。

"大环保"投诉变多

自2015年起，赵亮慢慢减少了拨打"12369"，更多使用当年上线的"12369环保举报"微信平台投诉举报。

原因之一是隐私安全。赵亮曾经电话举报某省的一家钢铁厂涉气污染，随后接到的第一个电话并非来自环保部门，而是被他举报的企业的负责人。对方一上来就发出"你是干吗的？你是何居心？你有什么目的？"三连问，让赵亮哭笑不得。

"空气侠"曾帮助村民电话举报一家水泥厂环保违规问题，这家企业不知从何处拿到了举报人的名单和联系方式，把举报人在厂工作的亲属都辞退了。作为举报老手，他还撰写"'12369'反虐攻略"，总结了举报的技巧和经验。

在微信平台的举报，赵亮几乎没遇到个人信息泄露的情况。

微信平台更好用的另一个原因是，电话举报污染问题有时很难描述清楚，微信举报可附带现场定位和照片，清晰可见，处理进展也可以实时看到。

据生态环境部应急中心统计，微信网络举报数量逐年上升。到 2018 年，微信举报 34 万多件，基本与电话举报数量持平。此后，全国深入推进"放管服"改革，部分地方"12369"合并至"12345"热线，微信举报数量开始超过"12369"电话举报。

赵亮称，参与环保举报投诉十年以来，绝大多数反馈的问题都能得到有效解决，他比较满意。十年间，赵亮也明显感觉到，随着环境质量改善，执法人员处理环保举报的效率和能力也在提高。

2015 年，被誉为"长着牙齿"的新环保法出台，从法律层面强化了环境信息公开和公众参与制度；2016 年，中央环保督察，从督企转向督政，党政同责、一岗双责，生态环境保护表现与政绩考核挂钩；同年，省以下生态环境机构监测监察执法垂直管理改革，让执法部门的腰杆子更硬。

据生态环境部应急中心提供的数据，在雾霾最严重的 2013 年，部级环保热线"010-12369"接到的举报数量开始明显增多，此后逐年增加，到 2018 年达到历史最高的日均 160 次，之后逐年递减。

一系列制度保障，也让政府部门面对环保投诉举报，从"压、堵"转变为"纳、纾"，"主动曝光问题也是正面宣传"。

林洪观察到，近年来涉企业类环保举报变少了，但涉城市固废类、社会生活噪声类等不属于生态环境部门管辖的"大环保"投诉却变多了。

为此，2023 年起，海门建立了信访联席会议机制，生态环境、住建、城管、环卫、公安、交通等部门代表参加，针对工作中突出的问题，协调对应部门负责。

　　如今，李瑾华仍不时接起投诉电话，他先简单了解情况，解释并告诉对方拨打"12345"，或使用全国生态环境信访投诉举报平台。"12369"合并至"12345"后，"大环保"问题能直接分配给对应部门处理，长期困扰环保部门的难题正变得更简单。

"关停一家污染企业造成3000亿损失"：
别夸大环保冲击实体经济

新京报　　2017年9月19日

作者：于平

据媒体报道，舍弗勒大中华区 CEO 张艺林，9月14日致函上海市有关部门，称其原材料供应商上海界龙金属拉丝有限公司（以下简称界龙金属拉丝）因环保问题将被关停，公司面临供货危机，并称"此问题将会导致49家车企，200多款汽车或因此停产三个月，会造成3000亿元的产值损失"。

此后，舍弗勒又澄清说，已调动全球资源妥善处理供应链事宜，目前对主机厂整车生产影响可控。

舍弗勒"求救"事件一度在网络上掀起很大波澜，引起了不少关于"环保冲击实体经济"的质疑和担忧。

不过现在看来，舍弗勒所称的"危机"，实际上夸大了。汽车元件用的"滚针"不是什么高精尖的产品，不可能只有界龙金属拉丝这一家公司生产，根据舍弗勒的澄清公告，从国外找到这种资源，保障对汽车厂的稳定供货，并非难事。

界龙金属拉丝如今所遭遇的困境，并非偶然。按照常识，对于环保不达标的厂商，环保部门不可能一上来就关停，应当是给过企业机会的。如果该公司之前对于环保部门的整改要求置若罔闻，最终弄到如今被断电、拆除设备的地步，那只能是自食其果。

舍弗勒作为界龙金属拉丝的下游客户，同样是有责任的。

作为下游企业，在确定上游供货商时，不能只看价格，环保同样是重要的考量之一。与滚针打交道这么多年，舍弗勒不可能对滚针生产的污染不了解。如果当初在确定滚针供货商时，舍弗勒能履行环保监督的责任，要求供货商严格执行环保政策，又怎么会落得个引火烧身的结局？

环保的收紧，必然影响实体经济，但这样的冲击更是行业升级和企业转型的动力，对此，没有必要过度担忧。

如果在地方环保部门屡屡督促下，一些企业仍然采取观望、拖延的态度，迟迟不进行环保升级改造，这样的企业被淘汰，没什么好惋惜同情的。总有一些抓住机会、积极落实环保政策的企业会继续生存下去，而且活得更好。这样的优胜劣汰，才是经济发展中的积极现象。

环保，应当被放在第一位。此前，一些地方在环保执法中总是把税收、就业放在第一位，对于污染企业姑息迁就，从而饱受舆论诟病。

如今，在环保政策的压力下，地方政府的执法开始"硬起来"，这绝非坏事。环保不是请客吃饭，总要付出代价。面对企业"求救"也不可轻易让步，这正是"铁腕治污"的应有之义。

"红警"下的新年：
一个地方环保局长是怎么过的

第一财经日报　　2017年1月2日

记者：章轲

2015年，新乡市PM_{10}和$PM_{2.5}$浓度同比上升16.2%和16.0%，成为河南省大气污染最严重的城市之一。2016年，新乡市已经彻底扭转了$PM_{2.5}$、PM_{10}不降反升的被动局面，实现了豫北第一和弯道超车的既定目标。

背着"行政警告"的处分，胡建森迈入了2017年。

而2016年的最后一天，在他的办公桌上，又增添了一份治污不力的追责名单。

胡建森是河南省新乡市环境保护局局长，由于头发稀疏，他总调侃自己是"光明村村长"。

"这个（处分）还得背下去。但你放心，2017年，我一定给新乡人民交出一份满意的治污成绩单。"2016年的最后一晚，胡建森对第一财经记者说。

2016 年 12 月 30 日，重度雾霾下的河南省新乡市（摄影 / 章轲）

新乡市环境保护监测站公布的监测数据显示，去年 12 月 31 日，新乡市环境空气质量指数（AQI）为 306，空气质量状况为严重污染，首要污染物为 $PM_{2.5}$。PM_{10} 日均浓度为 361 微克 / 米 ^{3}，$PM_{2.5}$ 日均浓度为 256 微克 / 米 ^{3}。12 月 30 日零时，新乡市已经启动了重污染天气红色（Ⅰ级）预警响应。

截至 2016 年 12 月 31 日，新乡市在河南省 18 个省辖市空气质量综合指数的排名中排在第 16 位；在全国 367 个城市中，排在倒数第 9 名。

年底的治霾冲刺

"压力很大。"2016 年 12 月 29 日晚，胡建森与记者刚一见面就说，"也确实感到责任重大。"

2016 年 9 月 19 日，河南省政府召开大气污染防治攻坚战第二次推进工作电视电话会。针对新乡市城乡接合部及郊区"小散乱差"企业污染严重、小机加工企业露天作业生产污染严重、水泥生产企业污染严重，以及新乡县道路污染问题解决不到位等问题，河南省纪委和监察厅按照干部管理权限，对17名责任人（县处级及以上6人）予以问责。其中，胡建森被给予行政警告处分。

"在这个岗位上，工作没做好，这也算给自己、给别人一次教育。"他说，"就像打仗负了伤一样，身上没个枪眼，还算打过仗吗？还得照样往前冲。"

2016年的最后一天，胡建森是这样"冲"过来的：

工作日程得从30日晚开始算起。当晚，新乡市召开全市大气污染防治推进大会。市长在会上对31日、元旦期间和2017年第一季度各县（市、区）大气污染防治提出了要求。

"散会已经是晚上7点多了，我回到办公室马上召集相关人员开会，部署31日的工作，包括安排现场督查，调度县（市、区）的管控，还要把当天的情况向省环保厅汇报。"晚上9点多，胡建森赶到监控中心了解重点监控企业在线数据，然后又回到办公室整理白天的资料。到家已是晚上10点多了。

31日早上7点，胡建森又出现在办公室里。8点，召集大气防治办的成员单位碰头，安排人力现场检查。紧接着，与$PM_{2.5}$专家组对当天新乡市环境空气质量状况进行分析研判，进一步查找防治中的薄弱环节和突出问题。之后，根据专家意见，马上通知14个县（市、区）整改落实。

"马上放假了，中午的时候，我通知大家都回家吃。自己和司机每人在食堂吃了一碗牛肉面。"胡建森说。

2016 年 6 月，新乡市决定在全市范围内开展大气污染防治攻坚战（7 月 1 日至 12 月 28 日），之后，又决定在 10 月 15 日至 12 月 28 日，开展大气污染防治最后 80 天大决战。

大决战以来，每天下午 5 点，在新乡市环保局 9 楼的视频会议室里都雷打不动地举行主管市长、秘书长以及大气污染防治成员单位主管领导参加的视频研判会，由胡建森主持。每次会议之前，他都要先与各相关单位沟通，预先了解情况。

在 31 日的视频研判会上，胡建森对大家说："2016 年只有最后几个小时了。通过研判大家可以发现，各项管控措施能否做好，关系到 2016 年能否完美收官，也关系到 2017 年第一季度开门红的目标能否实现。"

"红色预警期间，我们已经实施了最严厉的措施，但是仍有地方对生产企业过宽。刚刚被秘书长点到名的县（市、区），明天一定要落实管控措施，坚决杜绝个别企业以工序等名义，不关停、不限产。"胡建森严厉地说。

末了，胡建森还通过视频对大家说："一年来，大家付出了很多，希望来年我们齐心协力，并肩战斗。"

研判会结束已经是晚上 6 点多。胡建森又跑到监控中心，查看了一遍重点企业的监控数据。然后回到办公室，部署第二天的工作。

河南大气污染最重城市之一

年关之际，重污染天气再度袭击京津冀及周边地区。截至今年 1 月 1 日，62 个城市启动黄色及以上预警。

2016 年 12 月 28 日晚，环境保护部发布京津冀及周边地区重污染天气预警提示，并派出 10 个督察组对邯郸、保定、郑州、新乡等城市的重污染天气应对措施落实情况开展督察。29 日下午，第一财经记者参加的第九生态环境保护督察组直奔新乡。

监测数据显示，2015 年，河南省全省 PM_{10} 浓度均值 135 微克／米^3，$PM_{2.5}$ 浓度均值 80 微克／米^3，两者浓度在全国 31 个省（自治区、直辖市）排名分别位列第 3 和第 1；而新乡市在河南省排名倒数第 4 位。

2016 年，新乡市省定 3 项目标均没有完成。其中，优良天数为 161 天，低于省定目标值（195 天）34 天；PM_{10} 平均浓度为 144 微克／米^3，超出省定目标值（125 微克／米^3）19 微克／米^3；$PM_{2.5}$ 平均浓度为 84 微克／米^3，超出省定目标值（73 微克／米^3）11 微克／米^3。

专家组给出的分析认为，影响新乡环境空气质量的原因有自然因素，但更多的是人为因素。

"一个重要方面就是产业布局和结构不合理造成的环境影响。"胡建森分析说，总体来看，市区周边工业企业煤炭消耗大、排放强度高，是造成市区空气污染指数长期居高不下的重要原因。

监测数据显示，新乡市的 $PM_{2.5}$、挥发性有机物（VOCs）、氮氧化物（NO_x）、二氧化硫（SO_2）和一氧化碳（CO）主要来源于工业排放，电力、热力生产、化工化纤、医药、造纸、水泥制造业是大气污染物的主要排放行业，这些行业的排放量占全市工业大气排放总量的 70% 以上。

而煤炭是新乡市主导性的燃料来源，占其能源消耗量的 80% 左右，2016 年新乡市煤炭消费量仍保持持续增长态势，过度依赖煤炭的能源供应结构对大气污染影响巨大。

除了建筑施工、道路和物料堆场扬尘外，新乡市的机动车污染同样惊人。统计数据显示，新乡机动车保有量已达 67.5 万辆，超过一般三线城市。加上地处豫北地区交通枢纽，车辆通行量高，过境车辆中重型货车多，日均 1 万多辆，机动车尾气污染物量非常高。

大气污染防治仍须精细化

2016 年，处在"风口浪尖"上的新乡，大气污染防治成为压倒一切的中心工作。

王登喜表示："如果落到全省倒数第一，新乡被环保限批的可能性就很大，所以宁可现在出重拳，顶住压力。"

胡建森告诉记者，在新乡，齐抓共管的大环保格局基本形成，建立了"党政同责、一岗双责、部门主责、失职追责"的责任体系，挂牌督战、挂图作战、挂帅出征和台账的"三挂一台账"制度已经建立，"管生产必须管环保、管业务必须管环保、管行业必须管环保"的局面也已形成。

"这一年，上上下下、方方面面付出太多了。"胡建森告诉记者，仅环保系统在 2016 年就"送走"了 3 位同志：年仅 40 岁的新乡市环境保护监测站监测室二室主任、环保专业工程师李海波，去年 5 月 31 日，因连续加班，劳累过度，突发脑溢血去世。

"还有 2 位同志是在夜查返城途中遭遇车祸，不幸去世。"胡建森说，"一年折损 3 个人啊！那天得知车祸的消息后，我一个人关在办公室里，热泪长流。打电话向省厅汇报时，话都说不出。"

一年的辛苦没有白费。

在去年 12 月 30 日召开的新乡市大气污染防治推进会上，新乡市副市长马义中说："新乡已经彻底扭转了 $PM_{2.5}$、PM_{10} 不降反升的被动局面，实现了豫北第一和'弯道超车'的既定目标。"

"在受几次区域性重污染影响，且其他城市出现不降反升的情况下，新乡市 $PM_{2.5}$ 同比下降 5.07%，PM_{10} 同比下降 6.54%，年累计综合指数同比下降 5.91%。全省 3 项指标均出现下降的仅新乡一个城市，说明新乡市的重污染天气应急管控效果显著。"胡建森说，"在 1 日的研判会上，监测统计结果一宣布，全场欢呼。"

"新乡市的大气污染防治特别是应急管控，还是采取了许多扎实有效的措施，成绩值得肯定。"正在新乡市督察的环境保护部重污染天气应急督察第九生态环境保护督察组组长万年青告诉第一财经记者。

王登喜透露，河南省委、省政府近日已初步确定新乡市 2017 年空气质量目标：PM_{10} 年均浓度要降到 115 微克／米^3，$PM_{2.5}$

年均浓度要降到 74 微克 / 米^3，优良天数要达到 200 天。"这不仅是工作目标，更是政治任务。"他说。

采访时，胡建森表示，新乡市的大气污染防治仍需"精细化"，"'一刀切'会给招商环境、经济发展带来很大冲击"，"下一步会明确哪一级管控停产哪类企业，几级预警限产哪类企业，做到分类管理、精细管控"。

"有人问，你们干环保的为什么总在加班。我回答：我们干环保的就没有下过班！"胡建森用浓重的河南话大声地说。

碳达峰碳中和"1+N"政策体系构建完成，兼顾发展与减排

21 世纪经济报道　2022 年 10 月 13 日

记者：李德尚玉

十年来，我国生态文明建设取得显著成效，环境质量显著改善，进入了生态环境质量改善由量变到质变的关键时期。

"绿水青山就是金山银山"理念深入人心，生态文明制度体系基本形成。作出力争 2030 年前实现碳达峰、2060 年前实现碳中和的庄严承诺，构建完成碳达峰碳中和"1+N"政策体系。产业绿色转型和能源结构调整得到大力推动，大型风电、光伏基地建设推进加快，高能耗、高排放、低水平项目盲目发展得到坚决遏制，单位国内生产总值能耗累计下降约 26.2%。

"这是我国经济体制和生态文明体制不断改革完善的十年。"5 月 12 日，在中共中央宣传部举行的"中国这十年"系列主题新闻发布会上，中央财办分管日常工作的副主任韩文秀

表示，十年来，我们建立起了一整套生态文明制度体系，实行最严格的生态环境保护制度，建立健全生态环境保护督察制度，全面建立资源高效利用制度。这些制度建设的成果，为经济高质量发展和生态环境可持续改善提供了强有力的支撑。

9月15日，中共中央宣传部就"贯彻新发展理念，建设人与自然和谐共生的美丽中国"举行发布会。生态环境部部长黄润秋在发布会上表示，党的十八大以来的十年，是生态文明建设和生态环境保护认识最深、力度最大、举措最实、推进最快、成效最显著的十年。

9月22日，国家发展和改革委员会召开新闻发布会介绍生态文明建设有关工作情况。会上，国家发展和改革委员会资源节约和环境保护司司长刘德春表示，我国能源和产业绿色低碳转型取得重要进展，"双碳"工作实现良好开局。

十年来，我国生态文明建设取得历史性成就。刘德春介绍，我国环境质量得到显著改善、生态系统质量和稳定性稳步提高、产业结构优化升级成效明显、能源绿色低碳转型成效显著、能源资源利用效率大幅提升、生态文明体制改革深入推进。

生态文明建设取得历史性成就

十年来，中国走出了一条生产发展、生活富裕、生态良好的文明发展道路，美丽中国建设迈出重大步伐。

在上述发布会上，黄润秋表示，我们把"美丽中国"纳入社会主义现代化强国目标，把"生态文明"纳入"五位一体"总体布局，把"人与自然和谐共生"纳入新时代坚持和发展中国特色社会主义的基本方略，把"绿色"纳入新发展理念，把"污染防治"纳入三大攻坚战。生态文明建设的谋篇布局更加完善、更加系统，也更加成熟。

十年来，我国改革生态环境和自然资源的管理体制，建立和实施了中央生态环境保护督察、生态文明目标评价考核和责任追究、河（湖）长制、生态保护红线、排污许可、生态环境损害赔偿等一系列制度。这十年间，还制（修）订了30余部相关的法律法规，越织越密的制度体系为生态文明建设提供了强有力的保障。

在生态环境质量方面，2021年全国地级以上城市细颗粒物（PM$_{2.5}$）平均浓度比2015年下降了34.8%，全国地表水 I ～ III 类断面比例达到了84.9%。土壤污染风险得到有效管控，我国实施了禁止洋垃圾入境，实现了固体废物"零进口"的目标。自然保护地面积占全国陆域国土面积达到18%，300多种珍稀濒危野生动植物野外种群得到了很好的恢复。一幅"人与自然和谐共生"的美景生动展现。

党的十八大以来，我国以前所未有的力度推动生态文明建设，其中一个标志性的举措就是部署开展坚决打好污染防治攻坚战。污染防治攻坚战各项阶段性目标任务全面圆满超额完成，生态环境也得到了显著的改善。

首先，空气质量发生了历史性的变化。空气质量指标

PM$_{2.5}$，也就是全国细颗粒物的平均浓度从 2015 年的 46 微克／米^{3}降到 2020 年的 33 微克／米^3，进一步降到了去年的 30 微克／米^3，历史性达到了世界卫生组织第一阶段过渡值。另外，优良天数比例去年达到了 87.5%，比 2015 年增长了 6.3 个百分点，我国已经成为世界上空气质量改善速度最快的国家。2013—2020 年这 7 年，我国空气质量改善的幅度相当于美国《清洁空气法案》启动实施以来 30 多年的改善幅度。

其次，水环境质量发生了转折性的变化。这十年，Ⅰ～Ⅲ类优良水体断面比例提升了 23.3 个百分点，达到了 84.9%，已经接近发达国家水平。地级及以上城市的黑臭水体基本得到了消除，人民群众的饮用水安全也得到了有效的保障。

最后，土壤环境质量发生了基础性的变化。这些年我国出台了第一部土壤污染防治的基础性法律——《中华人民共和国土壤污染防治法》，这是一部很重要的法律。开展了全国农用地和建设用地的土壤污染详查，实施土壤污染风险管控。土壤污染加重的趋势得到了有效遏制。

2021 年 11 月，我国出台了《中共中央 国务院关于深入打好污染防治攻坚战的意见》。黄润秋认为，污染防治攻坚战从"十三五"的"坚决打好"到"十四五"的"深入打好"，这不仅仅是用词的变化，从内涵上说，它意味着我们遇到的矛盾问题层次更深、难度更大、范围更广，要求的标准也更高。所以，"十四五"仍然要坚持保持力度，延展深度，拓展广度，用更高的标准深入打好污染防治攻坚战。

这十年，全国单位 GDP 二氧化碳排放下降了 34.4%，煤炭在一次能源消费中的占比也从 68.5% 下降到 56%。可再生能源开发利用规模、新能源汽车产销量都稳居世界第 1 位。我国去年上线了全球最大的碳排放权交易市场，绿色越来越成为高质量发展的底色。

十年来，我国为推动应对气候变化《巴黎协定》的达成、签署、生效和实施，做出历史性贡献。我国宣布二氧化碳排放力争于 2030 年前达到峰值，努力争取 2060 年前实现碳中和。去年，在我国昆明召开了联合国《生物多样性公约》第十五次缔约方大会第一阶段会议，发布了《昆明宣言》，还积极推动绿色"一带一路"建设。我国已经成为全球生态文明建设的重要参与者、贡献者和引领者。

这十年，我国将应对气候变化摆在了国家治理更加突出的位置，实施积极应对气候变化的国家战略，不断提高碳排放强度的削减幅度，不断强化自主贡献目标（NDC），推动经济社会发展走上了全面绿色转型的轨道，取得了明显的成效。

中国承诺二氧化碳排放力争于 2030 年前达到峰值、努力争取 2060 年前实现碳中和。

黄润秋表示，我国作为世界上最大的发展中国家，将用全球历史上最短的时间、最高的碳排放强度降幅实现从碳达峰到碳中和，这是非常难的，因为我国能源结构偏煤，产业结构也偏重。所以，实现这个目标，是我国面临的巨大挑战。但这也充分彰显了我国积极应对气候变化、走绿色低碳发展道路的决心，为全球气候治理注入了强大的政治推动力。

"双碳"工作稳步推进

在生态环境显著改善的同时，碳排放量也在不断下降，实现了降碳、减污、扩绿、增长协同推进。

十年来，我国碳排放强度下降了 34.4%，扭转了二氧化碳排放快速增长的态势，绿色日益成为经济社会高质量发展的鲜明底色。

首先，稳步推进能源结构调整，加快能源清洁低碳转型。十年来，我国煤炭消费占一次能源消费比重由 68.5% 下降到去年的 56%，非化石能源消费占比提高了 6.9 个百分点，达到了 16.6%。可再生能源发电装机增长了 2.1 倍，突破了 10 亿千瓦，风、光、水、生物质发电装机容量都是稳居世界第 1 位。这十年，我国能源消费增量有 2/3 来自清洁能源，全国燃煤锅炉和窑炉从 50 万台减少到现在的 10 万台。大力实施北方地区冬季的清洁取暖，2700 多万户农村居民告别了过去烟熏火燎的冬季取暖方式，不仅在生活质量和幸福指数上明显提升，而且显著改善了空气质量，因为少烧了 6000 万吨以上散煤。

其次，不断优化升级产业结构，促进产业发展提质增效。十年来，大力发展绿色低碳产业，持续严格控制高耗能、高排放项目的盲目扩张，依法依规淘汰落后产能，加快化解过剩产能。十年来，我国以年均 3% 的能源消费增速支撑了年均 6.5% 的经济增长，能耗强度累计下降了 26.2%，是全球降速最快的国家之一，相当于少用了 14 亿吨的标准煤，少排放了 29.4 亿吨的二氧化碳。战略性新兴产业快速发展，新能源汽车销量 2021 年达到 352 万辆，也是位居全球第一。这十年，淘汰落后和化解过剩产能钢铁达到了 3 亿吨、水泥 4 亿吨、平板玻璃 1.5 亿吨重量箱。建立世界最大的清洁煤电体系，有 10.3 亿千瓦煤电机组完成了超低排放改造。大力推进钢铁全流程超低排放改造，6.3 亿吨粗钢产能目前正在或者已经完成了超低排放改造。

最后，持续提高碳汇能力和适应气候变化能力。十年来，我国森林面积增长了 7.1%，达到 2.27 亿公顷，成为全球"增绿"的主力军；森林碳汇增长 7.3%，达到每年 8.39 亿吨二氧化碳当量，相当于抵消了我国一年的汽车碳排放量。发布了适应气候变化国家战略，持续开展适应型城市的建设试点，农业、基础设施等关键领域抵御气候风险的能力不断增强。

此外，大力推进全国的碳市场建设，通过有效发挥市场机制的激励约束作用，控制温室气体排放，推动绿色低碳发展，为推动全球气候治理作出了中国贡献。我们秉持人类命运共同体的理念，建设性参与气候变化多边进程，为《巴黎协定》的达成、生效和顺利实施作出了历史性的贡献。

黄润秋表示，实现碳达峰、碳中和是着力解决资源环境约束突出问题，实现中华民族永续发展的必然选择，所以，我们实现碳达峰、碳中和目标的态度是坚定的。这也是构建人类命运共同体的庄严承诺，中国言必信、行必果，我们将全面落实已经制定的碳达峰碳中和"1+N"政策体系，积极参与和引领全球气候治理，为建设美丽中国、应对全球气候变化做出新的更大贡献。

在碳达峰碳中和目标明确提出后，相关工作也在稳步推进，目前"1+N"政策体系已构建完成。

2021年10月24日发布的《中共中央 国务院关于完整准确全面贯彻新发展理念做好碳达峰碳中和工作的意见》，作为碳达峰碳中和"1+N"政策体系中的"1"，对指导和统筹"双碳"工作起到纲领性作用。紧随其后于10月26日发布的《2030年前碳达峰行动方案》，作为"N"系列政策中的首要文件，对后续出台的"N"系列政策起到统领作用。

在"双碳"顶层设计框架明确之后，各有关部门制定了分领域分行业实施方案和支撑保障政策，各省（自治区、直辖市）制订了本地区碳达峰实施方案，目前碳达峰碳中和"1+N"政策体系已经建立。

中国人民大学生态金融研究中心副主任蓝虹在接受21世纪经济报道采访时指出，绿色金融政策把金融机构纳入了环境管理体系中，由此管理队伍得以扩充，形成全民管理环境的体制，并形成全民参与的生态文明建设。

当前，在地缘冲突等因素影响下，国际能源市场供需失衡加剧。在此背景下，要实现"双碳"目标，更需要平衡处理好发展与减排的关系。

"我们要推动碳达峰碳中和的进程，与此同时，我们的生产供给产能也要满足经济发展的需要。"上海金融与发展实验室主任曾刚在接受 21 世纪经济报道记者采访时表示。

中国环境科学学会 CCUS 专委会副主任、伦敦大学学院基建可持续转型教授梁希在接受 21 世纪经济报道采访时表示，稳经济的措施应积极衔接"双碳"工作，在基础设施提标改造、节能减排和适应气候变化方面考虑进行投资倾斜。

曾刚认为，"双碳"目标的实现不仅需要整体的统筹，更需要加大对相关产业的投入，寄希望于技术的突破。

实现"双碳"目标，能源转型是关键，中国需要在保障能源安全的前提下，推动能源绿色低碳发展。

"要立足以煤为主的基本国情，坚持先立后破、通盘谋划，持续推进煤炭清洁高效利用。"针对能源绿色低碳转型问题，刘德春如此表示。

全国碳市场平稳有序运行

碳排放权交易市场是以市场手段应对气候变化，支持中国低碳转型的有效政策工具。

我国的碳市场建设始于地方试点。2013 年，7 个地方试点碳市场陆续开始上线交易，为全国碳市场建设奠定了基础。

2021 年 7 月 16 日，全国碳市场正式启动运行。作为展现我国积极应对气候变化的重要窗口，推动企业低成本减排的作用初步显现。

全国碳市场开启一年多来，平稳运行，碳价稳中有升。截至 10 月 11 日，全国碳市场碳排放配额（CEA）累计成交量约

1.95×10^8 吨，累计成交额约 8.57×10^9 元。

"全国碳市场运行期间，市场运行平稳有序，交易价格稳中有升。总体来看，全国碳市场基本框架初步建立，促进企业减排温室气体和加快绿色低碳转型的作用初步显现，有效发挥了碳定价功能。"生态环境部气候司司长李高此前在接受21世纪经济报道记者专访时表示。

目前，全国碳市场纳入了电力行业，未来覆盖的行业范围将扩容，"十四五"期间将纳入钢铁、有色、化工、建材等其他7个高排放行业，全国碳市场配额总量将扩容到70亿吨，覆盖我国二氧化碳排放总量的60%左右。

全国碳市场仍处于发展的初级阶段，支撑碳市场的各类法规和配套制度仍待建立健全。国务院2022年度立法工作计划明确了16件拟制定、修订的行政法规，其中包括由生态环境部起草的《碳排放权交易管理暂行条例》。

2022年9月28日，在生态环境部例行新闻发布会上，生态环境部法规与标准司司长别涛回答21世纪经济报道记者提问时透露，《碳排放权交易管理暂行条例》目前的状态是待审未定，但相信该条例的出台是可以期待的。

在绿色低碳转型过程中，金融起着关键作用，碳市场是联系绿色金融与"双碳"的纽带，碳金融的支持对全国碳市场的稳健发展、"双碳"目标的稳步达成起着重要作用。

绿色金融一系列政策制度的奠定，使我国在气候投融资方面已具备充分条件，气候投融资的发展迎来历史性机遇。2022年

8 月获批的 23 个气候投融资试点，是贯彻落实党中央、国务院关于碳达峰碳中和有关决策部署的最新实践。

2022 年 7 月 5 日，在中国人民大学重阳金融研究院联合 21 世纪经济研究院共同举办的"'碳中和 2060'与绿色金融论坛：气候投融资与中国未来"上，生态环境部应对气候变化司处长丁辉表示，跑步进入碳中和是一场硬仗，这要求"双碳"政策的制定要经得起时间的考验，气候投融资就是实现"双碳"目标不可或缺的重要举措之一。

在实现"双碳"目标过程中，气候投融资试点工作是政策顶层设计的重要一环。

"力争通过 3～5 年的努力，探索一批气候投融资发展模式，形成可复制、可推广的成功经验。" 8 月 23 日，生态环境部新闻发言人刘友宾在生态环境部例行新闻发布会上表示，生态环境部将会同有关部门支持和指导试点地方建立各相关部门间的工作协调机制，积极培育具有显著气候效益的重点项目，加强对碳排放数据质量的监管，积极搭建国际交流与合作平台。

碳达峰碳中和『1+N』政策体系构建完成，兼顾发展与减排

生态环境部部长妙解环保"一刀切"：
要给企业整改留足时间，
发扬"店小二"精神服务企业

每日经济新闻　2019 年 11 月 19 日

记者：李彪

11 月 15 日的郑州，天气晴朗，暖阳普照。

一大早，在全国工商联、生态环境部联合召开的支持服务民营企业绿色发展交流推进会现场已经是高朋满座，来自全国工商联、生态环境部有关部门的主要负责同志，京津冀及周边地区、长江经济带、汾渭平原、珠三角等区域的 19 个省份工商联、生态环境厅（局）代表，全国工商联绿色发展委员会委员和部分民营企业代表们济济一堂。

生态环境部部长李干杰在大会上发表讲话时妙语连珠，不时被现场的掌声所打断。他表示，民营企业在推动绿色发展、打好污染防治攻坚战中，已经发挥了重要作用，未来还大有作为。

在谈到环保"一刀切"问题时，李干杰明确提出，要给企业达标整改留时间：需要 1 个月给 1 个月，需要 3 个月给 3 个月，甚至更长时间。

民营企业是绿色发展受益者

绿色发展既是企业发展的责任和义务，也能够给企业发展带来效益和收获。

李干杰表示，民营企业作为推动绿色发展的重要力量、绿色技术创新的主力军、污染物减排的重要贡献者、践行绿色发展理念的受益者，在打好污染防治攻坚战中发挥了积极作用，还将有更大作为。

2019 年初，生态环境部、全国工商联联合印发了《关于支持服务民营企业绿色发展的意见》，从支持民营企业提高绿色发展水平、营造公平竞争市场环境、提升环境服务保障水平、完善环境经济政策措施、加强民营企业绿色发展组织领导等 5 个方面，提出 18 条具体措施，并签署关于共同推进民营企业绿色发展、打好污染防治攻坚战合作协议。

生态环境部综合司副司长万军介绍，多地生态环境部门和工商联共同出台支持服务民营企业绿色发展的实施意见，或建立工作协调机制。例如，山东省出台《关于统筹推进生态环境保护与经济高质量发展的意见》；重庆市出台环保系统优化营商环境促进民营经济发展十条措施；陕西省出台《关于提升全省生态环境治理能力助推高质量发展的若干措施》以及《陕西省优化提升营商环境工作三年行动计划（2018—2020年）》等。

值得注意的是，在践行绿色发展过程中，企业同样是受益者。

李干杰举例说，在贸易领域，绿色产品越来越受消费者喜爱，市场规模逐步扩大，越来越多的企业认识到，践行绿色发展理念，树立企业的绿色品牌，是提高企业竞争力的关键举措。"大量的实践也证明，发展循环经济，促进清洁生产，可以降低生产成本、提高效率。"

每日经济新闻记者此前在地方企业调研时了解到，一些企业通过对污水等净化处理实现循环利用，大幅节约成本；一些企业通过提升排放标准，降低企业的环保税，打造绿色产品的品牌效应；还有一些企业通过提高排放标准，使企业在重污染天气情况下实现超低排放或不被限产、停产，增强了企业的市场竞争力等。在日趋严厉的环保执法之下，企业从绿色发展中受益越来越多。

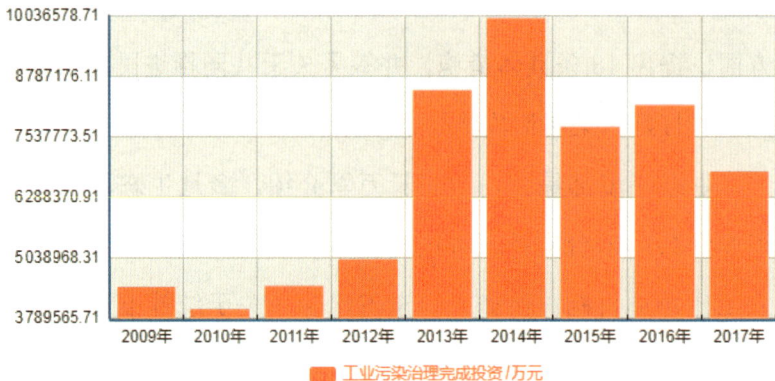

2009—2017年我国工业污染治理完成投资情况

数据来源：国家统计局

要给企业整改留出充足时间

对于打好污染防治攻坚战，李干杰反复强调的一个词是"依法依规"。

李干杰说，问题的积累不是一天两天，解决也不是一夜之间，这里特别强调要依法依规。

在打好污染防治攻坚战中，另一个备受关注的就是环保"一刀切"问题。在会上，李干杰对此也做了详细的阐述。

他认为，所谓的"一刀切"主要是两种情况：一种是平时不作为，急时乱作为，平时不管不顾，等到环保督察一来，先停再说，等督察一走，又依然故我。在此中间还可能存在不分青红皂白的现象：不分超标还是达标的，不分与民生保障紧密的还是不紧密的，都搞"一刀切"。还有一种情况是历史遗留下来的，问题积累是一个过程，问题解决也需要一个过程，要给时间。

对此李干杰表示："比如有些民营企业现在不达标，要给出时间让它达标，需要1个月给1个月，需要3个月给3个月，甚至更长时间，没有关系，只要它动起来，总比它不动好。"

但是，给企业整改留时间，并不意味着对企业的环保要求放松。李干杰强调，回过头来对企业也是一样，给时间了就不能不动，不能为了一点小利益影响公众的利益，那也是不可接受的。

李干杰指出，要深入了解和准确把握企业关切诉求，发扬"店小二"精神，精准雪中送炭，用灵活多样、注重实效的方式服务企业、支持企业，切实帮助企业解决实际困难。

美丽中国建得如何？
生态环境部部长举了"窗含西岭千秋雪"等6个例子

封面新闻　2021年8月18日

记者：代睿

初秋的北京气候宜人。8月18日上午，北京空气质量为优，PM$_{2.5}$（细颗粒物）浓度实时数据为16微克／米^3。

电报大楼新闻发布厅内，生态环境部部长黄润秋声音洪亮，底气十足。当日，国务院新闻办公室举行"建设人与自然和谐共生的美丽中国"新闻发布会，黄润秋首次以生态环境部部长身份亮相，他也是2018年机构改革之后，首位出席国新办新闻发布会的生态环境部部长。

在70分钟的时间里，黄润秋独自回答了记者们提出的9个问题，涉及大气污染治理、中央环保督察、碳市场建设、生物多样性保护、农村生态环境治理等多个当下热点环境问题。

"生态环境好不好，关键还是要看质量，看百姓对蓝天白云、清水绿岸的满意度和获得感"。封面新闻记者在发布会现场注意到，谈到具体的环境改善情况，黄润秋举了多个例子，对于一些环境质量变化数据，他也是信手拈来，如数家珍。

谈大气污染治理："北京蓝"渐成常态

在谈到近年来空气质量改善状况时，黄润秋以北京为例。"在座的各位可能在北京生活的时间比较长，应该说是深有感受。大家知道北京去年 $PM_{2.5}$ 浓度是多少？是 38 微克／米^3"。

黄润秋回顾，2015 年北京的 $PM_{2.5}$ 浓度是 80 微克／米^3，接下来，2016 年降到 73 微克／米^3，2017 年降到 58 微克／米^3，顺利实现大气治理第一阶段目标"京 60"。接着，2018 年降到 51 微克／米^3，2019 年降到 42 微克／米^3，到 2020 年降到 38 微克／米^3。从 2015 年的 80 微克／米^3 降到 2020 年的 38 微克／米^3，降低幅度达 52.9%。从重污染天气来看，北京 2015 年的重污染天气是 43 天，去年是 10 天，下降近 80%。

"我们说'北京蓝'又在逐渐成为常态了。"据介绍，2020 年全国地级及以上城市优良天数比例达到了 87%，比 2015 年增长了 5.8 个百分点，超过"十三五"目标 2.5 个百分点。$PM_{2.5}$ 平均浓度达到了 37 微克／米^3，比 2015 年下降了 28.8%，也超过"十三五"目标 10.8 个百分点。

点赞成都空气质量改善："窗含西岭千秋雪"重现

黄润秋曾长期在四川成都工作和生活，担任过成都理工大

成都雪山"全家福"（局部）（图片来源：封面新闻）

学副校长等职务。在发布会上，黄润秋结合自己的亲身经历提及了成都大气环境的变化。

"我曾经在成都生活过 30 多年，这几年，不断有同事、朋友给我发来图片、发微信朋友圈，就是坐在成都的家里在窗户边拍的西岭雪山，清清楚楚"。

黄润秋提及的西岭雪山曾出现在著名诗人杜甫客居成都期间写下的名篇《绝句》中。"窗含西岭千秋雪，门泊东吴万里船"描绘了唐代在成都城中远望西岭雪山的景色，如今，随着空气质量的改善，这一景观再现蓉城。

"如果你运气好，偶尔还能拍到百公里之外的贡嘎雪山，这就是大气环境改善实实在在的效果"。黄润秋介绍，这五年，成都市 $PM_{2.5}$ 浓度下降了约 36%。

黄润秋说："最近这几年，我们头顶上天空的"颜值"一年比一年高了，一年比一年好看了。我们呼吸的空气，一年比一年清新了。老百姓对蓝天白云、繁星闪烁的幸福感也一年比一年增强了。这背后是各地区、各部门、各方面协同作战、合力攻坚、久久为功的结果。"

成都空气质量明显改善（图片来源：封面新闻）

谈中央环保督察：深圳"墨水河"变居民休闲好去处

近年来，中央环保督察成为发现环境问题，改善环境质量的重要举措。2016—2018年，环境部门完成第一轮31个省（区、市）以及新疆生产建设兵团的督察全覆盖，以及20个省的督察"回头看"。从2019年开始，中央生态环境保护督察进入第二轮，并把中央企业和国务院有关部门也纳入了督察范围中，今年已经完成了第二轮第三批的督察。

"许多领导干部反映，督察使他们思想深处受到震撼，特别是通过加强边督边改、典型案例曝光，很多干部受到了警醒，压力得到了有效传导"。黄润秋说，今年上半年，第二轮第三批督察，生态环境部就曝光了云南昆明长腰山过度开发严重影响滇池生态等 40 个典型案例，发挥了很大的警示教育作用。

黄润秋介绍，通过中央环保督察，解决了一批生态环境保护领域长期想解决而没有解决的问题。他举例说，深圳的茅洲河以前被称为"墨水河""下水道"，通过督察解决问题，扎实整改，现在已经形成了水清岸绿，成为居民休闲的好去处。

谈生物多样性保护：青藏高原"万羊齐奔"壮丽景象复现

2020 年，联合国《生物多样性公约》第十五次缔约方大会（COP15）将在我国昆明举行，这也使得"生物多样性"一词成为今年的流行热词。

"生物多样性方面的报道新闻很多，成了街头巷尾的热点话题"，黄润秋举例说，云南野象旅行团北巡，大熊猫受威胁程度等级从"濒危"降为"易危"，"微笑天使"长江江豚频繁亮相，另外，三江源国家公园等地的雪豹频繁现身，青藏高原藏羚羊种群数量大幅增加，从 7 万头到 30 万头，青藏高原"万羊齐奔"的壮丽景象又复现了。

生物多样性保护的成效得益于监管和执法的力度不断加

强，黄润秋介绍，生态环境部会同有关部门开展了"绿盾"自然保护地强化监督专项行动，遏制无序开发建设活动对自然保护地的影响。截至到2020年底，累计发现国家级自然保护区内5503个重点问题，大部分已经完成整改。有关部门也开展了"碧海"海洋生态环境保护专项执法行动，严防外来物种入侵，严厉打击珍贵濒危野生动植物的走私，对相关违法犯罪行为已经形成了高压态势。

国家生态文明建设示范县——四川省洪雅县柳江古镇（摄影／代睿）

谈农村生态环境治理：要留住历史记忆和美好乡愁

农业农村污染治理是污染防治攻坚战的标志性战役之一，黄润秋表示，农村的污染治理、环境保护在整个环境保护体系里面是非常重要的一个环节。

"今年4月，我到福建去调研，走进了三明市的一些乡村，这些乡村青山起伏、风光旖旎，恰似一幅山水画"，黄润秋举例说，这些乡村既巩固提升优化了乡村的原有自然风貌，又留住了历史记忆和美好乡愁，把生活、生产、生态融为一体，打通了"绿水青山就是金山银山"的转换通道，实现了生态保护与经济发展的双赢。

他介绍，截至到2020年底，农业农村治理攻坚战所确定的8项主要指标、22项重点任务都顺利完成了。"十三五"期间，15万个行政村完成了农村环境的综合整治，超额完成"十三五"目标。全国行政村的生活垃圾处置体系覆盖率已经达到了90%以上，全国1万多个"千吨万人"的农村饮用水水源地完成了保护区划定，18个省份实现了农村饮用水卫生监测乡镇全覆盖。农村生活污水治理率达到25.5%，基本建立了农村生活污水排放标准和县域规划体系，初步确定了农村黑臭水体的清单，化肥农药利用也分别达到40.2%和40.6%。新型粪污综合利用率达到76%以上，秸秆综合利用率达到86.7%。

谈公众参与环保：山西钢铁企业被举报后环境部门采取46项措施

生态环境保护离不开公众的参与，黄润秋在发布会上说，环境部门坚持把人民群众投诉举报作为精准发现生态环境问题的一个有效途径、一座"金矿"，不断地去挖掘，畅通投诉渠道。

他举例说，山西太钢不锈钢股份有限公司，过去因为粉尘和噪音扰民，引起群众的强烈不满、多年举报，总共举报1000多次。通过督办，地方生态环境部门督促企业采取了封闭料场、降低粉尘排放等多种措施，分6批总共采取了46项措施，包括降噪措施、降尘措施等，到去年底，这个企业被群众举报的次数为零。

黄润秋介绍，"十三五"以来，环境部门累计接收到群众的各类问题举报288万多件，对所有的举报办理情况都开展了抽查，共抽查了29.6万份。对问题解决不到位的提出修改意见，退回地方重办。对久拖未决、群众反映集中、存在重大环境社会风险的问题，向地市级人民政府或者是省级机关发出预警函，也取得了很好的效果。

"总的来看，这些工作都取得了满意效果"，黄润秋表示，公众参与环境保护的意识不断增强，渠道不断拓展，全社会绿色意识、低碳意识、环保意识都得到了进一步增强。

矿山问题屡被中央生态环境保护督察通报，该如何为大地"疗伤"

海报新闻　2022年4月13日

记者：姜雪颖

　　常言道："靠山吃山，靠水吃水"。我国是矿产资源大国，这些矿产资源有力地支撑了我国工业化和城镇化的快速发展，但部分矿山在开采中给生态留下了道道疤痕。

　　地形地貌遭破坏，地下含水层被破坏、地下水被污染，采空塌陷、地裂缝、崩塌、滑坡、泥石流等生态环境问题，随时可能威胁人民群众的财产和生命安全……为大地抚平伤痕，矿山生态保护与修复已成为加快生态文明建设一道绕不过去的坎，也成为中央生态环境保护督察的关注所在。

　　近年来，各地按照绿色发展要求，积极推动矿山生态保护与修复。一些业内人士与专家分析，受监管机制相对薄弱、矿山生态修复工程存在误区、新技术推广存在难度等因素影响，我国矿山生态修复"一年绿、二年黄、三年退化严重"的现象屡见不鲜。现阶段需加强基础理论研究，推动监管机制落地，坚持因地制宜，在修复受损生态系统的同时，构建适宜的产业模式，实现矿区生态、经济和社会的永续发展。

矿山问题屡被通报

第二轮第六批中央生态环境保护督察组日前对一批典型案例进行了通报。其中包括内蒙古自治区巴彦淖尔市、河北省承德市及西藏自治区昌都市违法违规开采矿山，肆意侵占林地、草原甚至保护区，造成严重生态破坏等问题。

3月28日，督察组现场督察发现，乌拉特前旗矿山企业大面积露天开采，生态破坏严重

通报称，内蒙古乌拉特前旗矿山开采长期无序发展，大面积露天开采生态破坏严重，越界开采等违法违规问题突出，近3万亩荒漠草原被违法侵占，给原本脆弱的生态系统造成难以

挽回的损害。督察组现场抽查的 8 家露天矿山，无一按照规范进行开采和修复，植被破坏严重，生态修复难度极大。

类似的问题，在第二轮中央生态环境保护督察中已被多次通报。

2021 年 12 月，海报新闻跟随第二轮第五批督察组在贵州下沉时发现，贵州黄平富城实业有限公司麦巴铝土矿的修复作业竟是在废石缝里种树，留下了诸多安全隐患。2021 年 9 月，第二轮第四批督察通报称，中国黄金集团有限公司及其下属企业推进矿山绿色开采和修复治理工作不力，等待观望、不严不实等问题较为突出。2021 年 7 月，第二轮第三批督察向广西壮族自治区反馈意见时指出，该区矿山开采区生态破坏严重，治理不力。露天矿山野蛮开采问题普遍，全区"半边山、一面墙"式矿山高达 296 座。梧州岑溪市绿色矿山创建工作不实，11 座闭坑矿山均未开展生态修复治理工作。

失去绿色的矿山，见证了粗放型发展的时期，也留下了重建绿色生态的难题。

矿山生态修复难在哪

生态的破坏是日积月累造成的，矿山的治理修复极为艰难。

此前，海报新闻在跟随督察组下沉贵州时看到，一些矿山造成的部分山体纵截面，看上去与地面几乎垂直，陡峭的坡面无疑给生态修复造成了巨大困难。

据中国环境报报道，从内蒙古乌拉特前旗一矿山的"天坑"

边往下看去，坑底积累的采矿废水在正午阳光下显得格外刺眼，坑体内侧阶梯落差悬殊，未见到一星半点儿的草木。

在座谈中，也有企业表示曾尝试进行生态修复，但因气候条件恶劣，播撒下去的草种都没发芽。甚至有矿主提出了"躺平治法"，提议将这个"天坑"无序发展，将其变为一个大的蓄水坑。但这片区域是年均降水量不足 100 毫米的荒漠草原，想要通过自然降雨使其成为一个大水坑，显然缺乏科学、合理依据。

目前内蒙古乌拉特前旗矿山的现状是，只要没有人查，企业便将开采完的矿山丢在一旁，更不用说采用资金投入大的修复技术了。"谁破坏，谁修复"的原则，在当地也并未得到落实，这也导致了该地破坏式开发矿产资源屡禁不止。

根据第一轮中央生态环境保护督察反馈意见，内蒙古乌拉特前旗投入了 8000 万元对乌拉山自然保护区及周边生态环境进行综合整治和修复。近亿元的资金投入，虽取得了一定的成效，但由于当地企业缺乏科学系统的治理观念，对于出现问题的矿山并没有从源头进行管控，只是机械化地对出现问题的矿山进行整合，最终问题矿山只能交给政府兜底。

相关规定明确，矿山地质环境修复，生产矿山的治理责任在企业，无主矿山的治理责任在地方政府。

专家分析，在现有的矿山修复技术方法中，有的技术较复杂，施工难度和安全风险较大，成本较高，甚至高过矿山开发获得的收益。无论对于矿企还是政府，都很难独自破解矿山修复中出现的技术难度大、治理费用高等难题。许多地市把矿山治理时间拉长至 5 年甚至 10 年，资金筹措难是其中重要原因。

除此之外，人工修复营造的生态系统是否能完全适应自然的生态系统也是矿山修复治理的难点之一。

一个稳定的生态系统是经过长期的自然演替形成的，我国多数矿区生态环境都极为脆弱，自然恢复的周期较长。矿山生态修复的难点就是应坚持尊重自然、顺应自然、保护自然的原则，构建出人与自然和谐共生的生态环境。中煤科工集团北京土地整治与生态修复科技研究院有限公司研究员白国良告诉记者，目前我国部分矿山企业实施了土地流转，但土地的使用权并未得到有效行使，这也是我国生产矿山生态修复的另一个难点。

如何为大地"疗伤"

在更加重视生态文明建设、践行"绿水青山就是金山银山"理念和实现"双碳"目标的大背景下，矿山生态修复工程势在必行。

中国矿业大学（北京）矿山生态安全教育部工程研究中心主任胡振琪表示，目前，矿山生态损毁与修复的监管虽然有相应的条例、规定要求，但并没有得到很好的落地实施，需要加强监管机制的完善和实施，重点推进年报制度常态化和相关资料的上报、审批和验收制度。同时，需要从科学修复的角度树立正确的修复理念，围绕土壤重构、地貌重塑和植被恢复三大核心进行科学施工。此外，他还表示，新的生态修复技术由于存在思想认识、经济成本和政策支持等方面问题，应用推广有一定难度，致使我国矿山生态修复旧账未还、新账又欠。应重点完善和推广边开采边修复技术及配套政策，推进我国矿山生态修复高质量发展。

海报新闻在调研中注意到，山东省济宁市任城区境内含煤面积 409 平方公里，占区总面积的 63%，其丰富的煤炭资源为经济建设做出了重要贡献。与此同时，该区因采煤造成的土地塌陷区至 2019 年底已近 10.9 万亩，并以每年 3000 余亩的速度递增，同时在城市近郊形成了 3.5 万亩的条带采煤沉陷区。

该区域自 2019 年起探索开展"地下地上一体化治理"的治理模式，白国良的团队也参与其中。此项目首次创新性采用定向钻探、城市建筑废弃物再利用、分布式光纤动态监测、深层地热资源利用等先进技术。该项目是全国首例条带式采煤沉陷区综合治理与利用项目。

经过综合治理后，沉陷区土地能够作为正常土地进行设计、开发和利用，可建设 100 米以上高度的建筑物。按照 2.0 的地上开发容积率初步测算，开发后建筑面积规模 467 万平方米，可实现经济效益 300 亿元左右，可有效拓宽城市发展空间。

白国良认为，矿山生态修复工程不能仅停留在"复绿"层面上，而应该向着重建生态努力，让修复后的矿山具备自我"繁殖"能力。矿山生态修复应坚持因地制宜的原则，坚持宜林则林、宜牧则牧、宜粮则粮、宜渔则渔、宜水则水的原则进行规划设计。在修复受损生态系统的同时，构建适宜的产业模式，实现矿区生态、经济和社会的永续发展。

尴尬的支柱产业：淘汰落后产能比国家要求推迟9年，中央生态环境保护督察通报后，榆林兰炭行业该往何方

红星新闻　2021年12月23日

记者：吴阳

　　榆林，地处陕西省最北部，黄土高原和毛乌素沙地交界处。这里生态环境脆弱，大片土地被沙漠覆盖，曾是中国最贫穷的地方。随着巨量的煤炭资源被迅速勘探和开发，榆林一跃成为"东方科威特"。财富神话也接连上演。

　　榆林的煤藏占据了整个中国煤储量的1/5，1个榆林相当于50个大同、100个抚顺。在这样一个经历过贫瘠又突然遍地"乌金"的地方，人们如何驯服自身对能源资源的狂热，成为一个长期主题。在中国经济由高速增长阶段转向高质量发展阶段，如何改变当地传统煤化产业粗放的生产方式，降低能耗强度，高质量发展成为值得思考的问题。

　　近日，在陕西督察的中央第三生态环境保护督察组就指出

了榆林存在的这一问题。2021年12月22日，中央第三生态环境保护督察组指出，榆林市一些地方淘汰兰炭落后产能不力，违规建设问题多发，生产方式粗放，工业园区环境问题突出。

红星新闻记者在跟随中央第三生态环境保护督察组采访中了解到，榆林当地的兰炭产业，已经占全市工业总产值的约12.3%。但近年来，兰炭产业去产能工作不力。督察组成员表示，在兰炭工业园常见的景象是兰炭生产所要求的封闭装置并未达到效果，炭化炉烟气逸散严重，酚氨废水被用于熄焦造成污染物大量逸散。

尴尬的支柱产业：发展20年才被国家认可，近9年去产能陷入胶着

督察组瞄准的兰炭产业，正是榆林煤化产业的典型代表，也是榆林的支柱产业。目前，榆林的兰炭产业及其下游电石、硅铁、金属镁、烧碱及聚氯乙烯行业共有从业人员5万多人，实现年产值约550亿元，占全市工业总产值约12.3%。

兰炭是一种利用精煤低温干馏生产的碳素材料，主要用于化工、冶炼等行业。同时兰炭具有热值高、燃烧污染小的特点，也是我国北方清洁取暖的主要燃料。

榆林盛产的大量优质侏罗纪煤块是生产兰炭的绝好原料。但兰炭生产能耗高、污染物排放量大，是典型的"两高"行业。目前产能已超过7400万吨。

回顾榆林兰炭产业的发展历程，鄂尔多斯商人白光耀很有

发言权。

20 世纪 80 年代中后期，榆林煤炭企业为了摆脱当时原煤市场低迷、外运困难的局面，开始尝试土法炼焦，将大量块煤平地堆积，用明火点燃，待烧透后用水熄灭而制成兰炭。这种简单的转化不仅缓解了当时煤炭滞销的局面，也具有"短平快"的特点，在神府地区迅速掀起了"全民炼焦"的风潮。

1989 年，23 岁的白光耀在宁夏等地从事煤炭生意时了解到外界对兰炭这种新型碳素材料的需求，于是便来到榆林从事兰炭生产。

白光耀回忆，最开始一吨煤才四五块钱，雇佣十多个工人，利用土法炼焦，一年纯利润将近 20 万元。他告诉红星新闻记者，最开始生产兰炭，只要经过乡政府同意就可以，选址经过村里同意就行。由于生产环境脏乱差，村民们虽不希望兰炭厂距离村子太近，但又因村民想来兰炭厂上班，也想参与分红，所以场地也不会距离村子太远。由于当时是土法炼焦，没有收集煤气和煤焦油的技术，造成了很多浪费。这样的生产方法一直延续到 20 世纪 90 年代。

由于土法炼焦生产工艺简单、落后，产品质量不稳定，大量副产的煤气和煤焦油随意排放，造成了严重资源浪费和环境污染。

"2000 年政府拆除了土法炼焦的土炉。小型直立炭化炉开始推广使用。最早使用的是年产 1.5 万吨的炉型，后来升级到年产 3 万吨的炉型。"白光耀说。

榆林市工信局相关工作人员介绍，当时兰炭生产仍然具有高能耗、高污染的特征，被列为"五小企业"，面临全行业被淘汰的困境。2005年国家有关部委提出关闭取缔兰炭产业，因此，与陕北相邻的山西、内蒙古等地区大多兰炭企业已经被取缔。对于国家关闭小兰炭企业的政策，陕西省各级管理部门和企业进行了广泛讨论，认为利用陕北侏罗纪煤生产兰炭是伴随榆林地区国家神府煤田开发，逐步形成发展起来的特色产业，是陕北发展煤化工的重要领域，也是陕北煤炭就地转化量最大的一个行业；对区域的发展和循环经济产业的聚集作出了重要贡献。但要继续保留，必须尽快进行改造升级。

2006年，陕西省政府发布了《陕西省人民政府关于加快推进产能过剩行业结构调整的实施意见》，其中对焦化行业的要求是，加快建设符合节能、环保法规要求，年产60万吨以上的兰炭生产线试点，上大关小，淘汰落后，培育节约型、清洁型、循环型、有竞争力的大型焦化企业或企业集团。

2007年，榆林市制定了《榆林市兰炭产业结构调整意见及发展规划》，颁布了《榆林市兰炭产业准入技术条件（暂行）》，关闭了分散建设、总规模达不到60万吨的小兰炭企业。

2008年，工业和信息化部将兰炭（半焦）纳入《焦化行业准入条件（2008年修订）》。2010年，国家质量监督检验检疫总局与国标委联合发布兰炭国家标准。2012年，国家商标总局颁布了"神木兰炭"地理标志证明商标。至此，兰炭由濒临淘汰到得到国家认可。

与此同时，国家相关部门也对兰炭生产提出了更加严格的生产标准。

根据工业和信息化部 2010 年发布的《部分工业行业淘汰落后生产工艺装备和产品指导目录（2010 年本）》，将"土法炼焦（含改良焦炉）；单炉产能 5 万吨／年以下或无煤气、焦油回收利用和污水处理达不到准入条件要求的半焦（兰炭）生产装置"列为需要淘汰的落后生产工艺装备和产品；将"单炉产能 7.5 万吨／年以下的半焦（兰炭）生产装置"列为 2012 年淘汰项目。在《国家产业结构调整指导目录（2011 年本）》中，这样的要求得到了延续。

但是，直到 2019 年，榆林市制定的《榆林市推动兰炭行业升级改造绿色安全发展三年行动方案（2019—2021 年）》（以下简称《三年行动方案》）才提出，对单炉产能 7.5 吨／年以下或无煤气、焦油回收利用和污水处理达不到准入条件的兰炭生产装置依法关停退出，于 2020 年底前停产，2021 年底前完成装置拆除淘汰。

淘汰落后产能，为何榆林比国家要求时限推迟了 9 年？

在这次督察中，中央生态环境保护督察组也依据《国家产业结构调整指导目录（2011 年本）》指出："国家产业结构调整指导目录明确，单炉产能 7.5 万吨以下的兰炭生产装置应于 2012 年底前淘汰。榆林市直至 2019 年才提出淘汰要求，2021 年才开展实质性工作，比国家要求时限推迟了 9 年。"

对此，榆林市工信局相关负责人对红星新闻记者表示，2010 年以前，榆林兰炭产业还处于较为零散的状态，企业单炉年产能在 3 万吨、6 万吨左右，2010 年在政府的督促和鼓励下把企业单炉年产能提升到 5 万吨，5 万吨以下则被淘汰。因此只执行了《国家产业结构调整指导目录（2011 年本）》中要求的将"土法炼焦（含改良焦炉）；单炉产能 5 万吨／年以下或无煤气、焦油回收利用和污水处理达不到准入条件要求的半焦（兰炭）生产装置"淘汰，而没有在 2012 年完成单炉产能 7.5 万吨以下的兰炭生产装置的淘汰。

同时，督察发现，榆林市淘汰落后兰炭产能搞变通。由于金属镁生产配套的兰炭单炉规模普遍达不到国家产业政策要求，部分企业开展了所谓"兰炭单炉联并系统升级改造"，把几台应予淘汰的小炭化炉的炉体简单做物理连接后，包装成一台看似产能合格的炭化炉，各小炉实际还是彼此独立，以此蒙混过关，逃避关停淘汰。

截至督察进驻，榆林市仅府谷县就有 23 家金属镁企业的 349 台单炉产能小于 7.5 万吨的兰炭装置仍在违规生产，合计产能达 835 万吨。

对此，榆林市工信局相关负责人向红星新闻记者表示，镁冶炼配气工段国家产业政策还没有明确，因此镁冶炼企业持观望态度，担心无效投资，改造进度慢。同时，大部分单炉产能 7.5 万吨的存量企业，主要建于 2010 年左右，建设初期就存在一定设计缺陷，加上运行年限长，跑冒滴漏严重，改造难度大。

82 家纳入升级改造方案的兰炭企业，超 8% 没有建成废水处理设施

神木市是榆林兰炭产能比较集中的地区。督察发现该市没有严格落实节能审查要求，2020 年以来共有恒源煤化工等 18 个兰炭技改项目未取得节能审查意见即违法开工建设。2021 年 4 月以后，当地有关部门对其中腾远焦化等 10 个项目进行备案，未及时叫停违法开工建设行为。神木市备案的 27 个兰炭项目中，有恒升煤化工等 21 个项目不符合国家产业政策准入条件。

督察组成员向记者介绍，在兰炭工业园常见的景象是兰炭生产所要求的封闭装置并未达到效果，炭化炉烟气逸散严重，酚氨废水被用于熄焦造成污染物大量逸散。

根据督察组通报，兰炭生产过程中产生大量酚氨废水，化学需氧量和氨氮浓度分别超过 3 万毫克／升和 3 千毫克／升，污染物含量高。榆林市兰炭行业升级改造方案要求为，2020 年底全市所有兰炭企业必须建成生产废水处理设施，兰炭集聚区建成废水集中处理设施。但督察发现，榆林市不仅兰炭集聚区废水集中处理设施没有建成，纳入升级改造方案的 82 家兰炭企业中，超过 80% 没有建成废水处理设施，大量酚氨废水被违规处置。

神木市兰炭产业特色园区柠条塔片区是神木市重要的兰炭产业集聚区，园区废水集中处理设施建设推进缓慢，督察进驻时仅完成部分基础设施建设。由于处理能力严重不足，园区内 11 家兰炭企业将多达数万吨未经处理的酚氨废水临时储存在厂内，部分酚氨废水甚至被违规用于熄焦，造成污染物大量逸散，

环境风险严重。仅 2020—2021 年，该园区企业因环境违法问题被地方有关部门行政处罚达 20 次。

此外，督察组还提到，针对升级改造方案提出的实施废气收集处置要求，一些企业敷衍应付。神木市江泰煤化工挥发性有机物收集治理设施不完善，无组织排放严重。榆阳区煤炭科技、瑞森煤化工等企业炭化炉烟气逸散严重。

红星新闻记者注意到，按照榆林市提出的《榆林市工业固体废物综合利用三年行动方案》，2019 年底前，全市 30% 的兰炭企业就应该完成环保升级改造。2020 年底，全市兰炭企业要全部完成环保升级改造。改造的要求是，兰炭企业要对焦油中间槽、氨循环水罐、熄焦和出焦等重点污染排放环节加罩封闭，对产生的废气收集送专用设备处理，有效控制挥发性有机物、恶臭物质及有毒有害污染物的逸散、排放，杜绝无组织排放。但现实情况远远迟滞。

对此，榆林市工信局相关负责人向记者介绍，兰炭生产中产生的废水主要来自原煤所含的水分，大约占原料煤的 15%。按照目前榆林市的兰炭产量，理论上每年产生的废水为 900 万～1000 万吨。理论上企业的废水储存罐是装不下那么多废水的。但是企业用废水来熄焦，在这个过程中大部分废水被蒸发掉了。由于兰炭是多孔结构，废水中的多环杂环化合物会被兰炭吸附，造成兰炭清洁能源的属性下降。下一步将要求企业将产生的废水经过处理以后才能用于熄焦，未经处理的废水不得用于熄焦。

这位负责人还介绍，目前园区的废水处理设施正在建设，由于氨水处理难度较大，企业自建配套废水处理设施不现实。目前全市有几家专业废水处理企业可以处理兰炭废水，兰炭企业会用罐车将废水送去处理。园区集中的废水处理设施投资高达 6 亿～8 亿元。前期技术不完善，成本降不下来，再加上多次论证过程慢，审批流程长，同时还有其他原因，这些都导致了废水处理设施建设的滞后。

兰炭产业该如何升级？当地回应：兰炭行业环保升级将于 2022 年全部完成

督察组认为，榆林市淘汰兰炭落后产能工作不力，甚至打折扣、搞变通，为企业违规生产开绿灯。神木市违反国家产业政策，违规备案兰炭项目，节能审查工作流于形式。

督察组表示将进一步调查核实有关情况，并按要求做好后续督察工作。

尽管兰炭发展中一直伴随各种问题，但是在榆林当地政商两界一直持有这样的共识："兰炭产业遇到的问题是发展过程中的问题，一棒子打死兰炭不现实。"

从业 33 年的白光耀目前是神木众邦煤化有限公司的董事长，他现在的企业已经有两个厂区，投资 7 亿元，年产 150 万吨的兰炭生产线，同时还有配套的发电厂。他说，把煤做成兰炭的价值，要比煤直接用于发电所产生的价值两倍还多。兰炭的发展不仅带动了榆林经济的发展，还提高了当地老百姓的收入。现在兰炭产业已摆脱了无序发展的状况，目前面临的问题是如何走向高端。

谈到"双碳"目标，白光耀的理解是："目前在追求碳达峰的过程中，要让煤炭资源利用率提高。一吨煤炭的利用率越高，价值发挥到越大，能耗就越低。应该继续推进产品的多元化。"

榆林市工信局局长柴小平介绍，榆林的兰炭产业主要经营主体是民营企业，该产业为地方经济带来了活力。目前兰炭仍然是榆林的支柱产业之一，涉及面广，一棒子打死不现实。它还是一个发展的过程，整体上看还是在进步。

榆林市工信局相关工作人员介绍，2019 年以来，兰炭企业投资了近 90 亿元，进行料棚建设、VOCs 治理、废水治理等领域达标改造。36 户企业淘汰落后产能装置 238 台，涉及产能 1197.5 万吨，2021 年 9 月底已经淘汰拆除。79 户企业实施了环保升级改造，大多企业进入调试阶段。兰炭及涉兰炭行业环保升级将于 2022 年全部完成，实现达标排放。同时，榆林将严控兰炭行业新增产能，新建、技改项目按照 1:1.25 进行置换，严把项目准入关，延长产业链。

据悉，2020 年，榆林兰炭产能已经超过 7400 万吨，但实际产量只有 3500 万吨。产能过剩的问题赤裸裸地摆在眼前。

唯有狠下心来，甩掉落后产能的包袱，解决小企业"遍地开花"的问题，才能推动兰炭行业"腾笼换鸟"。督察组成员说，督察的目的不是将行业或企业一棍子打死，而是帮助地方和企业发现问题，促进地方和企业精准、科学、依法整改，促进兰炭行业绿色发展，高质量发展。

天津宁河：
保卫"京津绿肺" 共谋绿色发展

荔枝新闻　　2020 年 12 月 25 日

记者：刘辛

习近平总书记指出，全面建成小康社会，是实现中华民族伟大复兴中国梦的关键一步，是我们党向人民、向历史作出的庄严承诺。小康社会、小康生活，是中国人民的百年梦想、千年期盼。当前，全面建成小康社会进入决胜阶段，为记录好、呈现好全面建成小康社会的伟大壮举，荔枝新闻深入全国在小康社会建设中颇具特色的市、县（区）或村，把笔头和镜头对准日常生活中的人和事，如实记录中国共产党带领中国人民为实现全面小康而奋斗的非凡历程与辉煌成就，生动展现广大人民群众的拼搏与奉献，展现实实在在的获得感、幸福感、安全感，展示小康的成色与温度。

宁河区是天津的东大门，临海而生，因水而名，依水而兴，素有"北国江南"之称。世界上最著名的三大古海岸湿地之一——七里海湿地便坐落于此，因此有"京津绿肺""天然氧吧"之名，是天津市"南北"生态安全格局的重要节点。

自2017年以来，宁河区坚持绿色导向和生态底线，重点推进七里海湿地生态保护修复工程，狠抓污染防治，推行绿色发展，从战略与系统高度呵护绿水青山，打造"湿地水乡"生态环境，走出了生产发展、生活富裕、生态良好的高质量发展之路。

守护七里海　保卫"京津绿肺"

湿地是水陆相互作用的特殊自然综合体，是地球上的三大生态系统之一，有强大的生态净化作用，与人类的生存、繁衍、发展息息相关。由于很多珍稀水禽的繁殖和迁徙离不开湿地，因此湿地也被称为"鸟类的乐园"。

七里海湿地自然保护区面积达233平方公里，是1992年经国务院批准的天津古海岸与湿地国家级自然保护区的核心组成部分，核心区全部由苇海和水域组成，是东亚—澳大利亚候鸟迁徙路线上的重要停歇地和中转站，以及众多珍稀水鸟的栖息繁殖地，具有涵养水源、净化水质、蓄洪防旱、调节气候、维持生物多样性等重要作用。因为大面积的天然湿地制造出大量的新鲜空气，这里的负氧离子含量是中心城区的30～60倍，是名副其实的"京津绿肺"。

现在的七里海河道纵横、沟汊交织、沼泽遍地、洼地广布、苇草丛生、草木竞秀、鱼美蟹肥、百鸟云集。但在多年前，七里海湿地却因无序开发、保护乏力，遭遇了严重的生态破坏。

过去七里海湿地长期由个体承包生产经营，其核心区被人为分割成为若干块，多数个体从事渔业生产，由于大量投放饵料，对水环境造成一定程度的污染；有些个体为了扩大养殖水面，私自毁苇问题也时有发生。此外，核心区内外还兴建了大量旅游设施和宾馆、饭店、农家院等开展旅游业务，致使大量游客进入核心区，对七里海湿地的生态环境造成了极大破坏。

为了改变这样的局面，还七里海湿地一个原生态面貌，2017 年起，宁河区对核心区、缓冲区土地以及全部苇田水面实行统一流转，从而结束了长达近 40 年"村自为战、割据管理"的局面。同时实施七里海湿地生态保护修复工程，制定实施了苇海修复、鸟类保护、生物链恢复、引水调蓄、生态移民、巡护防护及科普教育等十大重点规划项目。

正在带队巡查巡护的七里海湿地自然保护区管理委员会党组书记、主任陈力向荔枝新闻介绍说："我们前期拆除了核心区 230 处违建，迁出了 856 座坟茔，完成了 6.8 万亩土地流转和 34 条通往核心区道路的拆除封堵等工作。我们又组建了 80 人的全天候巡防巡护队伍，每天加强巡查巡护，确保完成苇海修复、鸟类保护、湿地生物链修复与构建等项目。"这支巡护队里的队员王宁，就亲眼见证了七里海在这 10 年间的变化。作为七里海管委会的一名巡查巡护队员，带着照相机、望远镜一遍又一遍地巡视七里海是王宁的工作日常。王宁说，10 年前刚刚来七里海工作时，由于生态环境遭到了破坏，水里的鱼虾蟹数量减少，鸟类缺乏食物，在七里海停留的野生鸟类数量仅有现在的一半左右。修复工程开始实施后，王宁所在的巡查巡护队伍由原来的30人充实扩大至80人，坚持对七里海实施24小时全方位巡查巡护，与七里海湿地的公安警务站相互配合，一起对进入核心区捕鸟、捕鱼、破坏湿地等行为进行严厉打击。日复一日，年复一年，他们渐渐发现七里海的水和鸟更多了，草更绿了，环境更美好了，这些变化也让他和他的同事们感受到了这份工作的极大意义。

近年来随着生态环境的好转，七里海的鸟类越来越多，与2016年相比，鸟类数量由二三十万只，增加至四五十万只。品种种类由227种，增加至258种。好多的鸟类在七里海筑巢繁衍。植被也得到大量的恢复，物种多样性得到明显的增加。种类由过去的153种，增加至现在的160多种。"京津绿肺"功能得到明显提升，负氧离子每立方米由2500个增加至3000个，水质也由劣V类提升至近IV类，生态环境质量大幅提升。

与此同时，宁河区实施绿色生态屏障工程，通过造林绿化、水系联通、道路建设等，恢复"大水、大绿、成林、成片"的景观特色，进一步保卫"京津绿肺"。

打造特色小镇　吸引生态移民

"生态移民"是七里海湿地保护修复"十大工程"中的一项，主要目的是对七里海湿地缓冲区的5个村进行生态安置，还原七里海湿地原生态面貌。

北淮淀示范镇作为承接"生态移民"工程的全区重点民心工程之一，正在被打造成为"生态、健康、文旅综合科技服务"的特色小镇。一期规划14个住宅小区、219栋精装小高层，为了不影响七里海湿地鸟类的迁徙，北淮淀示范镇楼高皆不得超过11层。2020年底乐善村、大王台村、齐家埠村的生态移民户即可拎包入住。

北淮淀镇副镇长崔军泊介绍，"我们总的用地规划面积是625公顷，其实我们的生态移民只占了一部分，还有一部分是商业和住宅用地。"近年来，由于七里海湿地修复工程的实施，宁河区的生态环境得到了明显改善，越来越多的人被宁河宜居的环境所吸引，也是依托于这一点，北淮淀示范镇将生态、健康、文旅作为小镇的特色定位，规划过程中，更是将"一廊"，即中央生态共享绿廊作为小镇整体布局中的一个重要组成部分，同时引入"海绵城市"的绿色理念，共建绿色生态环境。"下雨的时候，我们小镇设置了一个有效的雨水收集坑，汇集到一个泵房里边，小区的公园绿化可以用这些进行二次的灌溉使用。"

据了解，北淮淀示范镇项目预计开发总投资为324.2亿元，产业及企业发展成熟后，预计每年可实现总产值50亿～60亿元。

培育绿色农旅产业　扶持本土特色品牌

生态环境与经济发展方式密切相关，为了协调好两者之间的关系，宁河区决定转变发展方式，走绿色发展之路。为此，宁河区一方面全力推进集约发展，抢抓乡村振兴战略新机遇，大力发展现代都市型农业和特色农旅产业。另一方面推进第一、第二、第三产业深度融合，特别是借助七里海周边33个村庄的市级美丽乡村建设契机，全力打造"湿地水乡"，并围绕七里海湿地、蓟运河两条生态带，推出了一批田园综合体，培育了一批中高档民宿，打造了一批特色旅游项目，着力打造全域旅游新格局，让绿水青山的生态效应源源不断转化为经济效益。

土生土长的七里海人赵凤生多年来一直经营农家院，几年前，七里海湿地修复工程实施，赵凤生的农家院也被拆除，之后，他借助政府的政策扶持，把自家原有的几间房屋进行提升改造，做起了民宿生意，今年5月一开业，便赚了个好彩头。很多市里的游客来钓螃蟹、采摘、吃农家饭，今年在10月以前，他的收入应该在七八十万元。他说之前国家政策要保护七里海，我们感受到了很大损失，当时是很不理解，但现在看来，是实实在在得到了实惠，因为又有很多产业政府给我们扶持起来了，七里海修复保护既使我们的环境得以改善，也给我们带来了经济收益。

宁河区农业农村委副处级调研员李万海向我们介绍，"现在说我们这打造了两个村，一个是宁河镇的杨泗村，另一个是廉庄子镇的木头窝村，村庄的整体规划投入了3000多万元，使这两个村整体面貌有了很大的改观，从道路、水、电，还有老百姓的民宿，整体都有了很大的改观。"而农旅产业带来的客流，也给宁河的本土特色品牌带来了红利。90后小伙儿陈明胜就深有感触。

宁河区是国家批准的沿海开放县之一，是全国无公害农产品生产基地示范县，有着丰富的自然资源，粮食、蔬菜以及动植物资源种类丰富。其中银鱼、紫蟹、芦苇被称为宁河"三宝"。近年来，宁河发展稻蟹一体化养殖，大学毕业的陈明胜也被吸引回到自己的家乡创业。

"我是2016年大学毕业的，因为我本身就是宁河人，所以了解这边的资源是很丰富的，但是普遍做法都是初级的农产品，没有包装，也没有品牌。毕业后我就回家创办了我们现在这个公司，把现在我们比较初级的农产品通过品牌的包装运作，做了整体的提升。"陈明胜刚开始做稻蟹养殖的技术相对比较落后，但这些年通过宁河区政府组织的走出去学习养殖技术、参加推介会等活动，从养殖到销售，学到了很多先进的经验。随着宁河生态环境的改善和农旅产业的大力发展，在生态环境得到良好保护的情况下，来宁河旅游的人越来越多，很多人都会买一些当地特产带回家。"他们来了之后会在当地采购或者留下联系方式，互联网的发展也为产品销售带来了新的盈利模式，有些游客直接在网上购买了。现在的点击量比之前要高很多，知名度也更广了。"

李万海感慨："宁河区2020年主要种植了26万亩水稻，其中有16万亩是稻蟹养殖。区委区领导倾注了很大的心血，老百姓投入养殖的热情也非常高，今年我区16万亩的稻蟹养殖取得了很好的经济效益，老百姓也得到了实惠。"

几年来，宁河区全力践行"绿水青山就是金山银山"的发展理念，着力构建"大环境、大生态、大系统"，七里海湿地生态保护修复取得阶段性成效，"京津绿肺"功能得到明显的提升。宁河区副区长陆盈表示，"下一步我们要全面完成七里海湿地保护修复的十大工程，统筹实施一批大气、水和土壤的治理项目，确保全区域内的水体达到Ⅳ类的标准，空气质量明显改善，城乡的环境生态宜居，再现北国江南、湿地水乡的风光"。

天津宁河：保卫『京津绿肺』共谋绿色发展

向"绿"而行
擦亮轻工业高质量发展底色

消费日报　2022年10月19日

记者：张丽娜

党的二十大报告指出，我们要加快发展方式绿色转型，实施全面节约战略，发展绿色低碳产业，倡导绿色消费，推动形成绿色低碳的生产方式和生活方式。

回顾过去十年，以习近平同志为核心的党中央站在中华民族永续发展的战略高度，深入推动生态文明体制改革，创造了举世瞩目的绿色发展奇迹，有力促进了人与自然和谐共生的现代化建设。

人不负青山，青山定不负人。

在电池生产车间，一堆堆拆解破碎的黑色电池正极废料经过多级转化，如变魔术般析出了镍、钴、锰、锂等各色金属元素。不断的技术革新使镍、钴这类金属元素的回收率已达98%

以上。

在制鞋车间，曾经的刺鼻异味烟消云散，取而代之的是格外清新的空气。坚持绿色战略，不断地推进工艺技术创新，积极寻找清洁生产突破点，持续改进工艺，让鞋企实现环保和生产效益双丰收。

在酱油酿造车间，管道布置优化之后，单位能效进一步提高，蒸汽利用率提高 20% 以上，同时，还可以利用地源热泵装备为制曲过程提供降温冷源，减少因制冷而使用的电能。

在城市道路上，面向消费者的氢能自行车陆续上路。将氢能科技运用到交通出行，不仅积极践行"双碳"目标，而且解决了城市居民的通勤难点。

在超市日化专区，选购洗护用品的消费者或许不知道，货架上一瓶瓶洗护用品，从原材料到工厂，再从工厂到消费者手中，都经过了"绿色的洗礼"：天然提取，不污染环境，不伤手、洗护效果显著，绿色健康。

以上只是我国轻工业高质量发展、绿色转型道路上的一个又一个案例和缩影。

"绿水青山就是金山银山"。建设生态文明，关系人民福祉，关乎民族未来。

聆听时代召唤，轻工业奋勇向前。

源头减量　节能减排成效显著

轻工业是我国国民经济的传统优势产业，在吸纳劳动就业、解决"三农"问题等经济发展和社会稳定中发挥着举足轻重的作用。与此同时，轻工业也是我国污染防治、节能降碳的重点领域。家电、鞋类、玩具、塑料制品等轻工产品的出口竞争力受绿色贸易壁垒的影响不容忽视。

在国家鼓励绿色产品消费，扩大绿色消费市场的同时，随着环保理念的深入人心，消费者越来越看重产品和服务对环境的价值。清洁生产理念的全面贯彻落实成为轻工行业各企业总体核心竞争力的一个重要基础环节。

为此，轻工业坚持生态优先，促进绿色发展，奏响转型高质量发展的最强音，在节水、绿色设计、绿色制造、绿色供应链管理、清洁生产、污染防治、综合利用、制定清洁生产评价指标体系等方面发力。特别是节能减排方面成效显著，轻工业通过加快节能降耗、减排治污绿色化改造步伐，推动企业利用新技术、新工艺、新材料、新设备进行节能减排治污，提高了行业清洁生产水平，一批绿色产品通过检测认定。

"十三五"期间，全国评定绿色工厂1470家，其中轻工企业270家；在工业和信息化部公布的43项绿色设计产品标准中，涉及轻工相关产品共计17项。前两批绿色制造示范名单中，409个绿色工厂中轻工企业占63个，246个绿色设计产品中轻工企业占235个，19个绿色供应链管理示范企业中轻工企业占7个。

轻工重点行业全面完成国家绿色发展指标。"十三五"期间，轻工业建设357家绿色工厂，44个绿色供应链管理示范企业，27 项绿色设计产品标准，818 个绿色设计产品，1 个绿色工业园区，260 家轻工企业入选国家级绿色工厂。造纸行业废水排放减少 36.78%，化学需氧量排放减少 87.1%，单位产品能耗减少 24.5%，氮氧化物排放量减少 56.4%；皮革行业吨皮耗水量降低 10% 以上，废水排放量减少 13.50，氨氮排放量减少 39.45%，COD 排放量减少 36.58% 以上；照明电器行业实现了荧光灯的无汞产品替代，LED 光源产品生产数量占到所有光源产品生产总量的 50% 以上，全行业汞使用和排放总量相比"十三五"初期减少了 50% 以上；家电行业节能环保技术水平不断提升，空调、冰箱、洗衣机等主要家电产品能效显著提升。食品、发酵等行业综合能耗明显下降。

规范先行　低碳转型路线清晰

"十三五"期间，中国轻工业联合会以工业节水和绿色制造为重心，推动轻工业实现绿色发展——承担工业和信息化部高耗水行业节水行动计划工作支撑项目，完成酵母等 5 个领域的取水定额编制。加强塑料污染治理，研究制定发布《可降解塑料制品的分类与标识规范指南》。协助环境保护部、工业和信息化部完成《工业绿色发展规划（2016—2020 年）》中期评估，85 个项目列入工业和信息化部节能与绿色制造标准专项。颁布《中国轻工业绿色智慧产业集群建设指导意见》，制定 19 项轻工业绿色团体标准，引领轻工产业集群绿色发展、智慧发展。

与此同时，中国轻工业联合会参与工业和信息化部组织的淘汰落后产能督导检查工作。引导推动造纸、皮革、电池等行业广泛应用节能降耗新技术、新工艺、新材料。轻工业亟须的低固形物连蒸、低能耗蒸煮、连铸连轧连涂等一批绿色制造技术取得重大突破。

2022年6月17日，工业和信息化部等五部门发布了《关于推动轻工业高质量发展的指导意见》（以下简称《指导意见》）。深入推进绿色低碳转型是《指导意见》中的重要内容。《指导意见》的出台，为全面推进我国轻工业高质量发展提出了一份目标任务明确、操作性强、逻辑清晰的纲领性文件，对加快现代轻工产业体系建设，实现我国轻工业由大到强的跨越具有重要指导意义。

为进一步推动轻工业绿色低碳转型，《指导意见》提出以下部署：

一是加快绿色安全发展。有序推进轻工业碳达峰进程，绘制造纸等行业低碳发展路线图。加大行业节能降耗和减污降碳力度，加快完善能耗限额和污染排放标准，树立能耗环保标杆企业，推动能效环保对标达标。

同时，推动废弃产品循环利用，加大低（无）VOCs含量原辅材料的源头替代力度，实施绿色低碳技术发展工程。

二是全面建设绿色制造体系。加强有害物质源头管控和绿色原材料采购，完善绿色工厂评价、节水节能规范等标准，建设统一的绿色产品标准、认证、标识体系。积极推行绿色制造，培育一批绿色制造典型。同时，鼓励企业进园入区，引导企业逐步淘汰高耗能设备和工艺，推广使用绿色、低碳、环保工艺和设备，推进节能降碳改造、清洁生产改造、清洁能源替代、新污染物环境风险管控、节水工艺改造提升。

三是引导绿色产品消费。加快完善家用电器和照明产品等终端用能产品能效标准，促进节能空调、冰箱、热水器、高效照明产品、可降解材料制品等绿色节能轻工产品消费。同时，引导企业通过工业产品绿色设计等方式增强绿色产品和服务供给能力。完善政府绿色采购政策，加大绿色低碳产品采购力度。鼓励有条件的地方开展绿色智能家电下乡和以旧换新行动。

中国轻工业联合会对此高度重视，并将从宣传贯彻政策、分解量化目标、落实重点任务、强化分类引导、发挥机制优势等方面抓好有关工作。

工业节能方面，轻工行业向工业和信息化部推荐 10 个节能产品、2 项节能技术申报 2021 年度国家工业节能节水装备及"能效之星产品"；典型轻工产品取水定额标准及评估体系研究任务验收；征集上报轻工业节水领域行业标准项目 15 项；《制革行业节水技术规范》已获得行标立项。

绿色制造方面，贯彻落实《"十四五"工业绿色发展规划》，强化绿色制造标杆引领。截至 2021 年末，轻工领域共荣获工业和信息化部绿色工厂 506 家、绿色设计产品 1206 种。绿色工厂 506 家，其中，2021 年 130 家。绿色设计产品 1206 种，其中，2021 年 215 种。

中国轻工业联合会认真贯彻国家战略部署，先后制定"高质量发展行动计划50条"和"十四五"行业发展系列规划指导文件，提出工作目标和具体举措，推进产业升级和高质量发展。其中，"推动轻工绿色低碳发展"部分指出："十四五"期间，在造纸、塑料、家电等重点行业制定绿色工厂、绿色设计产品等行标、团标200项以上；到"十四五"期末，轻工行业绿色工厂总量达到1000家，绿色设计产品总量达到2000个，轻工业绿色产品占全国比重达到40%。

轻工绿色制造前景可期

"十三五"时期，轻工业积极贯彻落实国家绿色发展、绿色制造相关政策，促进行业绿色循环低碳发展。其中，造纸、家电、皮革、食品、塑料、洗涤等行业制定并发布《生态设计产品评价规范 第1部分：家用洗涤剂》等近60项绿色设计产品评价技术规范，《人造革与合成革工业绿色工厂评价要求》等14个绿色工厂评价要求标准，《家电产品绿色供应链管理通则》《家电产品绿色供应链管理——电冰箱绿色分级评价技术规范》等5项绿色供应链行业标准。工业和信息化部认定绿色工厂2126家，轻工企业357家，占比16.8%；认定绿色产品2170个，轻工产品991个，占比45.7%。

2021年末，工业和信息化部印发《"十四五"工业绿色发展规划》。其中指出，"十四五"时期，是我国应对气候变化、实现碳达峰目标的关键期和窗口期，也是工业实现绿色低碳转型的关键五年。轻工行业面对新形势、新任务、新要求，要提高政治站位，迎难而上，攻坚克难，坚定不移走生态优先、绿色低碳的高质量发展道路，在新的历史时期再创佳绩。

2022 年 7 月 4 日，中国轻工业联合会印发《关于促进轻工行业"稳产稳供"的工作意见》（以下简称《意见》）。

《意见》提出，将落实工业和信息化部等五部门发布的《指导意见》，充分发挥统筹协调作用，在全行业开展《指导意见》的宣贯工作，用好科技创新、标准质量、绿色低碳、数字转型、三品行动、产业集群、市场建设、技能人才等举措，确保《指导意见》提出的六大板块 23 项重点任务、5 项专栏工程取得实效。

为贯彻工业和信息化部《"十四五"工业绿色发展规划》，《意见》指出加快绿色产品、绿色工厂、绿色工业园区和绿色供应链管理企业建设，认定一批轻工行业绿色制造标杆企业，在造纸、塑料、家电等重点行业制定绿色工厂、绿色设计产品等行标、团标 200 项以上；推动塑料、家电、造纸、电池等行业废弃产品循环利用；倡导企业生产绿色产品，形成绿色供应链，推动绿色产业链与供应链协同发展。

进入新时代，轻工业贯彻党中央"三新一高"战略部署，把握国家战略指向，构筑产业支撑体系，通过建设科技轻工、品质轻工、绿色轻工、智慧轻工，全面推动轻工业向更高水平迈进，为建设现代化强国贡献轻工力量。

向「绿」而行　擦亮轻工业高质量发展底色

新《环境保护法》发力：
守法企业有机会"弯道超越"

中国经济导报   2015 年 4 月 25 日

记者：潘晓娟

2015 年 1 月，被称为"史上最严"的新《中华人民共和国环境保护法》（以下简称新《环境保护法》）正式实施，成为我国推进环境治理的一大利器。

过去《环境保护法》难以有效贯彻的一大原因，是"守法成本太高，而违法成本却太低"。在环境压力和公众的期待下，倒逼了新《环境保护法》的出台。环境保护部部长陈吉宁此前表示，一部好的法律不能成为"纸老虎"，要让它成为一个有钢牙利齿的利器，关键在于执行和落实。据悉，环境保护部把今年确定为环境保护法实施年，将开展全面环保大检查，对违法行为进行全面排查。

法规会让违法企业无法生存

截至目前，备受瞩目的环保"新法"已经走过了 4 个月，而环境保护部此前的一系列举动也在某种程度上表明了这部新法的严厉之处。

近日，争议多年的重庆小南海水电站项目被环境保护部否决。同时，朱杨溪水电站、石硼水电站等工程的规划与建设也被叫停。

"新《环境保护法》施行后，源头严控，过程严管，违法严惩。不遵守法律法规和排放标准的企业，将无法生存下去。而国家采取的一系列激励政策，则会为守法企业带来新的效益。"环境保护部政策法规司司长李庆瑞近日在接受《中国经济导报》记者采访时指出，新《环境保护法》有效解决了旧法在新的历史时期表现出的定位不清、理念滞后等问题。修订后的新法除了对政府、环境保护部、企业都有非常严格的要求外，它还有一系列严格的监管、问责手段，包括查封扣押、按日计罚、限产停产、移送拘留、追究刑责等。

中国政法大学环境资源法研究所副教授胡静对《中国经济导报》记者介绍说，法规的严格也带来了管理上的高效。以"查封扣押"为例，它不是处罚，而是一种行政强制措施，它赋予了环境监督管理部门暂时控制排污设施的权力。

要把环评权力置于公众监督之下

据了解，环境保护部日前出台的 2015 年《全国环境监察工作要点》中特别针对执法信息提出了要求，"重大环境信访要公开，查实的环境违法案件要公开，典型案件要公开，综合督查情况要公开，监管执法信息要公开"。而通过定期公布监控数据，能有效杜绝企业在排污总量核定和排污费申报时的谎报、虚报、瞒报行为。

只有信息公开，才能打破不实谣言，才能增进社会稳定。同样，要把环评权力置于公众的监督之下，做到"阳光环评"，接受公众的监督。新《环境保护法》另一个引人注目之处在于增加了"信息公开与公众参与"一章。除了要求企业公开环保相关信息外，还同时要求政府公开环境信息。特别是，新增的"公益诉讼"，把非政府组织和公众都纳入执法体系当中。

"从过去行政机关单方面的监督、管理、实行到现在的多元共治，这是新《环境保护法》在义务履行机制上的一项重大改善。"胡静分析指出，在新《环境保护法》中，对政府责任的落实包括对地方政府的主要领导以及环境保护部门负责人有一个考评机制。这个考评机制会将考评的结果与官员的升迁制裁相联系，监察机关会介入，这样会对地方政府形成比较大的压力。

守法企业将从法规中大大受益

《中国经济导报》记者在采访中了解到，遵从新《环境保护法》，加紧制度创新，推动绿色转型是我国经济新常态下企业的社会责任和使命。新《环境保护法》实施后，那些合规守法追求绿色生产的企业完全可以实现"弯道超越"。

"消费者在购买产品时，明显会中意那些绿色、安全、环保型的产品。"北京龙阳伟业总经理王辰悦对《中国经济导报》记者介绍说，企业在生产环节和工程应用中应该秉持不产生废气、废水、废渣的绿色环保观念。在当前的情形下，如果企业不抓住时机及时升级转型，还存有观望态度和侥幸心理就完全有可能被市场淘汰。

李庆瑞强调，在新《环境保护法》的标准下，所有的企业无论是央企还是地方的企业都要接受环境执法监督管理，这会给企业的公平竞争带来良好的契机，给市场带来的最主要变化就是公平竞争的氛围。过去是企业排污的违法成本低，而守法成本很高。今后，全部都是一个标准来衡量，遵守环保法律标准和财务许可要求的企业以及拥有先进技术设备的企业就会有市场竞争力，而那些忽视环保法律法规、破坏生态环境的企业就会生存不下去。

中国建筑材料集团有限公司副总经理马建国告诉《中国经济导报》记者，随着我国经济的快速发展，民众日益增长的环境需求和环境公共产品供给不足已经成为当前社会的基本矛盾之一。作为有责任感的企业，要主动接受环境执法检查和监督管理，确保环境质量安全和改善，如此才能推动人与自然的和谐发展。

清华大学环境学院环保产业研究中心主任傅涛也表示，新《环境保护法》的实施以及相关政策的出台，一方面会促进污水排放企业越来越"守规矩";另一方面在污水处理需求增长的同时,也相应拓展了污水处理企业的市场空间。

共建清洁美丽世界
——2022 年六五环境日国家主场活动综述

中国环境报　2022 年 6 月 8 日

记者：温笑寒

6 月的沈阳触目皆翠，惹人心醉。这座山环水抱的城市，张开热情的双臂，迎接着四海宾朋。

5 日上午，当《让中国更美丽》的歌声在大美辽宁，在祖国 960 万平方公里的青山绿水间、蓝天白云中唱响时，以"共建清洁美丽世界"为主题的 2022 年六五环境日国家主场活动正式拉开帷幕。

令人瞩目的生态奇迹

国家主场活动现场，每一位与会者都被主题宣传片感染着、感动着、感奋着。一幅幅绮丽旖旎的美景、一帧帧感人肺腑的镜头、一个个翻天覆地的变化，主题宣传片中展现的生态环境改善，是如此的亲切熟悉，又是如此的鼓舞人心。

生态环境部党组书记孙金龙在致辞环节指出，生态环境部、中央文明办、辽宁省人民政府联合举办 2022 年六五环境日国家主场活动，旨在深入宣传贯彻习近平生态文明思想，充分展示我国生态文明建设和生态环境保护取得的显著成效，展示我国作为全球生态文明建设重要参与者、贡献者、引领者的作用，为推进美丽中国建设凝聚共识、汇聚力量。

孙金龙强调，党的十八大以来，以习近平同志为核心的党中央把生态文明建设摆在治国理政的重要位置，围绕生态文明建设提出一系列原创性的新理念、新思想、新战略，系统形成习近平生态文明思想，指引我国生态文明建设和生态环境保护发生历史性、转折性、全局性变化，决心之大、力度之大、成效之大前所未有，我国在创造世所罕见的经济快速发展和社会长期稳定奇迹的同时，创造了令世人瞩目的生态奇迹。我国已开启全面建设社会主义现代化国家新征程，要更加紧密地团结在以习近平同志为核心的党中央周围，坚持以习近平生态文明思想为指导，大力推进生态环境保护，坚定不移走生态优先、绿色低碳的高质量发展之路，建设天更蓝、山更绿、水更清的美丽中国，为建设清洁美丽世界贡献中国智慧、中国方案、中国力量。

六五环境日国家主场活动，是生态环境保护工作成果的一次大检阅，也是推进生态文明建设的一次大动员。

中宣部分管日常工作的副部长李书磊代表中央文明办，对辽宁省举办本次国家主场活动表示热烈祝贺，向长期以来致力于生态文明建设的广大环保工作者、志愿者致以崇高敬意。他指出，党的十八大以来，以习近平同志为核心的党中央高度重视生态文明建设。习近平总书记站在实现中华民族伟大复兴历史使命的高度，深刻把握新时代我国社会主义现代化建设的要求，就生态文明建设提出一系列标志性、创新性、战略性思想。在习近平生态文明思想指引下，美丽中国建设迈出重大步伐、取得显著成就。

李书磊强调，近年来，中央文明办深入学习宣传贯彻习近平生态文明思想，以文明实践、文明培育、文明创建为载体，持续深化生态文明宣传教育，广泛开展主题实践活动，倡导文明健康绿色环保生活方式，与生态环境部联合对生态环境志愿服务工作作出制度安排，着力推动形成全社会关心、支持、参与生态环境保护的良好局面。建设生态文明是中华民族永续发展的千年大计，也是关系党的使命宗旨的重大政治问题。中央文明办始终把学习宣传习近平生态文明思想作为重要政治任务，推动习近平生态文明思想落地生根、开花结果。大力开展生态环境志愿服务，推动生态环境治理不断改进创新。大力提高公众生态文明意识，引导人们都来做生态文明建设的实践者、推动者。

生态奇迹是生动感人的，是具体可见的，是真真切切为群众带来幸福的。"共建清洁美丽世界"主题展中，既有在盘锦市辽河口国家级自然保护区歇脚、踱步的成群水鸟，也有在大连庄河碧海蓝天中矗立的片片海上风电。这些是辽宁振兴发展成效的一个侧写，也是美丽中国建设成就的一个缩影。

辽宁省委书记、省人大常委会主任张国清指出，国家主场活动在辽宁举办，充分体现了以习近平同志为核心的党中央对辽宁的关心、支持和厚爱，是对辽宁更好践行"绿水青山就是金山银山"理念、加快绿色低碳转型步伐的有力推动和鼓励鞭策。

张国清强调，以此次活动为契机，辽宁将扎实践行习近平生态文明思想，完整准确全面贯彻新发展理念，笃定高质量发展不动摇，切实履行维护国家国防安全、粮食安全、生态安全、能源安全、产业安全政治责任，坚定不移走以生态优先、绿色发展为导向的高质量发展新路子。将扎实做好结构调整"三篇大文章"，加快数字辽宁、智造强省建设，以碳达峰、碳中和为目标，加快产业结构、能源结构、交通运输结构、用地结构调整优化，把绿色低碳要求全面体现到第一、第二、第三产业发展中，推动经济社会发展全面绿色转型。将不遗余力打好蓝天、碧水、净土保卫战，推进山水林田湖草沙一体化保护和修复，加快建设辽东绿色经济区，扎实推进辽河口国家公园创建，实施好城市更新行动，留白、留璞、增绿，打造更多生态体验场景，建设人与自然和谐共生的美丽辽宁。

生态文明建设的新要求

习近平生态文明思想，为推进美丽中国建设、实现人与自然和谐共生的现代化提供了方向指引和根本遵循。

主旨发言中，生态环境部部长黄润秋表示，党的十八大以来，习近平总书记亲自擘画、亲自部署、亲自推动生态文明建设，形成了习近平生态文明思想，为推进美丽中国建设、实现人与自然和谐共生的现代化提供了方向指引和根本遵循。全国生态环境系统深入学习贯彻习近平生态文明思想，认真落实党中央、国务院决策部署，以最坚定的决心和最有力的举措，推动污染防治攻坚战阶段性目标任务圆满完成，生态环境质量持续向好，人民群众真切感受到青山就是美丽、蓝天也是幸福。

黄润秋指出，"十四五"时期，我国生态文明建设进入了以降碳为重点战略方向、推动减污降碳协同增效、促进经济社会发展全面绿色转型、实现生态环境质量改善由量变到质变的关键时期。生态环境修复和改善，是一个需要长期艰苦努力的过程。要坚持以习近平生态文明思想为指导，保持战略定力，统筹污染治理、生态保护、应对气候变化，扎实有序推动绿色低碳发展，深入打好污染防治攻坚战，坚定维护生态环境安全，积极参与全球环境治理，促进生态环境持续改善，以生态环境高水平保护推动高质量发展，创造高品质生活。

颁授、握手，掌声热烈，相机闪烁，10 位来自科学研究、文艺创作、新闻宣传等不同领域的 2022 年特邀观察员，将共同发力，在观察中关注，在见证中监督。生态文明建设没有局外人，传播生态文明、共建美丽中国，需要每一个人的参与。

中国文联党组书记、副主席李屹表示，习近平总书记在中国文联十一大、中国作协十大开幕式上强调要"展现中华历史之美、山河之美、文化之美"，为文艺文联工作者寄情山水生态，做好新时代文艺文联工作提供了根本遵循。

李屹指出，要践行生态文明理念，发挥全社会建设生态文明的鼓动力量，中国文联将继续围绕"送文化、种文化、传精神"，广泛开展新时代文明实践文艺志愿服务，积极引导文艺名家新秀参与环保公益活动，选树德艺双馨的文艺工作者担当生态环境保护形象大使，唱响"绿水青山就是金山银山"的大地颂歌，带动全社会形成共同建设生态文明的新风尚。要书写生态环境保护史诗，激发人民群众建设美丽中国的精神力量，中国文联将组织广大文艺工作者深入生态环境保护第一线，创作推出更多生态主题优秀文艺作品，激励全国人民共同建设幸福美好家园。要讲好中国生态环保故事，充盈构建人类命运共同体的艺术力量，中国文联将进一步团结引导广大文艺工作者用展现中国式现代化新道路、人类文明新形态、中华文化新形象的文艺作品，将生态文明建设的中国故事更具艺术感染力地呈现在世界舞台。

六五环境日国家主场活动首次在东北地区举办。辽宁作为新中国重要的工业基地之一，工业化进程快、城镇化进程早，历史上粗放的发展方式，经历过环境污染之害、饱尝过环境污染之苦，对生态破坏有过切肤之痛。

辽宁省委副书记、省长李乐成表示，习近平总书记高度关注辽宁生态文明建设，要求辽宁贯彻"绿水青山就是金山银山"、冰天雪地也是金山银山的理念，巩固提升绿色发展优势，扛牢包括维护国家生态安全在内的"五大安全"政治责任。辽宁牢记习近平总书记的殷殷嘱托，自觉践行习近平生态文明思想，坚持生态优先、绿色发展，把生态宜居作为优化营商环境的重点、把绿色低碳作为创新转型的根本要求、把生态环境美作为实现全面振兴全方位振兴的重要目标。近年来，辽宁环境质量持续改善，绿色发展持续深入，生态安全持续巩固，治理水平持续提高。

李乐成指出，习近平总书记强调，东北地区是国家北方的生态屏障，良好生态环境是东北地区经济社会发展的宝贵资源，也是振兴东北的一大优势。辽宁将深入贯彻落实习近平总书记关于东北振兴发展的重要讲话和指示精神，坚决扛牢维护国家"五大安全"的政治使命，不断巩固成果、扩大战果、提升效果，让青山常在、绿水长流、空气常新、天空常蓝、人民长寿，在建设清洁美丽世界中绘好辽宁靓丽画卷。

全民参与美丽中国建设

我国生态文明建设的变化，是历史性、转折性和全局性的。对于中国在建设生态文明方面做出的卓越努力和取得的成就，联合国《生物多样性公约》秘书处执行秘书伊丽莎白·穆雷玛表示衷心祝贺："中国在应对气候变化、保护生物多样性和污染治理方面做出了巨大努力，取得了令人瞩目和鼓舞的成果。在国际舞台上，中国以积极、持之以恒的姿态为解决环境问题、促进可持续发展和构建地球生命共同体的全球努力作出贡献。中国在将生物多样性保护纳入国家和地方发展规划、建立国家公园和划定生态红线等方面采取了一系列重要措施，发挥了引领作用。"

蓝天，从过去的"奢侈品"，到现在的"常见品"，再到未来可能的"日用品"，国家主场活动现场，中国工程院院士作为往届生态环境特邀观察员代表，和大家分享了他眼中蓝天保卫战的成效。

2008 年北京夏奥会期间 PM_{10} 浓度为 57 微克／米^3，到今年 2 月冬奥会期间北京市 PM_{10} 浓度仅为 35 微克／米^3。考虑到冬季采暖、气象条件变化等原因，贺克斌认为，从"夏奥蓝"到"冬奥蓝"正是我国蓝天保卫战成效含金量全面提升的一个缩影，蓝天正在从"奢侈品"变为"常见品"。这背后，是精准溯源能力、预警预报能力和治理方案的效果推演与成效评估能力的大幅提升，也是前沿基础研究和共性技术研发成果集成提升、落地应用。贺克斌坚信，双碳行动将推动蓝天保卫战取得根本性胜利，彼时蓝天将成为老百姓的"日用品"。

伊丽莎白·穆雷玛称赞的，还包括公众作用的发挥："今天的活动将通过展示环保成果、总结成功经验、奖励志愿者等多种方式，调动公众参与环保的积极性。我们相信，在解决包括生物多样性在内的所有环境问题上，公众始终发挥着关键作用。"会场中，2022 年百名最美生态环境志愿者、十佳公众参与案例、十佳环保设施开放单位等先进典型名单公布。一次次绿色行动，播下公益的种子；一场场生动的讲堂，播下希望的种子。越来越多的人正加入生态环境志愿服务的队伍，加入绘就美丽中国蓝图的实际行动。

经久不息的掌声中，山东省政府接过六五环境日主场举办地的旗帜。从辽宁到山东，绿色发展理念得到传递，美丽中国的梦想被带向更加壮阔的未来。

要"活在碳上"，不要"死在碳下"
石化行业绿色低碳转型路在何方

中国化工报　2022 年 9 月 2 日

记者：郁红

　　在近日召开的 2021 年度石油和化工行业能效"领跑者"、水效"领跑者"发布会暨节能降碳技术交流推广会上，记者了解到，目前距离 2030 年碳达峰只剩 7 年有余，但能源价格不断上涨，行业结构性矛盾依然突出，能源转型面临关键技术和成本掣肘，企业现状与国家预期、节能节水降碳水平与发达国家仍存差距，企业碳达峰行动方案制订尚待完善等现实问题，都深深影响着行业碳达峰的进程。而想方设法"活在碳上"，不断提升观念，实现技术、管理创新，应成为行业未来"脱碳"的主攻方向。

宏观环境压力不容小觑

"全行业绿色低碳转型正面临多重挑战，必须进一步增强节能减排工作的紧迫感和责任感。"中国石油和化学工业联合会会长李寿生作主旨报告时指出。

这些压力挑战既来自宏观环境，也来自产业政策。

李寿生说，首先，我国经济发展面临需求收缩、供给冲击、预期转弱"三重压力"，给行业发展带来新的挑战。能源价格大幅波动，导致行业生产运行成本大幅增加。根据国务院发展研究中心发布的《宏观经济形势月报》，截至 7 月 22 日，秦皇岛 5500 大卡动力煤价格为 1215 元／吨，较 2021 年末上涨了 54.1%，给行业生产带来成本压力。"双碳"目标倒逼行业产业结构调整加速，高能耗、高排放行业进行升级改造，均需要较大的资金投入，企业经营成本将进一步增加。叠加上半年全球经济下行，行业企业出现成本上升、盈利下降的概率大增，导致低碳转型发展压力巨大。

其次，能源转型仍然面临技术、成本等多重挑战。从传统能源向绿色能源转型不可能一蹴而就，短时期内打破既有的能源格局，将会催生更多不确定性因素，导致出现阶段性、结构性供需失衡和非理性价格宽幅振荡。在确保能源安全的前提下，如何先立后破，稳妥有序地推进能源转型，对能源行业来说也是重大的时代命题。

最后，去年以来，国家密集出台多个文件涉及节能节水降碳工作，如 2021 年 10 月，国家发展和改革委员会等部门发布《关于严格能效约束推动重点领域节能降碳的若干意见》。今年2月，国家发展和改革委员会等4部门又联合发布《高耗能行业重点领域节能降碳改造升级实施指南（2022年版）》，旨在指导各有关方面科学有序开展重点领域节能降碳改造升级工作。这些政策对石化行业存量和增量项目的能效水平提出了严格明确的要求，令作为能源消费大户的石化行业面临着节能降耗的巨大压力和现实挑战。

行业自身节能减碳也存短板

除外部压力外，行业自身短板带来的节能降碳压力也不容忽视。

李寿生指出，当前，行业低端过剩、高端短缺的结构性矛盾面临加快调整的挑战，也带来转型成本的提高。2021年我国化工新材料产量约为2900万吨，但消费量却高达4050万吨，缺口近1150万吨，自给率仅71%左右。尤其是在一些关键的树脂材料、特种纤维、高性能膜材料、电子化学品等领域，短板问题更为突出。为保障国内产业链安全，行业还需要提升国内大宗产品保供能力，扩大部分产品生产规模。在提高生活质量、调整能源结构等目标驱动下，新能源用化学品、化学合成材料及其复合材料、功能性化学品、生命科学产品等需求大幅增长，还需要新增一定的化工生产装置。随着产业结构升级、产品品质提升及环保要求提高，客观上将需要增加一定的能耗。上述情况都可能产生碳排放的增量，如何兼顾满足国内需求和行业控排很考验智慧。

中国化工节能技术协会副秘书长金国钢则指出，以乙烯为例，2015—2019 年，国内乙烯综合能耗下降了 6.3%，达到 8000 千克标准煤／吨。但与国际先进水平相比，国内石化产品能效水平仍有很大差距。如 2019 年国内单位乙烯综合能耗比国际先进水平高出 27%，主要原因是原料路线不同。我国乙烯生产主要以石脑油为原料，而国际上大部分采用乙烷为原料。

"随着节能工作的深入，节能难度逐渐增加，节能的投资回报率也日益减少，节能工作还远没有达到最优的程度。"金国钢说。

会上，还有业内专家认为，在制订"双碳"规划和方案上很多企业都很积极，也做了实施路径的研究。但他们在方案制订中普遍存在一些问题，主要表现在：一是有些企业没有全面梳理核算自身碳排放情况，导致编制的碳达峰方案缺乏数据基础；二是没有充分考虑自身产业布局、发展阶段，设定的碳达峰目标缺乏科学依据；三是提出的碳排放峰值较当前水平高出很多，推动产业转型力度不大；四是没有深入研究碳减排途径，方案中缺乏切实可行的措施。

要"活在碳上"，不要"死在碳下"

李寿生认为，"双碳"目标下，全行业要坚持系统性思维，探索拓展高质量发展新路径，努力走出一条低碳排放的新路子。要努力"活在碳上"，而不要"死在碳下"。

李寿生说，一方面，全行业要积极开展节能降碳改造升级，探索减污降碳协同推进机制。要围绕炼油、乙烯、合成氨、电石、氯碱、纯碱、黄磷等传统高耗能行业，以先进适用节能技术装备应用为手段，全面推进传统行业绿色制造关键工艺技术改造，强化技术节能。开展能源审计和节能诊断，对能源的购入存储、加工转换、输送分配、最终使用等环节实施动态监测、控制和优化管理，将能源"吃干榨尽"，实现系统性节能降耗。围绕高耗水行业，要推广节水工艺、技术和装备，推进水资源循环利用和工业废水处理回用，进一步减少废水排放。全行业要从全生命周期的视角统筹考虑能源消耗和碳排放问题，寻求减污降碳的可行路径，同时实现效益增长。

另一方面，行业要积极参与碳市场建设，加强碳资产管理意识。去年 7 月 16 日，全国碳排放权交易市场正式启动。未来，石化行业也将纳入全国碳市场。此外，今年 6 月，欧洲议会通过了《碳边界调整机制修正案》（CBAM）。不论是碳交易市场还是欧盟碳关税，都要求广大企业将碳排放纳入企业战略制定和风险管理范畴，主动开展碳盘查工作，增强碳排放数据管理及碳资产管理意识，加快建立统一、全面、长效的碳资产管理制度。

能源转型要兼顾安全与创新

要实现"双碳"目标，重要的是加快推进能源结构调整，为我国能源转型创造新引擎、增强新动能。

李寿生强调，当前，可再生能源、氢能等一大批新兴能源技术正加快突破，成为全球能源向绿色低碳转型的核心驱动力。全行业要科学谋篇布局，先立后破，立足长远，全力打造清洁低碳、安全高效、多元供应的现代能源体系。此外，行业在加快新兴能源技术创新的同时，也要保障传统能源的供给安全。

而要积极助推行业绿色低碳转型，完善标准体系建设非常关键。在能耗标准方面，行业要加快节能标准更新升级，扩大能耗限额标准覆盖范围，开展行业节能诊断、能源审计等配套标准制定。在节水标准方面，行业要继续开展重点产品水耗限额标准制定工作。在碳排放标准方面，行业要加快制定重点子行业企业碳排放核查核算标准、重点产品温室气体排放标准，完善低碳产品标准标识制度。此外，围绕绿色生产与生态设计、清洁生产、资源综合利用、废弃化学品处理与处置等领域，应加快建设石油和化工行业绿色标准体系。在"十四五"期间，初步形成结构合理、层次分明、重点突出、适用性强、基本满足行业绿色低碳转型需要的标准支撑体系。

李寿生认为，行业还要加强创新驱动，用关键核心技术的创新赋能行业高质量发展。今年 8 月 18 日，科技部等 9 部门印发《科技支撑碳达峰碳中和实施方案（2022—2030 年）》，提出到 2025 年实现重点行业和领域低碳关键核心技术的重大突破，到 2030 年进一步研究突破一批碳中和前沿和颠覆性技术，形成一批具有显著影响力的低碳技术解决方案和综合示范工程，建立更加完善的绿色低碳科技创新体系。

"能源转型、节能降耗、减污降碳、构建高端产业链等重点任务都要求我们加强创新驱动，而且必须是高端引领性、面向未来的创新。'十四五'时期，全行业必须要在增长方式上由'规模速度型'向'结构效益型'转变，在创新方式上由'追随型'向'引领型'转变，在管理方式上由'传统管理型'向'信息智能型'转变。这三大转变的核心，就是要紧紧抓住创新能力的提升，特别是原始创新能力的提升。"李寿生强调。

绿色低碳发展贵在摸清家底

　　会上，有业内人士谈到了石化行业的绿色低碳发展途径，并强调，石化行业由于能源使用集中度较高，是我国工业部门中的高能耗、高排放行业之一。虽然从总体上看，我国石化行业直接碳排放量稳中有降，但是减排后劲不足，间接碳排放量持续上升。在新的形势下，推动石化行业从粗放发展向智能化、绿色高质量发展转变将成为必然。全面提升绿色低碳发展水平，已成为行业要务。一要通过节能减排、提高能源效率，降低能源消耗强度，大幅减少二氧化碳和"三废"排放；二要大胆实现工艺过程、设备电气化；三要实现电力绿色化。

　　这位业内人士表示，石化企业实现节能降碳的场景很多，包括节能降碳技术的应用，新能源的开发和应用，以及碳资产管理、用能管理、设备管理等方面的节能减排空间很大。企业要积极制定"双碳"战略，摸清碳排放家底，寻找有效的减排途径，明确企业与先进水平的差距，以及这些差距怎么来补齐。

企业还要实施绿色低碳技术改造，对绿氢生产、碳捕集、电气化和低碳化技术等要不断尝试和示范。同时，企业要全面加强数字化转型，利用数字技术，通过模拟推演和实时监测，有效测算化工生产过程中的温室气体排放与能源损耗情况，为节能减排提供准确有效的数据基础。

优秀企业应成为行业学习标杆

会上发布的能效"领跑者"名单，也是行业节能降碳的示范企业，值得行业学习借鉴。

以烟煤（包括褐煤）为原料的合成氨生产的能效"领跑者"——河南心连心化学工业集团股份有限公司（以下简称"心连心公司"），就是"活在碳上"的一个典型。该公司总经理张庆金在会上分享经验时强调，通过树立全员节能绿色低碳发展理念，采用先进的工艺、技术、装置，心连心公司成为合成氨的能效"领跑者"，也改变了人们对传统煤化工企业的刻板印象。

张庆金说："危化品企业、高能耗企业、高二氧化碳排放企业，是人们给煤化工企业贴的标签。但是基于中国国情，发展煤制化肥符合国家战略，也是保障粮食安全的要求。在此背景下，怎样用最少的资源创造最大化的社会价值，是我们每家煤化工企业都必须高度重视和不断探索的课题。特别是企业高层领导必须树立这一理念，只有这样才能在安全管理的提升，先进技术、工艺设备的引进，先进的环保、节能装置的应用，高端人才的引进以及高端产品的研发等方面不惜重金。哪怕牺牲当前的利益，也要想方设法上马先进的装置，用先进的技术，大幅降低煤、电、水的消耗，大幅提升装置运行的稳定性，使各类的排放指标远低于国家规定的标准。"

据了解，近十年，心连心公司在安全、节能、环保、自动化等方面的投入累计不低于 20 亿元。高投入的结果，是能耗上的持续降低、环保绩效的持续提升、经营效益的持续提升，在得到社会、政府、股东、员工高度认可的同时，企业的综合竞争力实现明显提升。例如，公司采用先进煤气化工艺技术，大幅提升煤炭转化率。过去固定床气化煤炭转化率在 87% 左右，现在的水煤浆等先进气化煤炭转化率达 99% 以上。在煤炭转化上，心连心公司基本实现了"吃干榨尽"。外排的也只有 86% 纯度的二氧化碳，有利于回收利用。

冬奥遇上"北京蓝"
——北京市空气质量全面达标
是怎样实现的

北京日报　2022 年 2 月 24 日

记者：骆倩雯

2022 年北京冬奥会期间，滑雪运动员腾空翻转的背景是北京碧蓝的天空，"冬奥蓝"被中外运动员发布到社交媒体上，成了冬奥会最美的风景。"APEC 蓝""冬奥蓝"……大气治理的环境效益一次次释放。

2021 年，北京空气质量首次全面达标！为实现这个目标，20 多年来北京市花大力气治理大气污染，2013—2021 年更是开启了"加速度"。

从"大干快上"的工程减排到"绣花般"精细的管理减排，从北京市"单打独斗"到京津冀及周边省市联防联控，从恨不得一周一次的重污染过程到夏秋季重污染消失，从 $PM_{2.5}$ 年均浓度 89.5 微克 / 米 ^{3} 到 33 微克 / 米 ^{3}……9 年间，北京的大气污染治理完成了几乎不可能完成的任务，被纳入了联合国环境署的"实践案例"，形成备受称赞的"北京方案"。

根治"燃煤之疾"

北京，曾是世界上燃煤消费最多的首都，燃煤消费一度占全市能源消费的75%。20世纪90年代，家家户户取暖、做饭都烧煤，煤烟从遍布大街小巷的低矮烟囱排放出去，弥漫在空气中，成为那个时代挥之不去的城市记忆。

煤炭燃烧排放大量烟尘、二氧化硫、氮氧化物，是世界公认的大气严重污染的重要原因。早在1998年，北京就开启了治理之路。关停退出污染企业、改造清洁能源、治理散煤等工作持续推进，逐步构建了以电力和天然气为主、地热能和太阳能为辅的清洁能源体系。

2015年3月19日11时15分，当具有近百年历史的石景山热电厂最后一组燃煤机组彻底熄火之后，长达半分钟的汽笛响彻整个厂区。"有许多员工眼含热泪在厂区照相留念，但我们知道这是势在必行的一步。"石景山热电厂职工刘鹏说。

自2014年开始，北京市陆续关停了四大燃煤电厂，比原计划提前两年完成的四大燃气热电中心投入使用。有媒体报道称，北京因此减少920万吨燃煤消费，占北京全市压减燃煤目标的70%左右，相当于3.5个首钢搬迁减少的燃煤量。

为减少燃气锅炉在燃烧过程中产生的氮氧化物，2015年7月，北京市出台了全国最严格的燃气锅炉氮氧化合物排放标准。利用两年时间，完成了全市上万台燃气锅炉的低氮改造工程。放眼世界，还从未有过一个城市像北京这样，在如此短的时间、如此大的范围内压减燃煤。

与此同时，最难的"散煤"治理也进入大提速阶段。在完成了西城区、东城区等核心区居民的煤改清洁能源之后，改造的范围逐步奔向了远郊区。

2016年夏天，随着电网改造的推进，密云区溪翁庄镇东智北村村民不用再买煤烧煤了。

"过去一到秋天，院子里就堆满了煤炭、木柴，冬天炉子一点起来，黑烟缭绕，每天掏炉灰、倒炉渣，连鼻孔里都是黑的。"村民徐德晨回忆。不再烧煤的日子干净而温暖。"现在屋里特暖和，平均温度能达到二十二三摄氏度，以前烧煤最多也只有十六七摄氏度。"徐德晨说。

2016—2018年的3年间，北京市完成了城镇和农村地区共2000余个村、76.2万户"煤改电""煤改气"和相关配套电网、气网改造建设工作，工程量是2003—2015年13年实施"煤改电"总和的2倍。2015年核心区率先实现"无煤化"后，2018年基本实现全市平原地区"无煤化"。目前，改造范围已经从平原扩展到了山区。据统计，北京已累计完成130余万户居民"煤改清洁能源"。

经过20多年的"无煤化"治理，北京市在能源消费总量刚性增长的情况下，燃煤消费量从2005年的峰值3060万吨降至2019年的300万吨以内，2020年煤炭消费量占全市能源消费比重大幅降至 1.5%。二氧化硫年均浓度自 1998 年到 2019 年，降幅达到了 97%（从 1998 年的 120 微克／米^3 降至 2019 年的 4 微克／米^3），北京市已经基本解决了燃煤污染的问题。

"重点关注"重型柴油车

与世界上人口密集的都市一样，移动源是北京污染来源大户。

从北京 2014 年发布的第一轮 $PM_{2.5}$ 源解析开始，移动源就一直在本地污染源中位居榜首，在 2018 年和 2021 年的两轮结果中，随着燃煤污染退出历史舞台，移动源污染的比例更是超过了 40%。特别是重型柴油车，一辆柴油大货车排放的污染物相当于 200 辆小客车的排放总和，而每天进入北京的柴油大货车约 20 万辆。

北京一直在努力寻找破解柴油大货车污染的方法。

从 2013 年北京全面治理 $PM_{2.5}$ 以来，针对移动源，北京"严标准、促淘汰、强监管"，加上交通管控约束、经济政策鼓励等措施，逐步形成了"车、油、路"一体化的北京机动车排放控制体系。其中，北京构建了国内最严机动车污染防治体系，不断在全国率先提升机动车排放标准和油品标准；疏堵结合，提倡使用新能源汽车，并加快配套设施建设；严格监管机动车污染排放，首创"环保检测、公安处罚"执法模式，紧盯进京口和市内重点道路点位，严把高排车入口关。

北京市的各个出入口，都有市生态环境保护综合执法总队执法人员的身影。执法人员陈晶去年在严查重型柴油车时，还破了一桩"谜案"。

去年4月，一辆重型柴油车到某检测场进行车辆排放复检，检验通过了，但依然引起了注意。"在和初检视频比对时，我们发现车辆的轮毂尺寸、车辆尿素罐颜色、车身划痕等都明显发生了变化，存在替车检验的嫌疑。"陈晶说。

执法人员立即赶往检测场，又到车辆所属的某物流公司调查。很不巧，当天这辆车外出跑运输了，通过调取车辆GPS记录仪信息发现，这辆车在复检当天根本没有活动轨迹！

为了寻找替检的"枪手车"，执法人员找来该企业40多辆同品牌车的检测记录挨个排查，终于锁定了"枪手车"，而它正好在当天同一时间段出现在了检测场。面对"如山铁证"，检验员和检测场负责人终于承认了违规事实。这家检测场也因"出具虚假检验报告"被罚30万元，涉案的用车大户也因违规而受到行政处罚。

这次破获的"谜案"只是全市生态环境执法人员日常工作的缩影。仅在2021年，全市人工监督抽测的重型柴油车就达到200余万辆次，检出排放超标车10余万辆次。同时，还在全市范围内开展涉及大气、水、土壤、生态、固体废物等11个方面的60项具体任务，全年查处环境违法问题1万余起。

京津冀等区域还建立了超标车"黑名单"数据库，只要排放检测不合格，走到哪里都会被"亮红灯"；另外，通过重型柴油车在线监控平台，对11.7万辆车实现排放状况和运行情况实时监控。同时，六环以内从2017年9月开始就成为载货汽车的低排放区，柴油货车的行驶面临诸多限制。而对于大宗货物，北京则大力推进运输"公转铁"，以减少过境重型柴油车的污染排放。

扬尘治理"以克论净"

扬尘可以代表一个城市的干净指数。北京市的大气治理进入管理减排阶段后，扬尘治理就用上了"绣花"功夫。

"对我而言，鞋底不带土、车身少落尘、走路不迷眼、扬尘不扰民，就是追求的目标。"北京市生态环境局土壤生态环境处副处长王爱平说，这个目标听起来简单，却需要精细化管理才能实现。

北京扬尘源的特点是量大、点多、面广、类型复杂，不是一个或者几个部门就能管好的。概括起来有三句话：系统治理是基础，科学监测是手段，精细治理是良方。

在北京 2018 年发布的第二轮 $PM_{2.5}$ 源解析结果中，扬尘污染在本地排放中的占比升至 16%，仅次于移动源。扬尘污染在北京一般有三大来源：施工扬尘、道路扬尘和裸地扬尘。要想解决扬尘问题，要落实到"最后一公里"。

近年来，王爱平有一个习惯，经常在春季工地土石方施工较多的时节提早一个小时出门上班，沿途扫上一辆共享单车，随机去查看各类工地，"赶早看工地是因为渣土车一般在夜间运送渣土，如果渣土车清洗及苫盖不到位，驶出工地就会在工地出口造成遗撒，早高峰期间大量社会车辆就会携带工地出口的渣土，形成严重的道路扬尘"。让王爱平比较欣慰的是，他沿途查看的大部分工地工作都很到位。

近年来，全市各区在应对扬尘污染问题上都因地制宜拿出了不少妙招，甚至用"以克论净"来看治理效果。东西城用上了迷你"吸尘器"，胡同里犄角旮旯的尘土，都可以一扫而光，甚至连屋顶上的积尘都定期清扫，不留死角；大兴区打造了一套扬尘"立体化"地图，通过三套系统，结合车载物联系统及大数据整合，实现地面扬尘、地表扰动扬尘、低空扬尘的立体化监测……在扬尘管理上，全市各区恨不得形成"一区一经验"。

目前，全市已经搭建了统一的施工扬尘视频监管平台，粗颗粒物（TSP）监测网络覆盖各街乡镇，卫星遥感定期巡查裸地，通过多项监测手段全方位反映"三尘"管理情况，成为指导扬尘管理的有益补充。

2021年，北京的降尘量降至 4.1 吨／平方公里·月（扣除沙尘），全市粗颗粒物（TSP）浓度同比下降 9.2%，道路尘负荷同比下降 10.2%，为年度空气质量达标起到积极作用。王爱平说："大家都觉得北京很干净，这就是我们追求的目标。"

挥发性有机化合物 (VOCs) 和 PM2.5 治理的"双向奔赴"

如今走进新华印刷车间，很难再闻到当年那种有点刺鼻的油墨味儿了。

"现在都是大豆油墨，非常环保。2020 年的时候，我们把清洗剂中的挥发性有机物（VOCs）含量已经降低到了 10％左右，加上之前对源头、末端的各种升级改造治理，VOCs 的排放量大为减少。"新华印刷副总经理赵树文说。

新华印刷是北京市第一批进行 VOCs 治理的企业。2014 年，新华印刷投资 50 多万元安装了一套活性炭吸附的 VOCs 治理设备，这也是整个开发区印刷企业的第一套 VOCs 治理设备。

"酒精润版液和洗车水，这两种物质的 VOCs 排放量最大。"新华印刷副总经理表示，新华印刷当年排放的 VOCs 达到 75.6 吨。要想减排 VOCs，需走源头替代和末端治理等路线。

2016 年，新华印刷启动了源头替代工程，启用免酒精润版液，使 VOCs 产生量降低了 20 多吨，2017 年又彻底淘汰了酒精。2017 年 7 月，新华印刷投资近 200 万元对末端治理设备进行了升级改造，变成活性炭吸附加催化燃烧，这样一来，去除效率达到了 90％左右。

北京市 VOCs 排放清单显示，VOCs 的来源是动态变化的。目前，工业源、城市面源、移动源和居民生活源皆占一定比重，但从发展趋势来看，城市面源和居民生活源所占比重将会逐年增大。

2013 年以来，针对印刷、汽修、家具制造等 VOCs 排放量较大的行业，北京进行了 VOCs 的专项治理。在 2018 年北京公布的 $PM_{2.5}$ 源解析结果中，工业源的污染对 $PM_{2.5}$ 的贡献率下降了六个百分点，降至 12％。工业减排、精准治污的效果显现。

随着治理的推进，PM$_{2.5}$浓度逐渐下降，但臭氧污染逐步显现，VOCs作为生成PM$_{2.5}$和臭氧的共同前体物之一，将是未来协同治理的重要对象。

北京也在不断升级手段。2021年，北京用上了一辆装载着VOCs监测设备的走航监测车，开上这辆车行走，就可以实时监测周围VOCs的排放情况，快速捕捉到VOCs的排放高值。

目前，走航监测车每天都在全市行走，包括工业园区、产业集群等，针对同一个区域，白天晚上各走一次，以监测早晚VOCs排放的不同情况。"走航监测车可以帮助摸排VOCs排放的高值区域，也可以根据相关企业每年的排放情况来开展走航工作，这对检查人员来说，是一个很好的辅助手段。"北京市生态环境监测中心自动监测室高级工程师张博韬说。

其实，每个人的日常生活都会接触到VOCs，且衣食住行也都会造成VOCs排放。像衣服脏了送去干洗，干洗剂的使用会产生VOCs；买了新房，装修过程中涂料和胶黏剂的使用会产生VOCs；驾车出行，汽油挥发和燃烧会产生VOCs；车辆剐蹭，补漆过程会产生VOCs；一日三餐，烹饪过程也会产生VOCs。

对于个人来说，转变生活方式就是在支撑北京市VOCs减排，比如装饰装修时尽量选用低VOCs含量的涂料、胶黏剂；不购买过度包装的商品；出行时尽量选择绿色出行方式等都是身体力行地在支撑北京市的VOCs减排。

专家点评：肯定成效同时理性看待未来

"2013 年以来，北京市空气质量持续显著改善，大气 PM$_{2.5}$ 年均浓度的改善幅度之大、速度之快前所未有，在世界上也是罕见的。相信北京市民对北京市大气污染治理的这份答卷是非常满意的。"清华大学教授、国家环境保护大气复合污染来源与控制重点实验室主任王书肖充分肯定了北京市的大气治理成效。

2019 年 3 月，联合国环境署发布了《北京二十年大气污染治理历程与展望》。联合国环境署亚太办主任德钦策林表示，北京作为发展中国家一座极具代表性的大城市，在大气环境质量改善方面，取得了令人瞩目的成效，世界上没有其他城市或者区域能够在这么短的时间内取得这样好的成绩。

对于今后北京的大气污染治理，北京市民也需要更为理性地看待。中国工程院院士、清华大学环境学院贺克斌教授表示，空气质量改善并不是一个"只左不右"的过程，其中涉及本地减排、周边减排和气象条件三大因素。2013 年以来，北京本地减排已经做了大量的工作，周边区域减排也良性跟进，后续减排的空间就要依靠北京和区域的联动减排。"从开始达标过渡到稳定达标，这也是一个目标，所有东西都是将阵地打下来以后，还得巩固才能继续往前走，也就是得不断减排把底线守住。"

贺克斌说，未来如果北京的空气质量出现波动，也是很正常的现象，"控制在小幅波动，类似振荡曲线，只要整体趋势是下降的，就不用纠结某一年到底是不是又出现反复。"如果

PM$_{2.5}$年均浓度出现反复，是非常正常的情况，其他发达国家在大气污染治理过程中也出现过类似的情形，大家应该理性看待这个问题。

雾霾少了，光照足了
天津沙窝萝卜又变甜了

华夏时报　2017 年 12 月 13 日

记者：马维辉

　　"沙窝萝卜就热茶，气得大夫满街爬。"曾经作为天津农业名牌产品，远销日本和东南亚的沙窝萝卜，因为雾霾，前些年销量减了不少，可今年不仅销量上来了，连售价也上来了。

　　12 月 12 日，天津市西青区副区长王强告诉《华夏时报》记者，前两年因为雾霾天气频发，光照不足，沙窝萝卜糖化不充分，口感下降，销路也受到了一定影响。今年入冬以来，蓝天白云多了起来，充足的光照，使得沙窝萝卜糖化更充足，味道更甜了，卖价则由 1 元 / 斤上涨到 3 元 / 斤。

　　天气之所以变好，与天津市大气污染防治的力度加大有关。今年秋冬季以来，天津市通过平稳推进散煤"清零"、全力深化燃煤锅炉治理、突出强化"散乱污"企业整治、持续加强重点行业治理，全面治理"车油路港"，以及不断细化扬尘面源污染管控等措施，使得全市 10 月 1 日以来的 PM_{2.5} 平均浓度改善了 33.8%，重污染天数同比下降了 60%。

"蓝天萝卜"

相传，乾隆皇帝六下江南，途经天津口渴难耐，命人到农家讨水。农夫没有带水，随手拔了地里的几个萝卜送给乾隆吃。皇帝吃完，不仅口渴顿消，而且周身通泰、神清气爽，一时间龙颜大悦。闻听此地名为"小沙窝"，遂将萝卜命名为"沙窝萝卜"。

沙窝萝卜，又称"天津卫青萝卜"，是天津农业名牌产品，原产于天津市西青区辛口镇小沙窝村，至今已有 600 多年的种植历史。它肉质翠绿、口感细腻、甜辣可口、水分充足，历来就有"沙窝萝卜赛鸭梨"的美誉。作为天津口岸独有的商品，一直远销日本、东南亚和中国港澳等地。

前两年，王强发现，沙窝萝卜的品质有所下降，掰开之后里面有许多"白芯"，就像糠了一样，不好吃了。

"沙窝萝卜比普通的萝卜贵，包装也好，以前有时候会买来送给亲戚朋友。口感差了以后，送人就不太合适了，自己也就好几年都没有买了。"他说。

听农户说，沙窝萝卜的生长需要光照，光照不足，萝卜的糖化也就不行，长出来的萝卜是白的，不好吃。糖化好的萝卜则是绿色的，味道也更甜美。

今年以来，沙窝萝卜又恢复了早先的口感。11 月底，王强陪同西青区委书记下乡调研，到了辛口镇，习惯性地要看一看这里的沙窝萝卜。书记打开一个萝卜，发现今年长得特别好，味道也很甜，于是询问农业部门原因。他们说，这是因为今年的天气比较好，光照充足，使得萝卜糖化也比较好。

"本来是想表扬农口的，结果却表扬了环保口的同事。书记说，沙窝萝卜好吃了，中间也有环境保护部门大气治理的功劳。"王强说。

据了解，辛口镇目前有 5000 亩土地用来种植沙窝萝卜，亩产大约 1 万斤。去年以前价格大约 1 元 / 斤，今年则上涨到 3 元 / 斤。以此计算，整个辛口镇今年沙窝萝卜的销售收入将增加约 1 亿元。

2017 环境年

作为中国四大木版年画之一杨柳青年画的原产地、清末爱国武术家霍元甲先生的故乡，西青区工业企业数量众多，过去管控不够严格，一定程度上给当地造成了污染。

王强表示，今年，西青区提高了对环境保护工作的认识，将 2017 年确定为"环境年"，只要是对百姓生活造成影响的污染，全部不惜成本地对其进行治理。

"西青区政府特别拿出 3 亿元作为专项资金，不是用来干工程，而是用来处理那些临时发现的污染情况。一个原则是，多由政府主动发现并解决环境问题，少让老百姓反映环境问题。如果百姓反映问题多了，就追究相关领导干部的责任。"他说。

例如，西青区今年投资 15.6 亿元，对 3.7 万户散煤用户进行了改造。本着"宜气则气、宜电则电"的原则，主要通过电代煤方式解决了农村散煤燃烧的问题，大幅减轻了农村散煤燃烧对空气质量的影响。

辛口镇一位村民徐明亮也告诉《华夏时报》记者，他们家原来是烧"土暖气"，每年冬天都要用掉大约一吨半的煤，按每吨煤 1500 元计算，一个冬天就是 2250 元。而且还"等不到天亮"，每天黎明的时候就有点凉了。

现在区里出钱给他们免费安装了电锅炉，采取集中供热的方式，温度能保持在 20 多摄氏度，每平方米收费 25 元，他们家 50 多平方米的面积一个冬天就是 1250 多元，比原来还便宜，而且"干净了"。

西青区的治污成效，也是天津市大气污染防治的一个缩影。天津市环保局大气处处长杨勇告诉记者，自开展秋冬季大气污染综合治理攻坚行动以来，天津市全力治污减排，采取的攻坚措施强度空前。

例如，按照"分类指导，一厂一策"的原则，天津市对全市 18954 家"散乱污"企业逐一进行了治理。9 月 30 日以前，对列入关停取缔类的 9081 家企业全部实现了"两断三清"。

数据显示，10 月 1 日—12 月 8 日，天津市的 $PM_{2.5}$ 平均浓度同比改善了 33.8%，重污染天数同比下降了 60%。特别是 11 月的 $PM_{2.5}$ 浓度下降到 53 微克／米^3，同比改善了 49%，是"大气十条"实施以来的历史最高水平。

广东观音山国家森林公园：
践行"两山"理念的样板

人民网　2024 年 2 月 22 日

记者：张正义

从淄博赶烤到哈尔滨冰雪火出圈，引发全国旅游热，都是因为其城市独特的文化魅力，吸引了全国各地的游客争相前往一探究竟。其间，广东观音山国家森林公园（以下简称"观音山公园"）也以 138 万元重金征下联，在社交媒体上掀起热议和互动，多次荣登热搜榜。

民企投资森林公园的样本：从荒山野林到城市绿肺

观音山公园坐落于东莞市樟木头镇石新村，原本为樟木头镇石新村村集体林场，大部分面积都是植被茂密的荒山。1997 年，东莞市樟木头镇石新村村委投入资金筹建公园，因当时旅游业不发达，以及人才和资金不足等问题，无法继续经营。1999 年 11 月，经樟木头镇石新村村委会多次邀请，民营企业家黄淦波签下了 50 年的承包经营权，开始建设观音山公园。
2000 年，东莞市政府批准成立"东莞市观音山森林公园"。
2005 年，经原国家林业局批准成为国家级森林公园，也是全国首家以民营企业资质获此殊荣的森林公园。2010 年，又获得了国家 AAAA 级旅游景区。此外，还被广东省林业局、旅游局授予"广东省森林生态旅游示范基地"，被联合国相关组织评为"国际生态安全旅游示范基地""中国十佳休闲景区""中国最佳旅游目的地"等荣誉称号。

观音山公园一角

"绿水青山是发展的前提，开发生态资源必须守住生态底线"是民营企业家黄淦波一直不变的初心。建园之初，黄淦波带领团队对观音山 18 平方公里的生态资源进行了保护规划，根据山体的走势和植被的生长环境划定了重点保护区、生态核心区、适度开发区三大区域，确立了"保护优先、适度开发、长久建设"的发展思路和"文化立园"的发展战略。

　　24 年来，观音山公园始终坚持环境保护和绿色发展的思路，通过生态修复、植树造林等措施，有效保护了当地的生态环境。观音山公园每年都会对园区投入大量资金进行林地养护与改造、森林防火、病虫害防治、保护野生动物，对山体滑坡隐患区域进行土质改良并种下绿植以彻底消除安全隐患等诸多工作，资金投入从早期每年 200 万元到近年来每年 1000 万元左右，至今已改造过的林地面积超过 1000 亩。

　　2003 年，观音山公园创建了国内首家古树博物馆，迄今为止，园区已收藏了有研究和观赏价值的古树 60 余棵。其中，镇馆之宝是一棵距今约 4500 年的古树。建档造册后，一些名贵、古老的树木也有了"备案"。

　　据了解，公园里现已发现有白桂木、苏铁蕨、土蚕霜、金线莲等特色植物和中华小鲵、穿山甲、野猪等野生动物。目前，观音山公园 70% 以上的区域几乎无人涉足，基本保持着原有的地貌和植被。据专家考证，公园内现有 1000 多种植物，还有兽类、飞鸟类、甲壳类、昆虫类等 300 多种动物。为保护国家濒危动植物以及野生动物，东莞观音山还安装了视频监控，并设置了护栏、宣传警示牌。

　　漫步观音山公园，6.8 公里的吉祥路，既可观景也可休闲健身，不仅可以静心，还能"洗肺"；景区内古树博物馆、揽秀台、观瀑台、许愿池、五福林、吉祥苑、同心锁、玉露瓶、鹊桥、第一幅等 30 多处景点，可以为游客带来森林旅游深度体验。游客可以通过森林徒步、森林露营、丛林登高等形式，走进自然，体验森林。

经历24年蜕变与成长，观音山公园从荒山废坡变成城市"绿肺"，成为广东省的生态屏障和康养休闲胜地，为民营经济和社会资本进入国家森林公园保护与开发提供了一个鲜活的样本。

"两山"理论的实践典范：从生态绿洲到文化立园

"用50年时间打造文化高地和生态乐园，是观音山公园不懈的追求。"黄淦波如是说。观音山公园坚持以生态保护为基调，文化搭台、旅游唱戏，践行着"绿水青山就是金山银山"绿色生态文明建设理念。

观音山公园重奖征下联

2015年起，在观音山公园正门的门楼左侧，一直悬挂着时任中国楹联学会副会长、广东楹联学会会长、观音山书画院院长邹继海出的"观音山上观山水"的上联。观音山公园连续10次举办征集下联的活动，奖金总额目前已高达138万元，引起了海内外10亿多人广泛关注。这是观音山公园"文化立园"的一个创举和缩影。

据统计，建园 24 年来，观音山公园已经连续举办了 10 届"美丽中国"征文大赛，先后吸引了陈世旭、梁衡、何士光、张炜、贾平凹、蒋子龙、吴义勤等作家莅临观音山采风；举办了 12 届"大美观音山"中国山水画展览、观音山诗歌节、花地文学榜、中外作家采风走进观音山等活动，有将近 800 位著名作家到观音山采风、植树、调研，当代法国著名文学家、诺贝尔文学奖得主让－马里·古斯塔夫·勒·克莱齐奥，在东莞观音山作家林里亲手植下了第一棵文化树；连续举办 15 届中国东莞观音山健康文化节，推出新春登高祈福行活动、港深莞徒步祈福节、冰爽夏夜音乐露营节、万人登山活动；举办了 40 多场相亲会，累计吸引 13 万青年男女前来，促成了 5500 对相亲嘉宾。央视相亲交友类栏目《乡约》以不同主题 11 次在观音山录制。

2023 年首个"全国生态日"，观音山公园又与中国作协社联部等多个单位联合创设了"观音山杯·生态文学奖"，成为"生态文学创作实践基地"。

观音山公园还积极投身公益慈善服务事业，坚持每年参与各种公益活动，倡导爱心善行。为在汶川大地震、武汉新冠疫情、河南洪涝灾害中受难的人捐资捐物；与社会团体及慈善基金会深入合作，常年资助困难留守儿童，助学扶贫。特设了"观音山木林森"项目，依托观音山绿色森林资源，每年组织发起"植树造林、认养树木、研学旅行、生态宣言、生态徒步、健康文化节"等一系列生态保护公益活动。

观音山公园由一座寂寂无名的荒山成为享誉岭南的"森林

氧吧"，走出了一条生态优先、绿色发展的观音山特色旅游道路，成为文化旅游景区发展的标杆。民营企业家黄淦波表示，观音山公园倾注了自己和团队的心血，尽管在前行道路上有很多险阻，但近期司法部、国家发展改革委、全国人大常委会法工委共同组织召开民营经济促进法立法座谈会，听取民营企业代表和专家学者对立法的意见建议，共同推进民营经济促进法立法工作，切实解决当前影响民营企业发展的实际问题。因此，有信心排除万难，誓把观音山打造成为践行"绿水青山就是金山银山"理念的样板。

广东观音山国家森林公园：践行『两山』理念的样板

编后记

党的十八大以来，在习近平生态文明思想的科学指引下，党中央把生态文明建设作为关系中华民族永续发展的根本大计，坚持"绿水青山就是金山银山"的理念，开展了一系列根本性、开创性、长远性的工作，创造了举世瞩目的生态奇迹和绿色发展奇迹，美丽中国建设迈出重大步伐。

我们的天更蓝了、水更清了、土更净了，人民群众生态环境的获得感、幸福感、安全感持续增强。其中，离不开环境记者的辛苦付出，他们积极传播生态文明理念，为深入打好污染防治攻坚战、建设美丽中国营造了良好舆论氛围。

为客观反映生态环境报道的历程和经验，记录媒体伴随生态文明建设和生态环境保护走过的足迹，中国环境新闻工作者协会向各媒体征集 2012—2024 年已刊发的优秀生态环保新闻作品，并汇编成册，以进一步凝聚社会共识、促进公众参与，为建设人与自然和谐共生的现代化贡献媒体力量。